Heinz G. Konsalik
Das Lied der schwarzen Berge

Heinz G. Konsalik

Das Lied der schwarzen Berge

Heinz G. Konsalik: Das Lied der schwarzen Berge
Lizenzausgabe für die Naumann & Göbel Verlagsgesellschaft mbH
in der VEMAG Verlags- und Medien Aktiengesellschaft, Köln

Gesamtherstellung: Naumann & Göbel Verlagsgesellschaft mbH

ISBN 3-625-20930-6

1

Über die Felsenstraße nach Zabljak keuchte ein kleiner Wagen. Er hüpfte über die im Wege liegenden Steine und quälte sich die Steigungen der Serpentinen hinauf, tuckernd, brummend, mit knatterndem Motor. Eigentlich war es gar keine Straße, sondern nur ein um die Felsen gelegter schmaler Pfad, den die Schafherden begingen, wenn sie im mühsamen Zug von Bergweide zu Bergweide kletterten; aber der Fahrer des kleinen Wagens zwang ihn den Berg hinauf und schaute nicht zur Seite, wo der Pfad an einen Abgrund grenzte, wo der Felsen hinabfiel ins Uferlose, in ein Gewirr von urweltlich aufgetürmten und aneinandergereihten Schluchten.

Es war ein heller, sonniger Tag. Über den Felsen stand der blaue Sommerhimmel, unterbrochen von dünnen, weißen Wolken; der Gipfel des Durmitor, des über 2534 m hohen Berges inmitten der schwarzen Berge Montenegros, glänzte mit seinem ewigen Schnee weiß und blendend in die ständig schattigen Schluchten. Auch der enge Pfad war dunkel trotz des sonnigen Tages, er war feuchtnaß, schlüpfrig, die Steine, die im Wege lagen, waren überzogen mit einer fast moosigen Schicht. Selten - nur wenn die Sonne schräg zu den Felsen stand - traf hier ein warmer Strahl das Gestein und hob es heraus aus der Dumpfheit monatelanger Schatten.

Vor einer neuen Steigung hielt Ralf Meerholdt den Wagen an und blickte auf die Karte, die er neben sich auf dem freien Sitz liegen hatte. Es war eine Autokarte des Gebietes zwischen Foca, Plevlje und Niksic, ein Stückchen Erde inmitten des alten, bekannten Europa, das auf den Karten leer und weiß gezeichnet ist und von dem man nur weiß, daß es Felsen und rauhe Täler sind, durchschnitten von Wildbächen und Bergwassern, einigen wenigen sauren Wiesen und bewohnt von einer Handvoll Bergbauern, die hier, in völliger Einsamkeit, das karge Brot dem steinigen Boden abringen und nur im Jahre einmal auf den Märkten erscheinen, um gegen Lammfelle und schöne Wollknüpfarbeiten Geräte und Gewürze zu kaufen. Hier gibt es keine Straßen, nicht einmal Wege, die einen Wanderer reizen könnten ... Rauhe Pfade führen durch die Schluchten, und der Eindruck, ein Mondgebirge zu durchschreiten, wird verstärkt durch die völlige Einsamkeit, die den Suchenden umgibt.

Ralf Meerholdt legte die Autokarte resignierend zur Seite und steckte sich eine Zigarette an. Dann stieg er aus dem offenen Wagen und ging den Pfad ein Stück zu Fuß weiter, ehe er wieder umkehrte und die halbgerauchte Zigarette nervös den Hang hinabwarf. Er sah auf seine Armbanduhr und schüttelte den Kopf. Dann setzte er sich wieder hinter das Steuerrad, ließ den Motor an und versuchte, den Wagen wieder den Pfad hinauf zuzwingen. Aber so laut der Motor auch aufheulte und die Räder sich gegen den steinigen Boden stemmten - die hintere Achse des Wagens senkte sich, und mit einem lauten Knack zersprang die Verbindung der beiden Räder. Ralf Meerholdt saß einen Augenblick wie erstarrt hinter dem Steuer, dann sprang er auf und rannte um den Wagen herum. Er brauchte nicht lange, um zu sehen, daß hier, in den unwegsamen, einsamen Felsen seine Reise zu Ende gegangen war, und der Wagen auf dem schmalen Bergpfad stand wie ein Denkmal von der Unüberwindbarkeit der schwarzen Berge.

»Achsenbruch!« sagte Ralf laut und steckte die Hände in die Taschen seiner weiten Jacke. »Ein Mist! Ein regelrechter Mist! Was nun?«

Er sah den kleinen Wagen an, gab ihm einen Tritt und ging die Strecke noch einmal bergan, die er schon vorhin gegangen war. Der Pfad führte um eine Feisnase herum und endete auf einem Plateau, auf dem man hoch über einigen Schluchten stand und einen wundervollen Rundblick genoß. Aber dieser Blick verstärkte nur noch die völlige Trostlosigkeit der Gegend und die Gewißheit, im weiten Umkreis keinen Menschen zu finden.

»Ich kann hier doch nicht übernachten!« sagte Ralf zu sich selbst. »Ich muß doch weiter!« Er blickte sich um und legte dann die Hände wie einen Trichter vor den Mund.

»Hallo!« rief er laut. »Hallooo!«

Der Schall seiner Stimme flog durch die Felsen, er durchschnitt die Stille und schien sich ins Endlose fortzupflanzen. Verblüfft über diese Wirkung seiner Stimme lauschte Ralf einen Augenblick, aber keine andere Stimme antwortete.

Er setzte sich auf einen großen Stein am Rande des Plateaus und sah wütend auf die bizarre Landschaft zu seinen Füßen.

Da ist man nun Ingenieur, dachte er. Man ist in dieses Land gekommen, um Stauwerke zu bauen, um den armen Bauern Fruchtbarkeit aus ihrem Boden zu zaubern durch das Wunder des belebenden Wassers. Aus einem armen Land soll ein reiches werden, aus Felsen Gärten, aus wilden Weiden wogende Felder. Das hat man alles geplant, das steht alles so schön in den Plänen, das habe ich selbst gezeichnet, in einem weißen Kittel an einem großen Zeichenbrett stehend, Lineal und Zirkel vor mir, und auf dem weißen Transparentpapier entstanden die Dämme der Stauwerke, die Turbinenhäuser, die Staubecken ...

Eine neue Welt wurde auf dem Papier geschaffen, Leben für eine neue Nation; Bergbäche wurden eingefangen, Wildwasser gebändigt, die Kraft, die durch die Schluchten Montenegros strömt, wurde eingepreßt in ein Korsett aus Beton, Stahl und Stein ...

Wie wunderbar das alles aussah in den Zeichnungen und auf den kolorierten Pausen, die auf den Mahagonitischen der Direktoren und der Ministerien lagen und begutachtet wurden.

»Dieser Staudamm wird jährlich soundsoviel Millionen Kilowattstunden Strom bringen!« sagte man.

»Und dieser Damm dort - eine Spezialidee von Herrn Meerholdt - wird neben Strom auch durch Überlaufbecken soundsoviel Hektar Land, Ödland, in saftige Weiden verwandeln.«

Die Minister nickten, die Direktoren rechneten, die Pläne wurden ein Teil der Jahresplanung. Herr Meerholdt - suchen Sie selbst die Stellen, an denen Sie die Staudämme bauen wollen! Suchen Sie selbst ... und ein dummer, ein gemeiner Achsenbruch, ein kleiner

Knacks zwischen den Hinterrädern, und der ganze Traum ist zunächst zerstört!

Ralf erhob sich von seinem Stein und rief noch einmal »Hallo!«, obgleich er wußte, daß niemand antworten würde. Er stieg den Pfad hinab zu seinem kleinen Wagen, warf ihm einen vernichtenden Blick zu und setzte sich wieder hinter das Steuer. Er schaltete die Zündung ein und legte die Hand auf die Hupe. Es war eine gute, eine laute Hupe, ein Doppelklanghorn, das grell und doch melodisch die Stille zerriß und einen Hauch von Leben in die kahlen Felsen brachte.

So saß Ralf eine Viertelstunde und ließ die Hand auf dem Hupenknopf. Schließlich ärgerte ihn der gleichbleibende Ton und er begann, auf der Hupe rhythmisch zu drücken. Lang-kurz-lang-kurz-kurz-kurz-lang-kurz-kurz ... er lächelte vor sich hin und versuchte, den Takt eines Foxtrotts nachzuahmen, eines Walzers, eines Tangos, einer Polka, bis er nach einer halben Stunde das Spiel aufgab und sich eine neue Zigarette anzündete. Dabei drehte er sich ein wenig im Sitz und erstarrte. Oberhalb von ihm, auf einem Felsvorsprung, stand ein Mensch! Ein Mensch! Ein richtiger Mensch mit einem Lammpelz um den Schultern und einer hohen Schafwollmütze auf dem dicken Schädel. Den runden Kopf mit der gebogenen Nase zierte ein langer Schnurrbart, der kraus über den Mund herabhing. Er sah zu Ralf herunter, ohne sich zu rühren, ohne ein Zeichen zu geben, daß er den kleinen Wagen auf dem engen Pfad überhaupt gesehen habe.

Ralf warf die Zigarette fort und drückte noch einmal

auf die Hupe. Sie gellte auf - doch der Mann auf dem Felsen blieb stehen, unbeweglich, und sah hinab.

»He!« schrie Ralf und winkte mit beiden Armen. »Sind Sie taub und blind?« Doch kaum, da er es gerufen hatte, schüttelte er den Kopf. Dummheit, dachte er. Wer versteht hier denn Deutsch? Hier spricht man serbokroatisch, und das wenige, was ich davon kann, muß genügen.

»Komm 'runter!« brüllte er zu dem Mann hinauf. »Mein Auto hat einen Bruch! Komm her, Kamerad!«

Der Mann auf dem Felsen antwortete nicht. Er trat zurück und entschwand den Blicken Ralfs. Aber nach etwa 10 Minuten hoffnungsvollen Wartens kam er um die Biegung des Pfades und blieb drei Schritte vor Ralf stehen. Er musterte ihn mit seinen tiefliegenden Augen und nickte. Das soll guten Tag heißen, dachte Ralf und nickte freundlich zurück.

»Wagen kaputt!« sagte er und zeigte auf die zerbrochene Hinterachse. »Führe mich ins nächste Dorf, Kamerad.«

»Ich bin Jossip, der Schäfer.« Der Mann hob die Hand, sie war dunkel und gegerbt von Wind und Sonne. »Jossip hat kein Dorf. Er zieht mit seiner Herde ...«

»Ist denn ein Dorf in der Nähe?«

»Das Dorf Zabari, Herr.«

»Wie weit?«

Jossip hob die Schultern. »Sehr weit. Man geht bis zum Abend ...«

»Auch das noch!« Ralf Meerholdt setzte sich auf den vorderen Kotflügel des Wagens und hielt dem Schäfer

Jossip seine Schachtel Zigaretten hin. Jossip trat näher, er betrachtete die Schachtel und schüttelte den Kopf.

»Was willst du hier?« fragte er unvermittelt.

»Wenn ich das selbst wüßte, guter Jossip.« Ralf sah sich um. »Ich suche Wasser.«

»Wasser?«

»Ja.« Er machte eine weite Handbewegung. »Viel Wasser, Jossip. Ganz viel Wasser. Wenn man Wasser hat und ein wenig Boden, Mutterboden, dann kommt Leben in eure Einsamkeit. Dann habt ihr elektrisches Licht, könnt euch einen Eisschrank kaufen, ein Radio, aus dem ihr die neuesten Meldungen hört, einen Fernsehapparat, ein Bügeleisen, einen Rasierapparat ...« Er lachte und schüttelte den Kopf. »Mit anderen Worten: Es kommt die Zivilisation zu euch. Ob das immer gut ist, davon wollen wir nicht sprechen, euer sorgenloses Leben hört dann auf - aber notwendig ist es, so sagt man in Belgrad!«

Jossip nickte, sein Gesicht war ernst und verschlossen. »Ich verstehe nichts, Herr. Aber es gibt hier Wasser.«

»Wirklich?« Ralf Meerholdt sah interessiert auf. Er nahm wieder die Karte vom Autositz und fuhr mit dem Finger über die weiße Gegend. »Hier ist der Durmitor, und dort der Ljubicna. Wir müssen genau zwischen diesen Bergen stecken, zwischen den Flüssen Piva und Tara.« Er sah auf und begegnete dem Blick Jossips, der ihn dunkel und abweisend musterte. »Eigentlich hast du recht, Jossip. Wo zwei große Flüsse aus dem Gebirge treten, muß von den Felsen Wasser kommen, um sie zu speisen. Die Quellflüsse allein schaffen es nicht.«

Er klappte die Karte zu und steckte sie in die Seitentasche des Anzuges. »Wo liegt dieses Dorf – – wie heißt es doch?«

»Zabari, Herr.«

»Zabari! Ein Name wie aus einem Märchenbuch! Kannst du mich hinführen, Jossip?«

»Nein.« Jossip schüttelte den Kopf. »Ich muß bei meiner Herde bleiben. Jossip verläßt nie seine Herde! Aber ich werde Tanja schicken mit einem Zettel.«

»Wer ist Tanja?«

»Der Hund, Herr. Er findet den Weg allein nach Zabari.«

Ralf griff in die Tasche und reichte Jossip 100 Dinare hin. Jossip hob abwehrend die Hand.

»Ich will kein Geld«, sagte er langsam. »Ich werde Tanja ins Dorf schicken, und man wird dich holen. Und wenn der Wagen wieder fahren kann, wirst du schnell das Land verlassen – dafür nehme ich kein Geld.«

Er wandte sich ab und ging den Pfad zurück, den er gekommen war. Verblüfft sah ihm Ralf nach. Er steckte den 100-Dinare-Schein wieder ein und setzte sich zurück auf den Kotflügel. »Nicht gerade höflich, der gute Jossip«, meinte er leise und beobachtete, wie wenig später mit lautem Gebell ein großer Hund durch die Felsen rannte und in einer Schlucht verschwand. Von Jossip hörte und sah er nichts mehr – auch von seiner Herde vernahm er nichts. Es war, als gehe alles Leben in dieser grandiosen Stille und einmaligen Größe der Felsen zugrunde, als verschlucke die Landschaft alle Regungen und ließ alles um sich herum erstarren wie Lava, die träge den Berg hinabfließt und als neue, tötende Kruste die Erde umschließt. -

Es wurde Abend, und die Schatten hatten den Pfad erreicht und in Nacht gehüllt, während der Himmel noch im Abendrot brannte, ehe Ralf aus seiner Einsamkeit erlöst wurde,

Erst war es Tanja, der um die Biegung des Pfades kam, mißtrauisch, schnüffelnd, mit hochgestellten Rükkenhaaren. Er schlich an den Wagen und Ralf heran, beäugte beide und wurde erst zutraulicher, als Ralf leise »Tanja« rief. Da trat er näher, wedelte leicht mit dem buschigen Schweif, aber er blieb außer Reichweite und wich zurück, als Ralf auf ihn zuging.

Wenig später hörte er Stimmen, und drei Bauern kamen den Pfad herab, bekleidet mit Lammfellmänteln und langen, weißen wollenen Hosen, um die sie Seile bis zu den Knien gewickelt hatten. Die Füße staken in geflochtenen Schuhen, die außerdem mit Lappen umgeben waren. Sie blieben wie Tanja einige Schritte vor dem Wagen stehen und betrachteten Ralf eine Weile stumm und eingehend. Dann trat einer der Bauern hervor, ein alter, mit einem weißen, buschigen Bart bewehrter Mann, und nickte.

»Jossip schickte Nachricht«, sagte er langsam. Seine Stimme war dunkel wie die Berge, in denen er aufwuchs. »Du hast dich verirrt, Herr?«

»Nein - mein Wagen hat die Hinterachse gebrochen.«

Er trat langsam auf die Männer zu, so wie man sich einem fremden, wilden Tier nähert, von dem man nicht weiß, wie es auf eine menschliche Bewegung reagiert.

Verirrt, hat Jossip gesagt, durchfuhr es Ralf dabei. Verirrt - das heißt, daß ich hier nichts zu suchen habe. Sie alle sind feindlich gegen mich, sie sind mißtrauisch gegen alles, was von draußen in ihre schwarzen Berge kommt.

»Wollt ihr mir helfen?« fragte er langsam, als er vor den stummen Bauern stand. »Der Wagen muß in euer Dorf gezogen werden, dann müssen wir versuchen, einen Boten nach Foca zu schicken, damit er eine neue Achse mitbringt. Sonst kann ich nicht weiter.«

Die Bauern sahen sich an. Sie sprachen nicht, aber sie wußten, was sie dachten. Der Alte nickte.

»Du kannst bei mir wohnen, Herr, bis der Bote zurückkommt. Ich bin Fedor Suhaja.«

»Ich danke dir, Fedor.« Ralf reichte ihm die Hand hin. Zögernd nahm sie Fedor und drückte sie schnell, ehe er sie wieder losließ.

»Deinen Wagen werden wir morgen früh mit zwei Ochsen holen«, sagte er. »Du kannst ihn stehen lassen. Hier stiehlt ihn keiner.« Er trat zurück und ließ zwischen sich und den beiden anderen Bauern eine Lücke. »Und nun komm mit, Herr.«

Ralf Meerholdt nahm aus dem Wagen seinen Mantel, die Karten, eine große Tasche mit Meßgeräten und trat an Fedor heran. Stumm gingen sie den dunklen Pfad entlang ... Fedor voraus, ein Bauer neben ihm, ein Bauer hinter ihm. Wie ein Gefangener, durchfuhr es Ralf, als er sich einmal umblickte und den finsteren Blick des hinter ihm gehenden Bauern sah.

Die Sonne war versunken. Die Nacht stand über dem Gebirge, die Schritte wurden tastend, vorsichtig. Einmal blieb Fedor stehen und wartete auf Ralf, der seine schwere Tasche schleppte und langsamer ging als die berggewöhnten Bauern.

»Habt ihr keine Lampe?« fragte er und lehnte sich keuchend an die Felswand.

»Öl ist teuer, Herr. Nur an einem Fest können wir Öl brennen! Euer Kommen ist kein Fest ...«

Sie gingen weiter, langsamer, vorsichtiger. Ein lauter Flügelschlag über ihnen ließ Ralf aufblicken ... ein großer, dunkler Schatten huschte über sie hinweg. Gespenstisch, schnell.

Fedor Suhaja nickte. »Adler«, sagte er leise. »Wir haben hier noch Adler, Herr ...« –

Spät in der Nacht kamen sie ins Dorf.

In einer Schlucht mit Ölbäumen und uralten Eichen, umgeben von einem über verschiedene Plateaus hinweg die Berge ansteigenden Wald und vor einer großen, fast senkrechten Felswand, die wie eine hochgestreckte Hand das Dorf zu schützen schien, lagen die aus Bruchsteinen, Stämmen und Flechtwerk erbauten Häuser von Zabari. Ein Weg führte durch das Tal, und an diesem Weg standen die Hütten, unregelmäßig, willkürlich hingesetzt, jedes Haus umgeben mit einem dicken Zaun, der wie eine Art Palisade aussah. In großen, offenen Ställen standen die Schafherden, während die Schweine und Kühe in festen Gebäuden untergebracht waren.

Ralf Meerholdt hatte keine Augen für dieses Dorf ... müde, kaum noch fähig weiterzugehen, schleppte er sich bis zum Hause Fedors und stolperte durch die Tür, die Fedor offenhielt, in den großen Raum. Er warf seine schwere Tasche in eine Ecke, ließ den Mantel auf eine Bank gleiten und setzte sich an das offene Feuer, das auf einer gemauerten Feuerstelle flackerte.

Hinter sich hörte er leise Stimmen. Fedor sprach mit einigen Frauen ... Ralf hörte es am Klang der Stimmen. Dann legte sich eine Hand auf seine Schulter.

»Willst du essen, Herr?« fragte Fedor.

Ralf schüttelte müde den Kopf. »Nein, danke, Fedor. Ich bin müde, so müde. Ich möchte schlafen. Nichts als schlafen.«

»Ich kann dir nur ein Graslager geben, Herr. Ein Graslager mit einigen Fellen darüber.«

»Ich werde darin besser schlafen als in jeder Daunendecke. Nur schlafen will ich ...«

Er drehte sich herum. Fedor stand hinter ihm, in der Hand hielt er einen Holzbecher mit Milch und einen Fladen Weizenbrot. Er reichte es Ralf hin und nickte ihm ernst zu. »Willkommen als mein Gast«, sagte er langsam. »Wenn du diese Milch trinkst und das Brot ißt, bist du mir wie ein Bruder, solange du unter meinem Dache lebst. Es wird dir nichts geschehen, was nicht auch mir geschieht ...«

Müde nahm Ralf den Becher Milch und trank ihn in einem Zug. Dann nahm er den Fladen und biß hinein. Aus der dunklen Ecke schälte sich eine kleine, rundliche Frauengestalt in langen Kleidern. Sie kam halb gebückt heran und begrüßte Ralf mit einer Verbeugung. Dabei legte sie nach orientalischer Sitte die Hand an die Stirn.

»Marina, mein Weib.« Fedor winkte. »Sie wird dir dein Lager zeigen, Herr.«

Ralf folgte Marina in eine Kammer, die neben dem

großen Raum lag. Dort war auf dem Boden getrocknetes Gras hoch aufgeschichtet. Einige dickwollige Schaffelle beulten sich über dem Gras, eine handgewebte Decke lag aufgeschlagen daneben.

Aufseufzend ließ sich Ralf auf das Lager sinken. Er warf die Decke über sich und hörte schon nicht mehr, daß Marina die Tür schloß. Kaum, daß er lag, fiel er in einen bleiernen Schlaf und lag wie ein Toter auf dem weichen Gras.

Als Ralf Meerholdt am Morgen aus seiner Kammer in den großen Raum trat, waren Fedor und Marina schon in den Wald gegangen und schlugen Stämme für das Winterfeuer. Auf der Wiese hinter der Hütte, zu den Felsen hin, weideten zwei Kühe ... die Dorfschafherde war unterwegs zu den Weideplätzen oberhalb des Dorfes.

Ralf trat vor die Hütte und überblickte erstaunt das kleine Bergdorf. Die Ziehbrunnen, die vor jedem Haus standen, verrieten ihm, daß hier über Wassermangel nicht zu klagen war, und auch die Wiesen waren saftiger, als er es sich gedacht hatte. Das Vieh sah gut aus, wohlgenährt, gepflegt. Außer den Brunnen lief entlang der Dorfstraße eine große Viehtränke - fließendes Wasser, das man durch halbe, ausgehöhlte Baumstämme leitete und das weiter hinten, am Ende des Dorfes, in einer kleinen Schlucht versickerte.

Interessiert trat Ralf an den Ziehbrunnen heran und beugte sich über den gemauerten Rand. Das klare Bergwasser stand etwa einen Meter unterhalb des Randes. Er nahm den hölzernen Eimer und ließ ihn an der

Hanfschnur hinab, zog ihn gefüllt wieder empor und tauchte seinen Kopf heinein. Das Wasser war kalt, kristallklar und ungewöhnlich weich. Als er den Kopf wieder aus dem Eimer zog und sich wie ein nasser Hund schüttelte, hörte er hinter sich ein helles Lachen. Er ließ den Eimer fallen und drehte sich schnell herum. Bin Mädchen stand am Brunnen, und ihr Gesicht war eine einzige Fröhlichkeit.

Verlegen fuhr sich Ralf durch die wirren, nassen Haare und verbeugte sich leicht. »Du hast recht, wenn du lachst«, sagte er. »Ich muß aussehen wie eine nasse Katze.«

Er holte ein großes Taschentuch aus der Hose und trocknete sein Gesicht und die Hände ab. Das Mädchen hatte währenddessen den hingeworfenen Eimer genommen und wieder auf den Brunnenrand gestellt.

Sie war mittelgroß, hatte langes, lockiges schwarzes Haar, und ihr schmales Gesicht war braun von der Sonne. Ihre Augen, schwarz wie ihr Haar, hatten den tanzenden Glanz der Jugend, und ihr schlanker Körper mit den vollen Brüsten wirkte in dem geflickten und aus rohem Leinen gefertigten Kleid wie eine Demonstration des Schönen, das keine Armut besiegen kann und das durchbricht durch Einsamkeit und Roheit der Natur.

Ralf strich sich die Haare glatt und setzte sich auf den Brunnenrand. »Wer bist du?« fragte er.

»Rosa«, sagte sie und lächelte.

»Rosa. Ein schöner Name. Ein fast zu schöner Name für ein Mädchen, das inmitten rauher Felsen aufwächst. Du wohnst in Zabari?«

Sie nickte. »Und du wohnst bei uns«, sagte sie.

»Ich?« Ralf fühlte, wie sein Herz einen Sprung machte.

»Du bist die Tochter Fedors?«

»Ich bin Rosa Suhaja.« Sie trat an Ralf heran und nahm den Eimer. »Du warst gestern sehr müde ... zu müde, um mich zu sehen. Ich saß in der Ecke neben dem Feuer und webte. Aber du warst so müde, Herr.«

Sie beugte sich über den Brunnenrand und ließ den Eimer ins Wasser fallen. Als sie ihn emporziehen wollte, hielt Ralf ihren Arm fest. Erstaunt fuhr sie herum.

»Laß mich das machen, Rosa«, sagte Ralf und zog den Eimer empor. »Er ist zu schwer für dich.«

»Ich mache es am Tage hundertmal!« lachte sie. Aber sie ließ Ralf den Eimer bis zum Haus tragen, wo sie auf eine hölzerne Wanne zeigte. Ralf schüttete das Wasser hinein und setzte sich dann auf die Bank vor der Tür. Er sah zu, wie Rosa ein Schaffell wusch und dann begann, mit einem Schabemesser über einem Holzklotz die noch an der Innenseite befindlichen Sehnenstückchen auszuschälen.

Sie sprachen kein Wort mehr, aber aus den Augenwinkeln sahen sie sich an. Rosas Kopf war tief über das Fell gebeugt, ihre langen schwarzen Haare fielen über ihr halbes Gesicht ... unter diesem Vorhang hervor betrachtete sie Ralf und schabte oft an Stellen des Felles, an denen kein Stück Sehne zu sehen war.

Ralf blickte an sich herunter. Seine Hose war kraus und zerlegen, sein Hemd zerknittert, sein Rock faltig. Die Schuhe hatten eine dicke Staubschicht, unter den Fingernägeln waren breite schwarze Ränder.

»Ich sehe aus wie ein Vagabund, mein Mädchen«, sagte er auf deutsch. »Wie alt bist du?« fragte er auf serbisch.

»Neunzehn Jahre, Herr.«

»Neunzehn. Aber warum nennst du mich immer ›Herr‹?«

»Bist du kein Herr?« Sie legte das Fell hin und blickte auf. Ihre Augen waren groß.

»Du kommst doch von jenseits der Berge, nicht wahr? Du kennst doch die große Welt! Die weite Welt, das Meer, die großen Weiden ...« Sie legte die Hände in den Schoß und sah hinüber zu den Felsen. Sehnsucht lag in ihrem Blick und eine Traurigkeit, die ihr Gesicht wie ein Schleier überzog. »Sie muß schön sein, diese ferne Welt, nicht wahr, Herr?«

»Sie ist schön, Rosa ... und gefährlich.«

»Gefährlich, Herr?« Sie schüttelte den Kopf.

»Doch, Rosa. Die Menschen sind nicht gut ...«

»Die Menschen –« Sie hob abwehrend die Hand. »Wo die Welt schön ist, müssen auch die Menschen schön sein ...«

Ralf lächelte. Er nahm Rosas Hand, er fühlte, wie sie leise zitterte, als er sie ergriff.

»Du bist ein Beispiel dafür, daß diese fromme Theorie nicht stimmt. Du könntest in der Welt deiner Sehnsucht viel erreichen, aber du würdest an ihrer Gier zerbrechen. Deshalb blühst du hier im verborgenen, und der Ratschluß Gottes ist weise, daß er zwischen dir und der Welt eine Kette zweitausend Meter hoher Berge gelegt hat.«

Rosa lächelte schwach. »Ich habe nichts verstanden«, sagte sie leise. Sie entzog ihre Hand seinem Griff und nahm das Schaffell wieder auf. »Erzählst du mir heute abend etwas von der Welt, Herr?«

»Ja. Aber nur, wenn du mich nicht mehr ›Herr‹ nennst. Sag Ralf, Rosa . . ,«

»Ralf?« Sie lachte laut und bog sich zurück. Ihre Brüste spannten das Kleid. Ralf sah, daß sie außer dem Leinenkleid nichts weiter auf dem Körper trug. In seinen Schläfen spürte er plötzlich ein Klopfen. Dummheit, dachte er. Verrückte Dummheit! Ein montenegrinisches Bauernmädchen! Ich werde den Kopf noch einmal in das kalte Wasser stecken!

»Ralf«, lachte sie schallend. »Welch ein komischer Name. Ralf. Ich kann ihn kaum aussprechen.«

»Aber er klingt schön aus deinem Mund, Rosa. So ganz anders, als ich ihn bisher gehört habe. Er hat einen anderen Klang bekommen ...«

Das ist doch alles dummes Zeug, was ich da rede, durchfuhr es ihn. Statt hier in der Sonne zu sitzen und mir Rosa anzusehen, sollte ich mich darum kümmern, daß mein Wagen eine neue Achse bekommt, und daß ich endlich ein Tal finde, dessen Stauung einen ganzen Landstrich verändert.

Er erhob sich. »Ich muß nach meinem Wagen sehen, Rosa. Wo sind deine Eltern?«

»Im Wald ... Ralf ...«

Er zuckte bei dem Klang seines Namens aus ihrem Mund unwillkürlich zusammen. Ehe er zum Wald ging, fuhr er mit der Hand leicht über ihren nach vorn gebeugten Kopf und über die langen schwarzen Locken. Sie waren weich wie Seide und lagen in seiner Hand mit einer ihn durchrinnenden Zärtlichkeit.

Wortlos, mit dem Gefühl, seine Kehle sei zugeschnürt, ging Ralf dem Walde zu.

Oben, von der Bergwiese aus, sah ihm Jossip nach. Er stand mit seiner Herde am Fuße des großen Felsens über dem Dorf, gestützt auf seinen Stock. Als er die Hand Ralfs über das Haar Rosas streichen sah, lief ein Zittern über sein Gesicht, und er wandte sich erst ab, als Ralf im Walde verschwunden war und die Eltern Rosas suchte.

Am dritten Tag kam ein Materialwagen den Weg ins Dorf hinabgerasselt. Einer der Bauern, die Ralf nach Zabari geführt hatten, saß vorne auf dem Kühler und lenkte das Fahrzeug. An einem Kran, auf der Plattform des Wagens, hing das kleine Auto Meerholdts. Vor dem Hause Fedors hielten sie. Der Fahrer und ein Monteur sprangen heraus und kamen Meerholdt entgegen.

»Ein Saunest, Herr Ingenieur!« rief der Monteur und wischte sich den Schweiß von der Stirn. »Die Fahrt über den Paßpfad - mit unserer Spurweite - Kinder, habe ich gesagt, wenn wir hier abschmieren, holt uns kein Kran mehr herauf, und wer uns unten aufsammelt, muß erst Medizin studieren, um zu entdecken, ob wir überhaupt Menschen sind!«

Der Fahrer nickte und drückte Meerholdts Hand. »Wir haben uns gleich gedacht, daß irgend etwas schief gegangen ist, als von Ihnen zwei Tage lang nichts zu hören war. Da sind wir einfach losgefahren und trafen vorige Nacht den Dreckspatz da.« Er zeigte auf den Bauern, der den Fahrer mit finsteren Blickenansah. »Euer Herr ist bei uns, sagte er. Sein Wagen ist gebrochen.« Er knöpfte sich die Jacke auf. »Gebrochen, dachte ich. Wenn's bloß keine Achse ist - die haben wir nicht da. Die muß erst aus Titograd besorgt werden. Und was ist's? Die Achse!«

Meerholdt lachte und klopfte den beiden auf die Schulter. »Fort kommen wir schon! Wir können den Wagen hinten am Kran lassen und fahren so zurück.«

»Wieder über den Pfad?« Der Monteur sah Meerholdt schief an.

»Ich glaube nicht, daß es einen anderen Weg gibt. Morgen in aller Frühe ist Abmarsch, Jungs.«

»In Ordnung, Herr Ingenieur.«

Während die beiden Fahrer bei zwei anderen Bauern schliefen, saß Meerholdt am Abend mit Rosa an der Feuerstelle. Sie hatten gegessen ... Hammelbraten und Klöße aus weißem Mehl, ein Abschiedsessen, das Marina gekocht hatte und das es nur an hohen Feiertagen in Zabari gab. Dazu hatten sie einen Wein getrunken, den Fedor aus Hagebutten herstellte ... er schmeckte herb, aber sein Alkohol ging ins Blut und ließ die Männer der schwarzen Berge für eine Nacht trunken werden und selig wie beschenkte Kinder.

Nun saßen sie am Feuer. Rosa hielt einen Becher mit Wein in der Hand. Ralf hatte einen eisernen Stab und schürte die Glut. Die aufquellenden Flammen waren das einzige Licht, das den großen Raum flackernd erhellte, Öl ist knapp, Herr, hatte Fedor gesagt. Und selbst ein Abschied ist kein so hohes Fest, daß man die blakende Lampe mit Öl füllen könnte und der Raum in das Dämmerlicht der bläulich brennenden Flamme gehüllt würde.

Der Schein des Feuers glitt über das schwarze Haar Rosas und über das schmale Gesicht mit den großen Augen. Sie saß etwas nach vorn gebeugt, und aus dem Kleid sah man den Ansatz ihrer Brust, überzuckt von den Flammen des Herdes. Ihre langen, schmalen Finger glitten an dem hölzernen Becher auf und ab, als streichle sie ihn, bevor sie ihn zu Ralf hinüberreichte.

Wieder spürte er das Klopfen des Blutes in seinen Schläfen. Er hatte es in den vergangenen drei Tagen vermieden, länger als notwendig mit Rosa zusammen zu sein. Am Tage streifte er in den Felsen und durch die Wälder herum, untersuchte die Herkunft des vielen Wassers gerade in diesem Teil des Gebirges, maß und entnahm Bodenproben, spürte den Quellen nach und arbeitete eigentlich so, wie er es sich vorgenommen hatte, als er vor einigen Tagen mit seinem kleinen Wagen von Foca abfuhr und sich in den Gedanken verbissen hatte, diesen weitgehendst unbekannten Teil der montenegrinischen Berge zu durchstreifen.

Er war in diesen Tagen auf rätselhafte Dinge gestoßen. Einmal kam eine kleine Quelle aus einem Felsen und vereinigte sich mit einem Bach, der plötzlich aus einer Erdspalte hervorbrach, nicht quellartig, sondern in voller Breite, als sei er der Ausfluß eines unterirdischen Wasserbeckens. An einer anderen Stelle, seitlich des Waldes, entdeckte er ein fast kreisrundes Tal, dessen Ausgang man nur mit einer etwa 25 Meter hohen Mauer zu schließen brauchte, und ein natürliches Staubecken konnte geschaffen werden, dessen Wasserdruck an der Sohle für eine Turbinenanlage großen Stiles ausreichte.

Am letzten Tage hatte Ralf Meerholdt dieses Tal genau vermessen, in seine Karte eingezeichnet und von allen Seiten fotografiert. Nicht allein die Anwesenheit Rosas in Zabari begeisterte ihn, sondern der Zufall, ein von der Natur geschaffenes natürliches Staubecken entdeckt zu haben, das das Gesicht der ganzen Landschaft um Zabari herum verändern konnte, fesselte ihn und ließ seine Gedanken von den schwarzen Locken Rosas und ihren großen, dunklen Augen abschweifen. Nur wenn die Abende kamen, die langen Nächte inmitten der himmelhoch aufstrebenden Felsen, wenn er am Feuer saß und die Suppe mit Fedor und Marina aß, während Rosa sie bediente, stahl sich Angst in sein Herz vor den wenigen Stunden, in denen er mit Rosa allein in dem großen Raum der Hütte sein würde.

Fedor und Marina gingen früh in ihre Kammer und legten sich auf ihre Felle. Sie ließen Rosa, die an einem Teppich knüpfte, mit Meerholdt allein, denn ein Gast achtet die Gastfreundschaft und das Haus ... sie kannten es nicht anders seit Jahrhunderten und vertrauten auf das alte Sittengesetz ihrer Ahnen. Ralf ahnte es – und er zwang sich, in diesen Stunden Rosa nicht mehr anzusehen und nicht mehr Worte mit ihr zu wechseln, als es notwendig war. Nur, wenn er plötzlich aufblickte, wenn er sich umdrehte, wenn er nach etwas griff und hinüber zu Rosa sah, bemerkte er ihren Blick auf sich ruhen, groß, sehnsuchtsvoll, gemischt mit der Bewunderung, die ihre naturhafte Seele für alles empfand, was fremd war und den Hauch der großen unbekannten, erträumten Welt jenseits der Berge mit sich trug. Dann stand er meistens auf, ging in seine Kammer und ließ sich auf sein weiches Graslager fallen. In der Dunkelheit, die ihn umgab, besänftigten sich seine Gefühle.

Neunzehn Jahre ist sie alt, dachte er einmal. Ich bin fast doppelt so alt. Und sie ist nur ein armes, dummes Bauernmädchen, das weder richtig schreiben noch lesen kann. Aber woher soll sie es auch können? Gibt es hier Schulen? Wer sollte sie ein wenig Bildung lehren? Der Pfarrer? Die nächste Kirche war 30 km weit entfernt in Zabljak am Fuße des Durmitor. Und war sie überhaupt eine Christin? Konnte sie nicht eine Mohammedanerin sein? Aber weder sie noch die anderen Frauen trugen einen Schleier. War sie eine Koptin?

Er wälzte sich unruhig auf seinen Lammfellen hin und her und versuchte, seine Gedanken von Rosa auf den Staudamm zu lenken, der unterhalb Zabaris entstehen sollte. Wieviel Kubikmeter Wasser würde das Staubecken fassen? Er rechnete im Dunkeln ... 35 Millionen ... 35 ... Und ich bin 35 Jahre alt ... und Rosa 19 ... Das ist ein Unterschied von 16 Jahren. Ein großer Unterschied ...

Er erhob sich von seinem Lager und trat an das kleine Fenster. Vor ihm ragte die steile Wand des Felsens auf, blauschwarz in der tiefen Nacht. Aus einem Stall des Nebenhauses schrie eine Kuh. In der Ferne bellte ein

Hund. Es könnte Tanja sein, dachte Ralf. Tanja, der Hund des finsteren Jossip.

Er wischte sich mit der Hand über die Augen und schüttelte den Kopf. Dumme Gedanken, durchfuhr es ihn. Was kümmert es dich, daß Rosa 16 Jahre jünger ist als du? In ein paar Tagen bist du fort aus Zabari. In Foca aber wartet Elena - richtig, sie saß ja seit Tagen allein an dem großen Schreibtisch ihm gegenüber und schrieb die Briefe. Elena, die verwöhnte Tochter von Stanis Osik, dem Direktor der staatlichen Baubehörde für Montenegro.

Sie war eines Tages zu ihm ins Büro gekommen, auf hochhackigen Schuhen und einem Sommerkleid in pariserischem Schnitt, einen großen, weißen Sonnenhut auf den blonden, sicherlich gefänbten Haaren, und sie hatte sich ihm gegenüber gesetzt, die schlanken Beine übereinandergeschlagen und gesagt:

»Herr Meerholdt - mein Vater hat die altmodische Ansicht, daß Kinder etwas lernen müssen. Deshalb hat er mich hierher in dieses Nest geschickt, um bei Ihnen zu arbeiten. Ich soll ihre Sekretärin spielen! Wie finden Sie das?«

Er hatte damals wenig gesagt. Sie trägt einen Nylonunterrock mit Spitzen, hatte er im stillen festgestellt. Er kostet ein kleines Vermögen in diesem Land. Und sie hat lackierte Fingernägel, nicht grellrot, aber ein deutliches Rosé, und es ist Perlmuttlack ... Er mußte damals lächeln. Wie gut man sich in der Kosmetik der Frauen auskennt, dachte er.

Es ist merkwürdig, was alles von wenigen verträumten Stunden im Gehirn haften bleibt ...

So wurde Elena Osik seine Sekretärin, und sie wurde besser, als er es zuerst geglaubt hatte. Sie arbeitete wirklich, sie tippte die umfangreiche Post, sie kochte ihm sogar seinen Frühstückskaffee, und er bedankte sich bei ihr, indem er mit ihr nach Sarajewo fuhr und amerikanische Filme ansah.

Einmal rief Direktor Osik an: »Na, wie stellt sich meine Elena an, Herr Meerholdt?« Und als er sagte, sie sei besser, als ihr mondänes Aussehen erwarten lasse, lachte Stanis Osik laut und rief: »Um so besser! Dann behalten Sie sie da, Meerholdt!«

Das war Elena, die in Foca auf ihn wartete. Wenn er Rosa mit Elena verglich ... Er wischte sich wieder über die Augen. Rosa! Wie konnte er sie vergleichen?

So wurden die Nächte quälend und kurz, und sein Herz schlug schneller bei dem Gedanken, daß Rosa neben ihm schlief, nur getrennt durch eine geflochtene Wand ...

An diesem Abend, dem letzten in Zabari, saßen sie nun am Feuer. Fedor und Marina gingen in ihre Kammer. Rosa hielt den Wein gegen die Flammen, denn er muß warm getrunken werden, wenn er würzig schmecken soll.

»Du bist so still«, sagte Meerholdt, als Fedor und Marina gegangen waren.

Sie blickte kurz auf. »Du sagst nichts mehr, Ralf.«

»Ich werde morgen früh fortfahren« Ralf Meerholdt schluckte. Er hatte das Gefühl, seine Kehle habe sich zugesetzt. »Und ich werde so schnell nicht wiederkommen.«

Rosas Kopf zuckte empor, sie stellte den Wein auf die gemauerte Kante des Herdes.

»Du wirst wiederkommen?« fragte sie. Ihre Stimme war plötzlich dunkel wie ihr Haar und ihre Augen.

»Ja.«

»Das ist schön. So schön ...« Sie legte die Hände an die Schläfen. »Dann ist es kein Abschied für immer ...«

»Nein, Rosa.«

»Und wann kommst du wieder?«

»Vielleicht in drei oder vier Monaten ... vielleicht früher oder auch später.« Er wollte ihr von den Plänen erzählen, aber er schwieg. Was versteht sie davon, dachte er. Was weiß sie, wie eine Talsperre aussieht, was Turbinen sind, warum man das Wasser staut? »Aber ich komme wieder, das ist sicher«, sagte er laut.

Sie nickte glücklich - und reichte ihm den Becher Wein hinüber. »Trink, Ralf. Jetzt ist der Wein gut.«

Als er den Becher aus ihrer Hand nahm, berührte er ihre Finger. Ein Zittern lief durch ihren Körper, sie schloß die Augen und lehnte sich zurück. Über ihr Gesicht zuckten die Flammen des Herdes. Es war, als brenne das schwarze Haar, als stiege sie aus dem Feuer empor. Er starrte sie an, gebannt von der wilden Schönheit, die sie ausstrahlte. Ihre langen Wimpern, durchfuhr es ihn ... wie sie Schatten auf ihre Wangen werfen ... Und der Mund, dieser rote, volle Mund ... und der Hals, der in diesem rohen Leinenkleid verschwindet, als schäme er sich, so schön zu sein. Ihre Schultern, ihre Brust, der schlanke, biegsame Körper, diese unberührte, wilde und doch gebändigte Natur, dieses Urhafte an ihr – er fühlte, wie er die Hände ineinander verkrampfte und sich zwingen mußte, nicht vorzustürzen und sie an sich zu reißen. Ich bin Gast in diesem Hause, sagte er sich. Alles in diesem Hause steht unter dem Schutz des Gastrechtes! Alles ist unantastbar ... rein ... edel ...

Ralf nahm den Becher, setzte ihn an den Mund und stürzte den Wein in einem Zug hinunter. Er durchfuhr ihn mit seiner warmen Schärfe und wühlte sein Inneres auf.

»Rosa ...« sagte er heiser.

»Ralf ...?« Sie hielt die Augen geschlossen. Ihre Stimme war nur mehr ein Flüstern, das ihn durch die zuckenden Flammen erreichte wie ein Hauch.

»Der Wein ist gut.« Er stellte den Becher auf den Herdrand und beugte sich vor. Er ergriff ihre Hände und zog sie zu sich heran. Ihr Kopf folgte ihnen ... in dem zuckenden Licht des Feuers waren ihre geschlossenen Augen plötzlich vor ihm, ihr Mund, ihre langen, schwarzen Haare, die wie ein Schleier über ihre Schultern flossen. Er umfaßte ihren Kopf und zog ihn zu sich heran. Und ihre Lippen öffneten sich und waren feucht und zitterten.

»Erzähl mir von deiner Welt ...«, sagte sie leise.

»Sie ist weit, Rosa ... so weit in diesem Augenblick, Sie ist nicht schöner als deine, glaube das nicht. Sie ist böser, eifersüchtiger, schneller, herzloser und vergessender – es ist eine Welt der Hast und der Jagd nach dem Geld und dem Ruhm und dem billigen Ansehen.«

»Und das Meer ...«

»Kennst du das Meer, Rosa?«

Sie schüttelte den Kopf in seiner Hand. »Nein - ich habe von ihm gehört ... vor langen Jahren.«

Sie öffnete die Augen und sah ihn mit einem flakkernden Blick an. Angst war in diesen Augen und eine Hingabe, die Ralf wie eine heiße Welle überspülte. »Du hast so schöne blonde Haare«, sagte sie leise. »Ich habe nur einmal solche blonden Haare gesehen - damals, als ich hörte, daß es ein Meer gab. Es war vor vielen Jahren, und fremde Soldaten zogen durch unsere Berge, Soldaten aus deinem Land. Sie kamen vom Meer, von Dubrovnik, so nannten sie die Stadt. Wie gut ich den Namen behalten habe. Einer der Soldaten mit blonden Haaren schenkte mir etwas Braunes, Süßes ... es schmeckte so schön, daß ich die Tafel in ganz kleine Stücke brach und jeden Tag nur ein Stückchen aß ... Ich war damals ein Kind, und als die Soldaten gingen, wußte ich, daß es auch andere Menschen gab und andere Länder hinter unseren schwarzen Bergen. Und nun bist du da ... ein großer Herr aus dieser fernen Welt, und trinkst unseren Wein, sitzt an unserem Feuer und schläfst auf unseren Fellen. Und du hast blonde Haare, ganz blonde Haare ...«

Ihre Finger tasteten über seinen Kopf und fuhren durch seine Haare, leicht, zart, wie ein Windhauch. Da ergriff er ihre Hand und preßte sie an seine Lippen, er küßte ihre Finger und beugte sich zu ihr hinüber, umring ihre Schulter und drückte sie an sich. Sie lag an seiner Brust und zitterte. Wie ein gefangener Vogel in der geschlossenen Hand duckte sie sich zusammen und schmiegte sich an ihn.

»Rosa«, sagte er heiser. »Rosa - was soll daraus werden ...«

Er merkte nicht, daß er in diesem Augenblick deutsch sprach, und sie lächelte ihn an und hob ihr Gesicht zu ihm empor. Da küßte er sie, vorsichtig, als könne sie in seinen Armen zerbrechen. Ein Zucken durchjagte ihren Körper, sie warf die Arme um seinen Hals und drängte sich an ihn, sie umklammerte ihn und öffnete die Lippen unter seinem Kuß. Er spürte ihre Zähne, er fühlte den Druck ihrer Brust - das machte ihn wild und hemmungslos und überspülte den letzten Rest seiner inneren Abwehr ...

»Du kommst wieder, du kommst bestimmt wieder?« fragte sie später, als sie neues Holz auf das glimmende Feuer legte und die Flammen neu entfachte.

Meerholdt saß neben ihr und spielte mit ihrem langen Haar. Er nickte stumm auf ihre Frage und lehnte sich zurück an die rauhe Lehmwand. Etwas wie Scham hinderte ihn daran, Rosa anzusehen und mit ihr zu sprechen. Das Gefühl, das Gastrecht verletzt zu haben, schnürte ihm die Kehle zu.

»Wirst du mich mitnehmen in deine große Welt?« fragte sie. Sie lehnte den Kopf an seine Schulter, ihr Atem glitt über sein Gesicht.

Er nickte wieder. Aber dieses Nicken war zögernd und steif. Mitnehmen? durchfuhr es ihn. Mein Gott - wie kann ich Rosa mitnehmen nach Foca oder Sarajewo oder gar nach Köln? Einmal wird dieser Auftrag in Jugoslawien zu Ende sein, die Staudämme werden sich füllen, die Turbinen werden surren, durch die Leitungen wird der Strom knistern. Was wird dann aus Ralf Meerholdt werden? In Köln werden neue Aufträge warten ... vielleicht Bauten in Indien oder Ägypten, in Saudiarabien oder Südamerika. Was wußte Rosa davon, wie wenig gehörte sie in diese Welt, die sie nie verstehen lernen würde! Sie war ein Geschöpf ihrer Berge, verwurzelt mit dem klaren Feld, das ihren Hunger stillte. Er stellte sich Elena vor ... die elegante, pariserische Elena Osik, die einen Cocktail mischte und einen Boogie tanzte und die am Abend am Flügel saß und mit der gleichen Ausdauer, mit der sie tanzte, eine Sonate von Haydn spielte oder ein Rondo von Mozart. Und alles an ihr war vollendet ... der Charme, ihre Kleidung, ihr Körper, ihr Lächeln, ihr Tanz, ihre Sprache, ihre Bewegungen, ihr Spiel und ihr Wesen.

Ralf drückte Rosa an sich und blickte über ihren Kopf hinweg in die hohen Flammen des offenen Herdes.

Hier hielt er die Natur in seinen Armen, nichts weiter als die Natur. Sie war da wie das Wasser und die Sonne, die Felsen und die Wiesen, der Wald und der Regen, die Sterne und die Kälte der Nacht. Sie war nichts anderes als ein Teil der Urschöpfung, als ein Stück von Kosmos und Welt - sie war wie eine Pflanze oder wie ein Tier oder wie ein Stein oder wie ein Mensch. Ja, das war sie ... einfach nur ein Mensch. Nicht eine modifizierte Frau, ein gezüchtetes Geschöpf aus den Treibhäusern des Fortschritts, sondern nichts als ein Urstück dessen, was man Schöpfung nannte, ein Mensch, der wie die Natur empfand, der die Seele des »Werden und Vergehen« in sich trug, das einfache Gesetz des Reifens, Tragens und Sterbens. Und sie lag in seinen Armen, weil sie aufblühte und reif wurde unter seinen Küssen ... sie, der Mensch Rosa ...

»Du mußt Geduld haben, Rosa«, sagte er leise. »Es kann lange dauern, bis ich wiederkomme.«

»Ich werde warten ...«

»Eines Tages wirst du einen anderen Mann sehen, einen Mann deines Volkes . ..«

Er konnte nicht weitersprechen, denn sie legte ihm ihre schmale Hand auf den Mund und schüttelte heftig den Kopf.

»Ich liebe nur dich ... nur dich ...« sagte sie.

Er war erschüttert über die Festigkeit ihrer Meinung und schwieg. Nur der Druck in seiner Seele verstärkte sich und legte sich auf sein Gewissen.

»Wir müssen schlafen gehen«, sagte er leise. »Morgen frühmüssen wir zurück über die Berge.« Er nahm ihren schmalen Kopf noch einmal zwischen seine Hände und küßte ihren Mund, ihre geschlossenen Augen mit den langen Wimpern und die Stirn. Dann erhob er sich schnell und ging in seine Kammer. Als er die Tür hinter sich schloß, blieb er stehen und lauschte zurück.

Nichts rührte sich. Kein Laut drang aus dem großen Raum. Rosa schien noch am Feuer zu sitzen, so, wie er sie verlassen hatte. Er zog die Jacke aus und warf sich auf das Graslager. Die Wolldecke drückte er zur Seite ... es war heiß in ihm, und er knöpfte das Hemd über der Brust auf.

Ein leichter Schritt, er hörte ihn deutlich in der vollkommenen Stille, die ihn umgab. Rosas Schritt ... er kam auf die Tür zu. Ralf richtete sich auf, seine Hände krampften sich um die Schaffelle, auf denen er lag. Wenn sich jetzt die Tür öffnete ... wenn sie ganz leise, Zentimeter um Zentimeter aufgedrückt würde ... wenn Rosa in seine Kammer kam, zu ihm, getrieben von der Kraft ihres wilden Blutes ... er wußte, daß es die Entscheidung war; er war sich plötzlich klar darüber, daß es kein Zurück mehr gab, wenn die Tür aufschwang und die Nacht heller wurde als unter tausend Sonnen ...

Der Schritt, tappend, tastend, kam näher. An seiner Tür verhielt er ... eine endlose Stille dehnte sich aus. Er starrte auf die Tür, er wartete auf den Augenblick, in dem sie sich bewegte, nach innen schwang und im Widerschein der Herdflammen die Gestalt Rosas erschien. Aber dann ging der Schritt weiter und verebbte in der Nebenkammer bei Fedor und Marina.

Aufatmend ließ sich Ralf auf seine Felle zurückgleiten. Eine Leere blieb in ihm zurück, eine unerfüllte Sehnsucht, trotz der Befreiung, morgen früh Zabari verlassen zu können, ohne Fedor um das liebste, was er besaß - sein Kind - betrogen zu haben.

Aber er schlief nicht ein. Er legte das Ohr an die geflochtene und mit Lehm beworfene Wand und lauschte auf das Rascheln in der Nebenkammer.

Jetzt zieht sie das leinene Kleid aus, dachte er.

Jetzt steht sie nackt im Zimmer, in der Dunkelheit, in der ihr Körper wie eine weiße Flamme brennen muß.

Er hielt den Atem an und hörte ein Knirschen nahe der Wand.

Jetzt legt sie sich hin, deckt sich zu mit den rauhen Decken aus selbstgesponnener Wolle, und ihr schwarzes Haar liegt um ihren weißen Leib, die langen lockigen Haare ... Sie hat die Augen geöffnet und starrt an die Decke des Zimmers. Sie denkt an mich, sie drückt die Hände gegen ihre Brust, und die Sehnsucht durchrieselt sie und macht sie zu einem Tier, das hinaus möchte in das Leben, aber den Käfig nicht sprengen kann.

Er preßte die Stirn gegen die kalte Wand und seufzte. So schlief er nach einer Weile ein und sank in sich zusammen, halb sitzend und eingehüllt in die Decke, die Rosas Hände gewebt hatten.

Am Morgen war der Taumel vergessen. Der Fahrer und der Monteur standen schon mit dem Abschleppwagen vor der Tür und warteten. Ralf Meerholdt aß zum letztenmal eine Suppe aus Milch und Weizenmehl. Rosa war nicht im Haus. Fedor sagte, sie sei schon ganz in der Frühe in die Berge gegangen. Ralf nickte. Es ist gut so, dachte er. Sie ist klüger als ich. Sie kürzt den Abschied ab, sie rennt wie ein sterbendes Tier in die Einsamkeit und kommt erst zurück, wenn das Herz sich in der Stille ausgeschrien hat. Der Fahrer saß auf der Bank und rauchte eine Zigarette. Einige Jungen und Mädchen umstanden den Wagen und bestaunten ihn wie ein Wunder. Josef Lukacz, ein junger Bauer, drückte sich durch den Kreis der Neugierigen und rückte an seiner Schaffellmütze, ehe er zu sprechen begann.

»Sag, Kamerad«, meinte er und zeigte auf den Wagen, »wenn dieses Auto den Wagen des Herrn trägt, dann kann es doch auch Stämme tragen.«

»Der trägt dir in einem Tag einen ganzen Wald weg!« sagte der Fahrer.

»Und Steine auch?«

»Er schleppt alles weg! Mit dem Wagen könntet ihr alles machen!«

»Und er kann die steilen Wege hinauffahren?«

»Wären wir sonst hier? Steiler als bis zu euch kann's woanders auch nicht sein ...«

Josef Lukacz kratzte sich den Kopf. In seine Augen trat eine gespannte Erwartung. »Warum ist der Herr denn hier?« fragte er und rückte näher.

»Weiß ich es?« Der Fahrer warf die Zigarette fort und erhob sich. »Vielleicht soll bei euch in der Nähe gebaut werden! Wir sind eine Baukolonne aus Zagreb.«

»Aus Zagreb ...« staunte Lukacz. Er umging den Wagen, betastete die eisernen Kanten, das Blech der Verkleidungen und die silbern blitzenden Stoßstangen. »So ein Wagen wäre etwas für unser Dorf«, sagte er sinnend. Dann ging er durch den Kreis der Neugierigen zurück und verschwand hinter einem Haus. Der Fahrer sah ihm nach und tippte an seine Stirn. Der Monteur lachte.

»Verrückt!« meinte er. »Die hätten den Motor in einer Stunde zu Bruch gefahren.«

Aus dem Hause trat Ralf Meerholdt. Marina trug ihm den Mantel und seine schwere Tasche nach, die ihr der Monteur abnahm. Stolz schritt Fedor neben Ralf zum Wagen und reichte ihm die Hand, als sie vor der Tür standen.

»Ich danke dir, Fedor Suhaja«, sagte Meerholdt. »Ich war sehr zufrieden mit deinem Haus.«

»Das freut mich, Herr. Vergiß uns nicht.«

Meerholdt sah den Alten erstaunt an. Vergiß uns nicht, durchfuhr es ihn. Sollte er wissen, daß ich Rosa küßte? Sollte er wachsamer gewesen sein, als ich glaubte?

»Ich werde wiederkommen«, sagte er vorsichtig.

»Das weiß ich, Herr.«

»Du weißt es? Woher?«

»Von Rosa, Herr. Sie ist ein braves Kind ...«

Ein unbekanntes, unangenehmes Gefühl klomm in Ralf empor, das Gefühl von Angst und Schrecken und einer plötzlichen Feigheit.

»Sie hat dir erzählt ...« sagte er stockend. Fedor nickte.

»Sie hat gesagt, daß du wiederkommst.«

»Und was weiter?«

»Sonst nichts, Herr. Aber wir freuen uns, weil du Zabari noch einmal sehen willst.«

Aufatmend drückte Meerholdt Fedor die Hand. Dann stieg er in den Wagen und schloß mit festem Zug hinter sich die Tür. Der Monteur kletterte auf die Plattform und setzte sich neben den am Kran hängenden kleinen Wagen Ralfs, der Fahrer schob die Mütze in den Nacken und ließ den Motor an.

Er heulte auf, er durchrüttelte den ganzen Wagen, er füllte das Dorf mit unbekanntem, fremden Lärm. Noch einmal hob Ralf grüßend die Hand, dann zog der Wagen an und ratterte über die steinige Dorfstraße dem Pfad entgegen, der Zabari wie durch einen dünnen Faden mit der übrigen Welt verband.

Am Ausgang des Dorfes, dort, wo der Wald die Felsen hinaufkletterte und der Pfad nach einer Biegung begann, sich die schwarzen Felsen hinauf zu schlängeln, stand allein vor einem niedergestürzten großen Stein Rosa und sah dem Wagen entgegen. Als er deutlich zu sehen war, winkte sie mit beiden Armen, und die Tränen liefen ihr über die Wangen den Hals hinab. Sie wischte sie nicht ab ... sie winkte, und ihre langen Haare umflatterten das nasse Gesicht.

Meerholdt fuhr von seinem Sitz empor, als er Rosa am Wege stehen sah. Er faßte die Hand des Fahrers und drückte sie hart. »Anhalten!« rief er laut. Kreischend bremste der Wagen, er riß die Tür auf und sprang auf den Weg. Er wollte auf Rosa zugehen, aber sie wandte sich ab und rannte den Hang hinauf in den Wald.

»Rosa!« schrie er, »Rosa! Bleib doch!« Er rannte Ihr nach, aber sie war schneller, wie ein Reh sprang sie über die Felssteine den Hang hinauf und hetzte den rettenden Bäumen entgegen. »Rosa!« schrie er noch einmal. »Warum läufst du denn fort? Rosa!!« Dann war sie zwischen den Stämmen untergetaucht, und sein Ruf zerflatterte zwischen den Felsen.

Langsam ging er zum Wagen zurück und kletterte auf den Sitz. Der Fahrer grinste ihn breit an.

»Will nichts wissen, was?« sagte er und schaltete den Motor wieder ein. »Ist ein süßes Vögelchen ...«

»Fahren Sie und halten Sie das Maul!« schrie Meerholdt unbeherrscht. Der Fahrer stülpte die Unterlippe vor, duckte sich über das Steuer und lenkte den schweren Wagen über den schmalen Pfad. Vorsichtig fuhr er die Serpentinen hinauf und hinab, sich hart an den linken Felsen haltend.

Von einem Vorsprung aus beobachtete Jossip den Abzug der Kolonne. Tanja neben ihm schnupperte in der Luft und knurrte. Da beugte er sich nieder und strich ihm über den Rücken. »Ruhig, Tanja, ganz ruhig, Duscha ... nun sind wir wieder allein ... Der Fremde ist fort und wird nicht wiederkommen. Nicht wahr, Tanja - ihn soll der Teufel holen ...«

Der Hund knurrte. Das Brummen des Motors durchschnitt die Stille der Landschaft ... im Blau des Himmels kreisten wieder die Adler, die weiße Kuppe des Durmitor glänzte in der Sonne. Alles war wie vor vier Tagen ... nichts hatte sich geändert, so, wie es sich nicht geändert hatte in den hundert Jahren vorher und sich nicht ändern würde in den hundert Jahren nachher. Nur ein Herz war aufgebrochen in diesen Tagen, ein einsames, sehnsuchtsvolles, glutheißes Herz, und ein wildes Blut war aus dem Damm der Natur gesprungen und hatte die Seele überspült mit Lust und Begehren, mit heißen Träumen und stammelnden Wünschen. Doch wer wußte es? Wer sah in diesen Tälern auf ein Herz?

Fedor ging in den Wald und hackte Holz, Marina molk die Kühe und fütterte die Hühner, Rosa lief durch den Wald und weinte und schrie die Sonne an und breitete die Arme aus und rief: »Ich liebe ihn ... ich liebe ihn ...«

Doch niemand hörte sie, und es war gut so für den Frieden in Zabari.

Am Sonntag stieg Jossip hinab ins Tal nach Zabari. Er hatte sich den Schnurrbart abgenommen und sein nun glattes Gesicht nach der Art des »Herrn« gewaschen. Genau hatte er von seiner Felsenweide aus beobachtet, wie Meerholdt sich an dem Brunnen wusch und rasierte. Auch Jossip hatte nun sein störrisches Haar glatt gestrichen, und ohne seinen wilden Schnurrbart sah er weniger verwegen und so jung aus, wie er in Wahrheit war.

Er kam ins Tal, zwei fette Mutterlämmer hinter sich herziehend, vier edle Pelze über der Schulter und in weißen, eng anliegenden Hosen, umwickelt mit bunten Bändern. Von den Ärmeln seiner handgewebten Wolljacke hingen Troddeln herab, und die flache Mütze, die er auf dem krausen Haar trug, zierten breite, auf einem Teppichstuhl gewebte Bän-der mit farbenprächtigen Mustern. Eine dicke Wollquaste fiel bis in den Nacken hinab und wippte beim Gehen lustig hin und her.

Vor dem Hause Suhajas band er die Lämmer an der Bank fest und trat dann ins Haus, hoch aufgerichtet, stolz, ein Sohn der schwarzen Berge mit dem Adel des freien Menschen.

Fedor und Marina saßen am Tisch und schnitten Speck, den sie für den Winter einsalzen wollten. Rosa stand am Herd und reihte Tabakblätter auf eine lange Schnur. Sie sollten unter dem Hausdach aufgehängt werden und dort trocknen. Als die Tür aufging, blickte sie kurz auf und beugte sich dann wieder gleichgültig über den Stapel Blätter. Fedor legte das lange Messer hin und wischte die fettigen Finger an der Hose ab.

»Jossip?« fragte er erstaunt. »Im Festkleid? Wo willst du hin?«

»Zu dir, Fedor.« Der Schäfer setzte sich an den Tisch

und legte die vier Felle auf die Erde. »Es ist einsam in den Bergen«, sagte er langsam. »Zu einsam für einen jungen Mann.« Er sah kurz hinüber zu Rosa und fuhr fort zu sprechen. »Ich habe mir eine Hütte gebaut, Fedor. Eine schöne, feste Hütte aus dicken Stämmen. Und einen Ofen habe ich gemauert, einen großen, warmen Ofen. Ich habe Felle genug und eine eigene Herde von 30 Schafen. Sie können mich ernähren, sie geben mir Milch und Butter und Käse und Fleisch. Ich bin nicht arm, Fedor. Und doch bin ich arm, weil ich einsam bin. Das ist nicht gut, denn Jahr um Jahr vergeht, und die besten Jahre nahm die Einsamkeit.« Er stockte und beugte sich zu Fedor vor. »Ich möchte Rosa zu mir holen, Fedor.«

Am Herd war es still geworden. Das Rascheln der Blätter war verstummt. Rosa stand im Licht, das durch ein Fenster grell in den Raum fiel. Ihr schwarzes Haar glänzte wie Seide.

»Nein!« sagte sie laut. Nur nein, sonst nichts, aber Jossip zuckte unter diesem Wort zusammen und kniff die Augen etwas zu.

»Sie weiß nicht, was sie sagt, Fedor«, sagte er entschuldigend. »Sie weiß nicht, daß du sie mir und meinen Eltern schon in der Wiege versprochen hast. Wir haben einen Pakt, Fedor, nicht wahr ... es ist das Gesetz der Berge, daß ein Wort gilt bis zum Tod. Stimmt das, Fedor?«

»Ja, Jossip.«

»Du hast mir Rosa versprochen. Jetzt komme ich, sie zu holen. Es wird eine große, eine lustige Hochzeit werden. Ich werde zehn Schafe schlachten und drei

Schweine. Am Spieß wollen wir sie braten, und 30 Kannen Wein werde ich verschenken. So reich bin ich, Fedor!«

Suhaja sah hinüber zu Rosa. Sie hatte sich nicht wieder gerührt, es war, als sei sie versteinert. Marina lächelte glücklich vor sich hin. Er ist reich, dachte sie einfältig. Und er will Rosa haben. Rosa wird ein schönes Leben führen, schöner, als ich es bei Fedor hatte.

Sie zuckte auf, als sie Rosas Stimme hörte, laut, hell, eine Stimme, die sie bei ihrer Tochter noch nie vernommen hatte.

»Ich gehe nicht mit Jossip!« sagte sie laut. »Ich liebe ihn nicht!«

»Du bist mir versprochen, Rosa«, entgegnete Jossip sanft.

»Ich wurde nicht darum gefragt.«

»Natürlich nicht. Du lagst noch in der Wiege, und ich hütete die Schafe und schnitzte Flöten. Dein Vater Fedor und mein Vater waren Freunde, und sie versprachen uns.«

»Man kann keinen Menschen verkaufen! Es ist ein altes und ein schlechtes Gesetz!« Und plötzlich stieß sie mit dem Fuß auf und schrie: »Und ich will nicht! Nein!«

Fedor war bleich geworden. Er hob die Hände und sah dabei auf die schönen Felle, die vor seinen Füßen lagen. Er dachte an die dreißig Lämmer, die Jossip in den Bergen hielt, gute, fette Lämmer mit dichtem Pelz. Und eine feste, aus dicken Stämmen gefügte Hütte hatte er sich gebaut, einen großen Herd – was wollte sie mehr?! Er wischte mit der Hand herrisch durch die Luft und sagte laut:

»Es ist abgemacht, Rosa! Ein Wort ist ein Wort! Du wirst Jossip heiraten!« Er bückte sich, um die Felle vom Boden zu nehmen. Wenn er sie aufnahm und auf seinen Tisch legte, war dieses Wort besiegelt. Die Annahme des Werbegeschenkes bedeutet ein Versprechen, das fest und heilig ist wie das Wort des Popen.

»Heb' sie nicht auf!« schrie Rosa grell. Sie stürzte vom Herd zu ihrem Vater und riß ihm die Felle aus der Hand. Vor Jossip blieb sie stehen und warf das Bündel vor seine Füße. »Geh!« sagte sie hart. »Ich heirate nie einen Schäfer ...«

»Ach!« Jossip trat die Felle zur Seite. »Hat dir der feine Herr aus der Stadt den Kopf verdreht? Der schöne blonde Herr mit seinen weißen Hemden und blanken Schuhen, seinem glatten Gesicht und seinen weichen Händen, die so zart dein Haar streicheln konnten.«

»Schweig!« schrie Rosa. Sie ballte die Fäuste und stand am ganzen Körper bebend vor Jossip. Ihr Gesicht war rot und im wilden Zorn schöner als je.

»Ich habe es gesehen, droben von den Bergen aus!« Jossips Stimme wurde lauter. Haß schwang in ihr, Wut und Scham über die Abweisung seiner Werbung. »Dort droben bin ich gestanden, über dem Wald, und habe gesehen, wie er dich streichelte, wie du dich wie eine streunende Katze an ihn warfst.« Er fuhr herum und sah Fedor an, der bleich und krumm am Tisch stand. »Er hat das Gastrecht verletzt, der feine Herr! Er hat Rosa verführt ... keiner in den Bergen wird sie mehr ansehen, wird ihr die Hand geben, wird mit ihr sprechen! Sie hat das Dorf verraten, Fedor! Deine Tochter ist eine Hure ...«

Er sprach nicht weiter. Rosa hatte die Felle vom Boden genommen, die Tür geöffnet und das Bündel hinaus auf die Straße geworfen. Nun kam sie zurück, nicht schnell, sondern langsam, blieb vor Jossip stehen, hob die Hand und schlug ihn mitten ins Gesicht. Es war ein klatschender Schlag, den nur der Aufschrei Fedors unterbrach. Mit weit aufgerissenen Augen stand Jossip im Zimmer, seine Wange brannte. Seinen Körper durchzuckte es wie eine Explosion, die alles in ihm zerriß. Er sah nicht mehr den Herd, die Stube, die aufgereihten Tabakblätter, das Fenster, durch das grell die Sonne fiel ... Nebel war um ihn, roter, von Feuer erhitzter Nebel. Er steckte die Hände vor, gegen Rosa, seine Finger krallten sich um ihre Schulter - da schlug sie noch einmal zu, wortlos, mit aller Kraft, die in ihren Armen lag.

Schlaff fielen die Hände Jossips zurück.

»Ich werde ihn töten!« sagte er leise. Fedor verstand ihn kaum, so zitterten seine Lippen. »Ich werde ihn töten, wenn er wiederkommt!«

An Marina vorbei, die weinend die Hände rang, ging er aus der Hütte, band seine beiden Schafe von der Bank und trat das Bündel Felle zur Seite in den Staub der Straße. Doch bevor er zurück in die Berge stieg, nahm er das große Messer aus dem Gürtel seiner Hose, beugte sich über die beiden Schafe und stach sie ab. Die blutenden, zuckenden Körper schleifte er vor die Tür des Hauses und legte sie an den Eingang.

Blut! Blut wird in diesem Hause sein, Blut von meinen Händen, sollte dies heißen.

Er nahm das Messer, wischte es an den noch zuckenden Tieren ab und ging dann die Dorfstraße entlang dem Walde zu, der hinaufstieg zu den Felsen, zwischen denen die Weiden Jossips lagen.

Bleich, mit verstörtem Blick schleifte Fedor die toten Körper von der Tür und deckte sie hinter dem Haus mit Stroh und Ästen zu. In der Nacht lud er sie auf eine Karre, fuhr sie in den Wald und vergrub sie unter einem Gebüsch.

Kein Bauer ißt ein Schaf, das man aus Rache schlachtete. –

In Foce lief Elena dem Wagen entgegen, als er um die Ecke des Hofes vor das Verwaltungsgebäude der Baufirma bog. Sie achtete nicht auf ihre hochhackigen Schuhe und die Nylonstrümpfe ... sie rannte dem Wagen entgegen durch den Staub und stürzte an die Tür. Als Ralf Meerholdt ausstieg, fiel sie in seine Arme und küßte ihn vor allen Arbeitern, die herumstanden und ihnen zusahen.

»Es ist dir nichts geschehen«, stammelte sie. Sie umfing ihn, legte den Kopf an seine Brust und weinte plötzlich wie ein kleines Kind, erlöst, haltlos, Schutz suchend. »Du bist wieder da ... mein Sascha ... mein lieber, lieber Sascha ...«

Sie gingen umschlungen ins Haus. Sie weinte noch immer, als sie schon längst in Ralfs Zimmer saßen,

Vor dem Verwaltungshaus kletterte der Fahrer aus dem schweren Wagen und schob die Mütze in den Nacken.

»Die Osik und in dem Nest die wilde Katze ... wenn das gut geht«, sagte er zu dem Monteur, der steif von der Plattform klomm und den Staub von seinem Anzug klopfte.

»Soll das unsere ganze Sorge sein ...« Er blickte auf den kleinen Wagen Meerholdts, der am Kran des Abschleppers hing.

»Mir ist wichtiger, woher ich für das verfluchte Ding die neue Achse bekomme. Ein Mist, daß es gerade die Achse sein muß ...«

»Wir werden wohl nach Zagreb fahren müssen.«

Der Monteur nickte. »Überall hin fahre ich - nur nicht wieder in dieses Zabari! Man sollte solche Fuchsbauten verbieten und auflösen. Wem nützen sie denn was?«

Sie gingen steifbeinig von der langen Fahrt hinüber zur Kantine und bestellten einen Slibowitz. »Aber einen doppelten!« schrie der Fahrer. »Und bis zum Rand, sonst bumst es!«

In seinem Zimmer packte Meerholdt seine Mappe aus und legte seine Papiere und Aufzeichnungen auf den breiten Tisch. Er vermied es, nach der ersten überschwenglichen Begrüßung Elena weiter anzusehen oder sie gar zu umarmen und zu küssen. Er ordnete mit einer ihm sonst fremden Gründlichkeit die Zeichnungen und Vermessungsrechnungen und beugte sich dann über die große Generalstabskarte des Gebietes, in dem die neuen Talsperren geplant waren. Sein Finger zeigte auf eine weiße Stelle inmitten der Berge.

»Hier war ich, Elena ... Hier muß es sein.« Sie trat hinter ihn, legte den Arm um seinen Hals und beugte sich neben seinem Kopf über die Karte. Ihre blonden Haare kitzelten an seiner Wange. Sie sah seinem Finger nach, der einen kleinen Kreis auf der Karte beschrieb. Plötzlich nahm sie den Finger und küßte ihn.

»Ich liebe dich, Sascha«, flüsterte sie. »Ich habe es nie so gewußt wie in diesen Tagen, wo keiner sagen konnte, wo du warst, und ob du noch lebst. Ich habe in den Nächten geschrien, ich habe gebetet, ich habe geweint, ich habe lauter dummes Zeug getan ... ich weiß gar nicht mehr, was ich alles getan habe. Ich war so verzweifelt, Sascha ... weil ich dich so liebe ...«

Er legte den Arm um ihre Schulter und beugte sich wieder über die Karte. »Nun bist du wieder glücklich, Elena.«

»Und ich lasse dich nie wieder allein in die Berge!«

Meerholdts Gesicht wurde ernst. »Du wirst es müssen, Elena. Ich baue einen Damm ... hier, wo mein Finger liegt! In diesen Felsenschluchten gibt es ein winziges Dorf ... Zabari heißt es. Es liegt in einer ungewöhnlich wasserreichen Gegend, von dem keine Karte etwas sagt. Zufällig habe ich es entdeckt, weil mich ein Hirte – Jossip heißt er – in dieses Dorf führte. Ein kleines, rundes Tal kann ohne Schwierigkeiten als Staubecken gefüllt werden, wir brauchen nur den Ausgang mit einer 25 Meter hohen Mauer zu verschließen.« Er blickte auf und sah die hellen Augen Elenas nahe vor sich. Er küßte sie, ehe er weitersprach. »Ich habe selten eine so günstige Lage gesehen. Wenn dein Vater und der technische Beirat die Genehmigungen geben, muß ich wieder zurück in diese schwarzen Berge ...«

Elena nickte. In ihrer Kopfbewegung lag eine Unabwendbarkeit. »Ich gehe mit!« sagte sie fest.

»Das ist unmöglich!«

Ralf schob die Karte zur Seite. »Es ist eine Gegend, in der du nicht leben kannst.«

»Wenn du es kannst, kann ich es auch!«

»Du wirst auf Gras schlafen müssen. Es gibt nur Hammelfleisch und Milchsuppen. Der Boden ist Stein, die Umgebung nackte, kahle Felsen ...«

»Wenn du auf Gras schläfst und Hammelfleisch ißt, kann ich es auch.«

»Du würdest unglücklich werden ... nach drei Tagen schon!«

Elena umarmte ihn stürmisch. »Nicht, wenn du bei mir bist, Sascha«, sagte sie heiß.

»Es ist keine Gegend für Frauen, Elena.« Er versuchte, neue Argumente zu finden, ihr die Trostlosigkeit von Zabari zu schildern, aber sie legte ihre schmale, nach Rosenparfüm duftende Hand auf seinen Mund und küßte ihn auf die Schläfe.

»Leben in Zabari keine Frauen, Sascha? Ist es ein Männerdorf?«

»Nein«, erwiderte er zögernd. »Natürlich leben Frauen dort. Aber sie sind dort geboren, sie sind ein Teil dieser rauhen Natur, sie sind hart wie die Felsen, zwischen denen ihre Herden weiden. Du würdest unglücklich werden, Elena.«

Er dachte an Rosa, an ihre naturhafte Wildheit, die ausbrechen würde, wenn sie Elena an seiner Seite sah. Ihn schauderte innerlich bei dem Gedanken, wie elementar der Zusammenprall sein mußte, wenn sich zwei Welten wie Rosa und Elena begegneten.

»Es geht nicht«, sagte er fest, so, als ob er damit das Gespräch abbrechen wollte. »Wenn der Damm gebaut ist, Elena, wenn wir ihn einweihen, wenn wir neue Straßen gelegt und die Einsamkeit erschlossen haben, dann hole ich dich nach Zabari.«

Und während er es sagte, wußte er, daß auch dies eine Lüge war. –

Vier Monate später lagen die Pläne Ralf Meerholdts wiederauf seinem Tisch in Foca. Die Regierung in Belgrad, der Ausschuß für Talsperren, die Baudirektion in Zagreb und Sarajevo hatten die Pläne geprüft und den Auftrag zum Bau erteilt. Von Zagreb, Sarajevo, Titograd, Belgrad und Skoplje rückten die Baukolonnen auf großen Lastwagen und Raupenschleppern nach Foca.

Sechshundert Arbeiter zogen singend in Foca ein; Räummaschinen, Planierraupen, Betonmischer, Betongießer, fahrbare Sägen, riesige Eisenträger rollten ratternd durch den stillen Ort und bildeten außerhalb der Häuser ein riesiges Heerlager. Einhundert italienische Arbeiter aus Triest fuhren in der Nacht ins Lager ein, mit ihnen kam Musik in den Lindwurm der Technik, Mandolinenklang und Gesang.

An der Spitze seiner Köche marschierte Pietro Bonelli ins Lager. Bonelli, der Kantinenwirt, der in Zabari für das Wohl der siebenhundert Menschen sorgen sollte.

Ralf Meerholdt arbeitete Tag und Nacht. In seiner »Befehlsbaracke«, wie man sie schnell bei den Arbeitern nannte, brannte in diesen Nächten das Licht bis zum Morgen. Elena arbeitete an seiner Seite, still, unermüdlich. Sie war blasser geworden, etwas dünner im Gesicht. Um die Augen lagen die Schatten der Schlaflosigkeit. Aber sie sagte kein Wort der Beschwerde, sie stand an seiner Seite, sie schrieb die langen Listen der Materialien und Geräte, der Personalien und Berichte, und sie kochte starken Kaffee, wenn es gegen den Morgen ging und die Müdigkeit sie übermannte.

»Noch drei Tage«, sagte Ralf, »dann bist du erlöst.« Er trank hastig den starken, würzigen Kaffee und aß eine Schnitte Weißbrot mit dicker Butter und Schinken. Aber noch während des Kauens diktierte er weiter, meldete ein Ferngespräch nach Zagreb zu Direktor Osik an und bestellte die einzelnen Schacht- und Straßenmeister für sieben Uhr morgens zur Besprechung in den Saal der Kantinenbaracke.

An einem Dienstag setzte sich die Armee der Bauarbeiter mit den Maschinen, Wagen und Kettenfahrzeugen in Bewegung.

Nach einem genauen Plan, wie der Aufmarsch eines Heeres, vollzog sich jede Bewegung der nun fast 1000 Männer.

Den Vortrupp bildeten drei Raupenschlepper und Planierraupen mit sechs Lastwagen, die den Weg über die schwarzen Berge sichern und festigen sollten, ehe die langen Reihen der Wagen mit den Baracken und Materialien folgten. Zuletzt kamen die Arbeiter auf großen Mannschaftswagen, die von der jugoslawischen Armee geliehen worden waren.

Meerholdt hatte es bei Direktor Osik durchgesetzt,

daß Elena in Foca blieb und die »Verbindungsstelle« zwischen Zabari und Zagreb darstellte. So sehr sie bettelte und sogar nach Zagreb zu ihrem Vater fuhr, so sehr sie Ralf umschmeichelte und in der elterlichen Villa die Vasen an die Wand warf und einen kleinen Schreikrampf inszenierte, den Direktor Osik mit einem Eimer kalten Wassers schnell heilte ... sie blieb in Foca zurück und winkte weinend vor Enttäuschung und Zorn dem letzten Wagen nach, der aus dem Tor des Barackenlagers fuhr - der kleine Wagen Meerholdts, beladen mit einem Zelt und einigen Koffern voll Kleidung und Wäsche.

Dann war sie allein in dem großen Lager. Die Baracken starrten sie mit ihren leeren Fenstern an, der Platz, über den sonst das laute Leben der Arbeit flutete, war übersät mit Papier, das der Wind vor sich hertrieb. Ein Hund, den jemand vergessen hatte mitzunehmen, trottete durch die Lagergassen und schnüffelte an den Ecken. Nur aus der »Befehlsbaracke« tönte dünn das Klappern einer Schreibmaschine durch die plötzliche Stille. Zwei Stenotypistinnen hatte Meerholdt zur Unterstützung Elenas noch eingestellt, ehe er wegfuhr.

Wütend ging Elena durch die Lagergassen. Eine ausgestorbene Stadt, ein schreckliches Gefängnis, eine Verbannung, dachte sie. Sie blieb vor dem ehemaligen Materiallager stehen, das noch halb gefüllt war. Der Rest sollte in etwa zwei Monaten nachgeholt werden, wenn in Zabari das neue Barackenlager aufgebaut war und die wertvollen Ersatzteile ein sicheres Dach bekamen.

In zwei Monaten, dachte Elena. In zwei Monaten werde ich mit diesem Material nach Zabari fahren. Und wenn ich mich in eine Kiste lege oder unter Drahtrollen verstecke. Ich komme mit! Ich will Ralf und Vater zeigen, daß ich keine Modepuppe bin, der man nicht zutraut, in einer Wildnis zu leben, wenn man einen Mann liebt! Ich werde es ihnen beweisen! In zwei Monaten.

Zufrieden ging sie zurück zur »Befehlsbaracke« und setzte sich an das Telefon. Sie rief Zagreb an und nickte, als sich Stanis Osik meldete.

»Meerholdt ist vor einer Stunde mit den Kolonnen abgerückt«, sagte sie. »Wir rechnen damit, daß die provisorische Telefonleitung von Zabari bis Foca in drei Tagen fertig ist. Du kannst dann gleich mit Meerholdt sprechen.«

»Sehr schön, mein Püppchen«, sagte Osik zufrieden.

»Nenn mich nicht immer Püppchen«, rief Elena wütend. »Ich bin keine Figur, die man unter Glas setzt!«

»Natürlich nicht.« Osik strich sich über seine Glatze und blickte auf seinen aufgeschlagenen Terminkalender. »Ich komme in zwei Wochen zu euch.«

»Das ist schön, Papa.«

»Siehst du. Und laß den Mut nicht sinken. Auf Wiedersehen, Püppchen.«

Wütend, ohne Antwort, warf Elena den Hörer auf die Gabel und verließ das Zimmer. Sie ging in ihren Schlafraum und warf sich auf das weiche Bett, das Osik für sie von Zagreb nach Foca hatte nachkommen lassen.

In zwei Monaten, grübelte sie. Zwei Monate, bis ich Ralf wiedersehe. Das ist eine lange Zeit, eine zu lange Zeit. Ich werde sie nicht durchstehen ... ich werde ungeduldig werden, ich werde eine Dummheit machen! Und wenn ich mit meinem Wagen heimlich durch das Gebirge zu ihm fahre ... ich werde keine zwei Monate auf seine Lippen, seine Arme, seine Augen, seine Zärtlichkeiten warten können. Ich kann es nicht ...

Sie richtete sich auf und sah sich in dem großen Spiegel, der neben dem Fenster stand und bis zur Erde reichte. Ihre Augen waren umrandet und müde, die Haare lagen unordentlich um den schmalen Kopf, das Rot der Lippen war verwischt. Da warf sie sich wieder zurück aufs Bett und drehte den Kopf zur Wand.

Sie weinte, und jetzt war es ein Weinen des Abschieds und der Sehnsucht.

2

Jossip stand oben auf den Bergen, Tanja an seiner Seite, als der Heerwurm der Arbeiter sich über die Paßstraße aufwärts bewegte.

Ungläubig an dem, was er sah, erschrocken vor der Fülle Leben, die sich in seine Einsamkeit und Abgeschiedenheit ergoß, ließ er sich auf die Knie gleiten und kroch bis zum Rand des senkrecht abfallenden Felsens vor. Auf dem Bauch liegend, sah er hinab auf den schmalen Felsenweg und betrachtete die langsam und vorsichtig sich vortastenden Raupenwagen und die Planierschaufler, die alles Gestein vom Wege wegdrückten und seitlich in die Schlucht warfen. So hatten die nachfolgenden Wagen einen freieren und nicht mehr so holprigen Weg. An einer etwas breiteren Stelle, eng an den Felsen gedrückt, stand ein einzelner Wagen und ließ die Kolonnen an sich vorbeiziehen.

Ein kleiner, zweisitziger Wagen.

Jossip kniff die Augen zusammen, als er Ralf Meerholdt am Wege stehen sah. Einen Augenblick hatte er die Versuchung, einen dicken Stein vom Felsen auf ihn hinabzurollen, eine Steinlawine auf diese fremden Menschen hinabregnen zu lassen und den Weg unbegehbar zu machen.

Aber er bezwang sich und lag flach auf dem Bauch, vor Haß und Erregung tief atmend.

Einer gegen tausend, dachte er. Das ist sinnlos, Jossip. Aber einer gegen einen - das ist ein Kampf, von dem die Ahnen sangen. Er ballte die Fäuste und schob sie vor sich her an den Rand des Felsens. Ich treffe dich, du feiner Herr! Für dich hat mich Rosa geschlagen, zweimal geschlagen ... du weißt nicht, was das bedeutet, Herr! Du kommst aus einem anderen Land, du bist nicht einmal aus unserem Volk. Was weißt du, was ein Schlag bei uns bedeutet?! Du wirst wiederkommen, hast du gesagt ... und nun bist du gekommen, aber mit einem Heer! Doch ich werde dich aus diesem Heer herausholen, und dann wird die Sonne wegsehen und Gott die Augen schließen ...

Er kroch zurück und richtete sich auf. Tanja stand mit gesträubtem Fell beim Leithammel der Herde und sah Jossip entgegen. Er knurrte leise, als er sich näherte und ihm das Halsband überwarf.

»Komm, Tanja«, sagte er leise, »Wir müssen zurück ins Dorf. Wir haben noch viel zu tun, Tanja ... es kommt eine schlimme Zeit für uns ...«

Er ging der Herde voran, und der Leithammel folgte ihm mit der Herde. Jossip kannte die Felsen und Wege wie keiner in Zabari, und er führte die Herde zurück über rauhe Schluchten und durch dunkle Täler und erreichte Zabari eher als die ersten Raupenschlepper, die fauchend den Weg hinab ins Dorf ratterten.

Als die ersten Wagen ins Dorf kamen, standen am Eingang von Zabari kleine Mädchen mit Blumen und schmückten die ersten Fahrzeuge und die Fahrer. Später standen auch die Bauern und Bäuerinnen am Wege und winkten den einzelnen Autos zu, die durch das Dorf knatterten und außerhalb der Häuser, am Rande des kleinen Tales, anhielten und eine Art Wagenburg bildeten. Sie fuhren zu einem großen Kreis zusammen und schlugen in der Mitte des so geschaffenen Platzes Zelte und eine Baracke auf.

Fedor stand in der Tür seiner Hütte, als die ersten Wagen ins Tal kamen. Er sagte nichts ... er starrte ihnen entgegen, entgeistert, verständnislos, von Staunen übermannt. Rosa, die hinter ihm aus der Tür sah, rannte zurück in ihre Kammer. »Sie kommen!« schrie sie Marina entgegen. »Sie kommen!« Sie wirbelte die Mutter im Kreise herum, rannte dann aus dem Zimmer und begann, in einer Ecke des Schlafraumes die Kisten zu durchwühlen. Sie warf ihr Festkleid heraus, den bunten Bänderkopf-schmuck, die weißen, aus weicher Wolle gewebten Röcke, die schmalen, mit buntem Leder bestickten Festpantoffeln aus reinem Ziegenleder. Mit zitternden Händen zog sie sich um, schlich aus der Stalltür ins Freie und ging in den Garten. Sie pflückte einen großen Strauß hellroter Lilien und rannte dann an dem sprachlosen Fedor vorbei über die lange Dorfstraße den Wagen entgegen, die vom Eingang des Tales aus den Bergen quollen.

An der Stelle, an der sie Ralf vor vier Monaten zuwinkte und vor seinem Abschied in den Bergwald flüchtete, stellte sie sich auf und starrte die Wagenreihen entlang, lächelte den winkenden Arbeitern zu und schüttelte den Kopf, wenn kecke Rufe und Bemerkungen sie umflatterten.

Auf dem Rand des Kantinenwagens saß Pietro Bonelli und schnalzte mit der Zunge, als er an Rosa vorbeifuhr. »Madonna mia!« rief er enthusiastisch. »Das in solcher Wüste?! Mir wird wohler ums Herz, amici! Ich werde sogar schon heimisch! Cara carissima!« schrie er zu Rosa hinüber und fuchtelte mit den Armen. »In zwei Tagen steht meine Kantine! Dann lade ich dich zum Tanz ein ...«

Lachend fuhren die Arbeiter an Rosa vorbei.

Als der kleine Wagen, mehr hüpfend als fahrend, über den Weg aus den Felsen hinausschoß, machte auch ihr Herz einen Sprung. Eine Welle von Glück überspülte sie ... sie drückte den großen Blumenstrauß an ihre Brust, und durch die Blumen hindurch sah sie dem Wagen entgegen. Ihre langen, schwarzen Haare glänzten in der Sonne ... sie hatte sie mit den bunten Bändern durchflochten und über ihre Schulter wie einen kostbaren Schmuck gelegt. Es war ihr, als müsse sie zu Boden sinken und sterben vor Glück, als sie die blonden Haare Ralfs über der Windschutzscheibe des Wagens sah. Sie hob die Blumen noch höher an ihre Augen und zitterte vor Seligkeit.

Ralf Meerholdt hatte von der Höhe aus den Einzug der ersten Wagen beobachtet und war erfreut über den Empfang durch die Bauern von Zabari. Er sah nicht Jossip am Rand des Bergwaldes oberhalb des Dorfes stehen, gegen einen dunklen Stamm gelehnt, unsichtbar für das ungeübte Auge des Fremden. Jetzt fuhr er vor sich hinpfeifend den Weg hinab und malte sich aus, wie er Rosa wiedersehen würde. Sie saß bestimmt am Herd neben dem Feuer und webte, oder sie briet ein Stückchen Hammelfleisch an dem drehbaren Spieß und legte die Scheiben Brot auf den großen Holzteller, der bei jeder Mahlzeit mitten auf dem Tisch stand.

»Ich bin zurückgekommen!« wollte er sagen. Aber dann verwarf er diesen Satz. Er verpflichtete zu sehr ... er war die Einlösung eines Versprechens. Nein – er würde Rosa dic Hand geben und Fedor eine Pfeife schenken und Marina einen Schal. Und dann würde er schnell zu den Arbeitern gehen und den Aufbau der ersten Baracke überwachen und keine Gelegenheit mehr finden, Rosa allein zu sehen. Er spürte, daß die Verpflichtung Elena gegenüber ihn seelisch verkrampft hatte, aber er hatte nicht die Absicht, sich von ihr zu lösen. Die elegante Elena mit der Zärtlichkeit einer schnurrenden Katze ... sie war doch stärker, um so vieles stärker als das Naturkind Rosa, dessen Lippen beim Kusse zitterten und nicht aufblühten wie der heiße Mund Elenas.

Er fuhr ins Tal hinab, pfeifend, die Haare frei im Zugwind flattern lassend.

Am Wege stand Rosa, die Blumen hoch vor dem Gesicht.

Er hielt den Wagen mit einem Ruck an. Sein Herz zerriß bei ihrem Anblick,

»Rosa«, sagte er leise. »Rosa ...« Aber sie hörte es nicht ... das Tal war erfüllt vom Gedröhn der Motoren und den Rufen der Arbeiter.

Er sprang aus dem Wagen ... er kam auf sie zu ... er streckte die Hand aus. Sie sah ihn durch die Blumen an, ein Schrei, ein greller Schrei des Glückes würgte in ihrer Kehle, sie wollte ihn ausstoßen, so wie ein Tier aufschreit - - - aber sie schloß die Augen, sie ließ die Blumen aus den Händen vor die Füße Ralfs fallen und warf sich ihm entgegen. Ihre Arme umschlangen seinen Hals, ihr Mund war wie eine Wunde, die aufriß ... und dann küßte sie ihn, wild, hemmungslos, stammelnd, mit den Händen seine blonden Haare durchwühlend. Sie fühlte sich so ganz eins mit ihm, daß sie die Beine einzog und an ihm hing wie ein Ertrinkender. Und dann weinte sie, vor Glück und vor Erlösung.

Umarmt, eng aneinandergedrückt gingen sie ins Tal hinab. Verlassen stand der kleine Wagen am Wege. An ihnen vorbei rasselten die schweren Raupenschlepper, die Transporter mit den Barackenwänden ... sie sahen und hörten nichts, sie sahen nur ihre Augen und ihre Lippen, und sie fühlten einer nur den anderen und vergaßen, was gewesen war, was war und was werden würde. Es gab keine Zeiten mehr, keinen Ort und kein

Leben als nur das eigene Leben in der Hand des anderen.

An seinem dunklen Stamm oberhalb Zabaris stand noch immer Jossip und starrte den beiden nach. Er hatte die Fäuste geballt. Sein Gesicht war eingefallen und fahl. Langsam trat er zurück in den Wald und stieg den Felsen hinauf, nach vorn gebückt wie ein Geschlagener, der Zuflucht in der Einsamkeit sucht, um die Wunden zu heilen und die Menschen zu hassen.

Vor der Tür von Suhajas Haus blieb Meerholdt stehen und streckte Fedor die Hand entgegen.

»Ich bin zurückgekommen, Fedor«, sagte er. »Ich will wieder dein Gast sein.«

Fedor sah die Hand an und blickte hinüber zu Rosa.

»Bringst du Glück oder Unglück, Herr?« fragte er leise.

Meerholdt atmete tief auf. »Glück, Fedor.«

Da nahm der Alte die Hand und drückte sie. An der Hand zog er Ralf hinein ins Haus.

Die Barackenstadt wuchs.

Von Tag zu Tag dehnte sich das Lager aus, die Zelte, die in den ersten Tagen als Unterkunft dienten, verschwanden immer mehr. Schon saßen die ersten Bauern und Mädchen in Bonellis Kantine zusammen und tranken Bier und Slibowitz. Ein Mandolinenorchester der Italiener gab sein erstes Konzert am Rande des Waldes, umflackert von romantischen Lagerfeuern. Die Mädchen wiegten sich im Takt der fremden, heißen Melodien, die ersten Schimpfworte wurden gewechselt, weil ein Trupp von drei Arbeitern zwei Hühner organisiert hatte.

Pietro Bonelli hatte schon am zweiten Tag sein Glück als unwiderstehlicher Liebhaber versucht. Ihm war auf der Dorfstraße Katja begegnet, Katja Dobor. Sie war ein Bauernmädchen und wohnte drei Häuser weiter als Rosa. Sie war ein strammes Geschöpf mit kräftigen Armen, festem Busen und langen, schlanken Beinen. Bonelli war auf der Straße stehengeblieben, hatte seinen lockigen Schädel gerieben und vor sich hingepfiffen. »Cara mia!« hatte er gemurmelt. »Die Welt ist schön!« Und Katja Dobor war stehengeblieben wie er, hatte sich umgedreht und gesagt: »Josef wird dir die Knochen brechen ...«

Diese Worte fand Bonelli recht unschön. Er sann auf Rache und bestürmte Meerholdt am nächsten Tag mit einem lauten Klagegesang.

»Ich brauche Hilfe!« stöhnte er und hob beschwörend beide Hände. »Herr Ingenieur ... ich schaffe es nicht mehr! Die Küche, der Ausschank, das Spülen, das Einkaufen, das Disponieren, das Überwachen ... und alles mit vier Mann! Mit vier Dummköpfen, die zu blöd sind, auf ihre eigenen Sachen aufzupassen. Gestern wurde ein Sack Mehl gestohlen ... heute war es ein Karton mit Eiern! Es ist zum Verzweifeln! Ich brauche Personal, Herr Ingenieur ... vor allem weibliches Personal! Küchenmädchen, Spülmädchen, Mädchen, die Kartoffeln, Möhren und Rüben schälen, die backen können ... Maria mia ... ich arbeite mich hier tot!«

Er trocknete den Schweiß von der Stirn und sah Ralf Meerholdt treuherzig an. »Ich bin ein gebrochener Mann, Herr Ingenieur ... meine Küche steht am Rande des Abgrundes!«

»Ich werde versuchen, Mädchen zu bekommen«, versprach Meerholdt. »Wenn sich keine melden, müssen wir schichtweise einen Küchenhilfsdienst einrichten.«

»Mit Männern? Unmöglich!« schrie Bonelli, »Die klauen mir alles! Ich brauche Mädchen, ehrliche Mädchen.«

»Dann versuche, ob du welche bekommen kannst.«

Bonelli verdrehte die Augen, »Ich werde es versuchen, Herr Ingenieur.« Er rannte aus der Baracke und machte sich auf den Weg zu dem Hause der Dobors.

Katja stand neben dem Brunnen und mahlte zwischen zwei Steinen Hirse, als Pietro heranmarschierte. Sie sah ihm entgegen und drehte weiter die beiden schweren Mühlsteine. Bonelli sah ihr eine Zeitlang zu, indem er sich auf den Brunnenrand setzte und eine Zigarette rauchte.

»Schwer, nicht wahr?« fragte er dann.

Katja blickte wütend auf. »Wenn die Männer nicht alle Flegel wären, hättest du mir längst geholfen!«

»Jeijeijei ...« Bonelli warf die Zigarette weg. »Ich bin gekommen, um dich mitzunehmen.«

»Mich?!«

»Ja.«

»Wohin?«

»Zu mir.«

Katja richtete sich auf und stemmte die Arme in die Seiten. Ihre volle Brust spannte das Kleid, und Bonelli schnaubte durch die Nase vor Begeisterung. »Weg!« rief sie. »Weg von hier! Wenn ich es Josef sage, erschlägt er dich!«

»Josef! Wer ist Josef? Um Bonelli zu schlagen, muß man Weltmeister sein! Ich trage einen ganzen Ochsen auf dem Rücken ins Haus.« Er spannte die Muskeln und zeigte Katja seinen Oberarm. Als er sah, daß dieses Schauspiel bei Katja keinen Eindruck hinterließ, senkte er den Arm. »Du sollst mir in der Küche helfen ... der Ingenieur sagt es.«

»Der Herr, der bei Rosa wohnt?«

»Ja.«

Sie nickte. Ein verstecktes Lächeln huschte durch ihre Augen. »Nur weil es der Herr sagt ...«

»Du kommst?!« Bonelli sprang vom Brunnen. Ich könnte die ganze Welt umarmen, dachte er.

»Weil es der Herr will ...«

»Morgen um 7 Uhr ... Nein, schon heute ... gleich!«

Sie nickte und ging ins Haus. Beschwingten Schrittes eilte Bonelli in seine Kantinenbaracke zurück und schmückte sein Zimmer mit frischen Blumen. Er vergaß nicht, sein Bett aufzudecken ... ein gutes, stabiles amerikanisches Feldbett, über dessen Bespannung er eine weiche Auflegematratze einladend gebreitet hatte. »Wenn das keinen Eindruck macht«, sagte er sinnend, »gehe ich zur Kolonne und mische Zement.«

Am Abend trat Katja mit sechs anderen Mädchen den Dienst in der Küche an. Da sie nicht allein kam, hatte Bonelli keine Gelegenheit, seine weiche Auflegematratze zu zeigen. Fluchend lief er herum, trat einen kleinen Lehrjungen in den Hintern, weil er Soße beim Auftragen verschüttete, und saß dann mißmutig hinter seinen Flaschen und sah auf die Arbeiter, die ihr Abendessen holten.

Am nächsten Morgen lief Bonelli jammernd mit einem blauen Auge herum. Keiner wußte, wie er dazu gekommen war ... nicht einmal Bonelli selbst. Mit weinerlichem Gesicht erzählte er jedem, der es wissen wollte, wie er am Abend hinter die Baracke ging, um aus dem Vorratsschuppen noch eine Seite Speck zu holen. Dabei sei ihm eine Faust aus der Dunkelheit direkt ins Auge gefahren, und als er wieder vom Boden aufstand, war niemand mehr zu sehen.

»Ein Dieb!« rief er immer wieder und schlug mit der Faust auf den Tisch, »Ein Dieb, den ich überraschte! Oh - wenn ich den Kerl erwische!«

Der Kerl saß unterdessen bei Katja am Brunnen und kühlte einen Riß in seiner Faust.

»Ich bringe ihn um!« sagte er immer wieder. »Ich schlage ihn zusammen wie einen Stamm!«

Die Bohr- und Ausschachtungsarbeiten nahmen Meerholdts Zeit so in Anspruch, daß er wenig Zeit für Rosa hatte. Selbst in der Nacht setzte er die hektische Tätigkeit fort, die er schon in Foca gezeigt hatte ... mit starkem Kaffee, den ihm Bonelli selbst brachte, und Packungen starker amerikanischer Zigaretten hielt er sich wach und arbeitete mit zwei jungen Technikern an den Plänen.

Abwechslung brachte in dieses Einerlei nur Bonelli, der am fünften Tag, an dem das linke blaue Auge sich wieder normal färbte, mit einem rechten blauen Auge erschien.

»Ich habe ihn gesehen!« schrie er dieses Mal. »Es war ein großer Kerl, ein Bulle von einem Kerl! Oh - ich könnte ihn in der Luft zerreißen!«

Daß die Verfärbung seiner Augen mit dem plötzlich erwachten Interesse Katja Dobors für seine Kantine in Zusammenhang zu bringen waren, kam Pietro Bonelli nicht in den Sinn. Auch daß Katja endlich das schöne amerikanische Feldbett gesehen hatte und sich auf die weiche Unterlage setzte - zum Hinlegen war sie noch nicht bereit, was Bonelli sehr bedauerte - und hinterher bei Josef Lukacz davon schwärmerisch erzählte, trug nicht dazu bei, das Leben Bonellis ruhiger zu gestalten. Eigentlich war er bisher der einzige, der in Zabari die Mißachtung des Fremdartigen handgreiflich erfuhr, und nur der Gedanke, daß es ein überraschter Dieb gewesen sein könnte, der ihn überfiel, rettete dem Barackenlager die Anwesenheit des lamentierenden Italieners.

Jossip Petaki, der Schäfer, kam nicht mehr ins Tal zurück. Er verkroch sich in seiner Hütte inmitten der Felsen und beobachtete aus der Ferne das ameisenhafte Treiben außerhalb Zabaris an dem kleinen Talkessel. Dann flog ein finsteres Grinsen über seine Züge, und er schaute empor zu dem über Zabari hängenden Felsen, zu dem schützenden Hang, unter dem sich das Dorf vor den Unbilden der Natur geduckt hatte. Ein Schein von Zufriedenheit überflog jedesmal sein Gesicht, wenn er an die Quelle herantrat, die aus dem Felsen kam, und in ledernen Eimern Wasser in seine Holzhütte trug.

Er hatte Zeit, ja, die Zeit arbeitete für ihn. Was wußten die kleinen Menschen dort unten, wie mächtig die schwarzen Berge waren! Sie wühlten die Erde auf, sie rodeten die Wälder, sie gruben Felsen aus, sie sprengten das Gestein und gossen zwischen Eisen und Holz dicke Mauern vor das Tal. Sie wollten die Natur bezwingen, sie wollten Gottes Schöpfung korrigieren. Jossip lachte darüber und stand über Zabari in den Felsen, ein einzelner Mensch, der daran glaubte, daß die Neuzeit nicht stärker war als das Gesetz der Berge.

Ralf Meerholdt blieb erstaunt vor dem langen Schanktisch Bonellis stehen, als er Rosa mit anderen Mädchen Gläser spülen sah. Er winkte Bonelli herbei und zeigte auf sie.

»Was soll das?«

»Meine Mädchen!« antwortete Bonelli stolz. Sein rechtes Auge war gelb geworden, und jeder im Lager wartete darauf, wann das linke wieder blau erglänzte.

»Was soll denn Rosa dort?«

»Rosa? Die Schwarze? Die kam vor drei Tagen zu mir und wollte Sie sprechen. ›Kind‹, habe ich zu ihr gesagt. ›Der Herr Ingenieur hat keine Zeit! Von morgens bis abends und in der Nacht arbeitet er. Was willst du von ihm?‹ – ›Nichts‹, sagte das Mädchen. Und plötzlich besann sie sich und meinte: ›Haben Sie keine Arbeit für mich?‹« Bonelli hob die Schultern. »Arbeit habe ich immer ... und nun ist sie hier.«

Meerholdt nickte. »Es ist gut, Bonelli.« Er ließ den Kantinenwirt stehen und trat an den Tisch heran. Über die Gläser hinweg faßte er Rosas Hand und hielt sie fest, als sie ein Glas ins Wasser tauchen wollte.

Sie sah ruckartig auf. Ihr Blick war traurig.

»Sie kennen mich noch?« fragte sie. Ihre Lippen zitterten.

»Sei nicht dumm, Rosa.« Er nahm ihr das Glas aus der Hand und stellte es zur Seite. »Wenn die Vorarbeiten fertig sind, habe ich mehr Zeit.«

»Ich glaube es nicht ...«

»Aber Rosa!« Er versuchte, sie heranzuziehen, aber sie entriß ihm den Arm und trat zurück an die Hinterwand. »Du liebst mich nicht mehr!« In ihre Augen trat jene Dunkelheit, die Ralf schon erschreckte, als er sie zum erstenmal küßte. »Du bist anders als damals ... Und ich habe mich so gefreut auf dich ...«

»Die Arbeit, Rosa ... der Damm! Er ist wichtiger als wir ...«

»Es gibt für mich nichts Wichtigeres als dich ...«

Natürlich, dachte er. Was weiß sie von dem, was hier entsteht? Sie ist ein Kind der Natur, sie kennt nur Liebe und Haß, Leben und Vergehen, Geben und Nehmen. Alles in ihr ist einfach, so klar, so unabwendbar wie der Lauf der Sonne und die Schatten des Mondes, wie der Einbruch des Winters und die Trockenheit des Sommers.

Er beugte sich vor und nahm wieder ihre Hand. Sie entzog sie ihm nicht, aber sie rührte sich auch nicht von der Wand.

»Du hast recht, Rosa«, sagte er versöhnlich. »Wir wollen heute abend spazieren gehen. In den Wald oder dorthin, wo du am liebsten sitzt ...«

»Wo ich immer an dich gedacht habe ...« sagte sie leise. In ihre Augen trat ein glücklicher Schimmer. »Ich warte auf dich. Wenn der Mond über der Spitze des Waldes steht, bin ich hinter dem Haus im Garten.«

Er drückte ihre Hand und ging.

Wenn der Mond über der Spitze des Waldes steht, dachte er. So etwas gibt es noch auf unserer nüchternen Welt! Keine Uhrzeit, kein Hasten, kein Sklave des schleichenden Zeigers auf einem phosphoreszierenden Zifferblatt. Der Mond ist es, der die Zeit sagt, der Mond über der Spitze des Waldes.

Er ging hinüber zu den Baustellen. Zwei Italiener schrien auf einen Bauern ein, der mit einem Ochsenkarren vom Feld kam und mit der Deichsel eine Tonne mit Kalk umgestoßen hatte. Auf der Sohle des Tales wuchs das Gerüst für den Betonguß empor. Mächtige Bretterwände, durchzogen mit Eisenträgern und riesigen Stahlgeflechten, schoben sich empor. Die Planierraupen zogen die von den Motorsägen gefällten Stämme über den Boden des Tales in eine Seitenschlucht, während an den hohen Kränen die Verschalungen und Träger in die Tiefe pendelten.

Die Schachtmeister und Vorarbeiter, an denen Ralf Meerholdt vorbeikam, meldeten ihm den Fortgang der Arbeit. Auf einem Gerüst, das in halsbrecherischer Art fast frei, nur auf einer Felsnase aufliegend, über das Tal ragte, stand einer der jungen Techniker und erklärte auf einem großen Bauplan einem Meister die weiteren Teile.

Meerholdt blieb am Rande des Tales stehen und überblickte das Werk. Es waren seine Pläne, seine Gedanken, seine Träume, die hier zu Stahl, Beton und Erde wurden. Er schuf hier eine neue Welt, von der keiner in Zabari ahnte, was sie für das stille, unbekannte Dorf bedeutete. Schon schoben sich die Straßenbaukolonnen meterweise an die Abgeschiedenheit heran ... der schmale Weg wurde verbreitert, die Felsen wurden gesprengt, gekappt. Tunnels wurden gebohrt und Brücken - vorerst nur aus Holz - über kleinere Schluchten gelegt. Die Zivilisation fraß sich in die schwarzen Berge hinein, der Fortschritt kannte keine Hindernisse ... ein Märchenreich wurde erobert, ein Dornröschen der Erde gewaltsam aus dem Schlaf gerissen. Es gab nicht mehr den zarten Kuß des Märchens ... das Stampfen von Rammern und das Geheul von Dieselmotoren erschütterten die Berge und rissen Wunden in die Erde, damit sie schöner werde, fruchtbarer und schrecklicher.

In Belgrad saß man über den Karten und Plänen und verfolgte den Fortschritt der Arbeiten. Jeden Tag rief Direktor Osik aus Zagreb über die neue, provisorisch gelegte Leitung an. Jeden Tag auch sprach Elena mit Ralf und schickte ihm Küsse durch den Draht. »Ich habe solche Sehnsucht, Sascha«, sagte sie. »Wenn ich dich wiedersehe, erwürge ich dich vor Glück.«

Der Zwiespalt seines Inneren war vollkommen. Er wußte in seinem Hin- und Hergerissensein nur eins: Nie durfte Elena nach Zabari kommen, solange Rosa hier war. Und wenn sie kam, mußte Rosa aus dem Dorfe fort. Er dachte einen Augenblick daran, sie nach Plewlja zu schicken. Dort lagen eine kleine Materialkolonne und ein Ersatzteillager aus Titograd. Rosa konnte dort in einem sauberen Zimmer wohnen, und er hatte manchmal Gelegenheit, sie unter dem Vorwand zu besuchen, die Teile selbst aussuchen zu müssen. Sie würde dann aus der Rauheit der Berge fortkommen, sie würde das Leben außerhalb der Schluchten kennenlernen, jenes Leben, das sie so liebte, ohne zu wissen, wie beschwerlich es war, mit ihm noch ein so herrlicher Mensch zu sein wie Rosa ... ein Mensch ohne Lüge, ohne Intrige, ohne Falsch, ohne Mißgunst und Neid.

Von den Baustellen ging Ralf Meerholdt hinüber zu den Baracken der Arbeiter, zu den Schlossereien, Schmieden, Tischlereien und Autowerkstätten. Der Fahrer des Abschleppwagens saß am Rande eines Baches, der außerhalb der Werkstatt vorbeifloß und kühlte eine dicke Beule auf dem Kopf.

»Ist dir ein Motor auf den Kopf gefallen?« fragte Meerholdt und lachte. Der Monteur, der an einem Getriebe arbeitete, richtete sich auf.

»Er hat den Motor zu sehr überdreht!« sagte er und lachte meckernd. »Er wollte mit Vollgas an die kleinen Mädchen gehen. Aber leider lag was im Weg, nämlich der Bräutigam.«

Das Gesicht Meerholdts wurde ernst. Er winkte den Fahrer heran und nahm ihn bei den Rockaufschlägen. »Das ist eine Sauerei, Kerls, eine verfluchte Schweinerei! Wir sind hier in einem fremden Land. Ihr kennt die Ansichten der Montenegriner, ihr wißt, daß sie allem feindlich gegenüber stehen, was in die Ruhe ihres Lebens einbricht. Für sie sind wir Eroberer, und wir haben die verdammte Pflicht, uns so zu benehmen, daß sie Zutrauen fassen und uns helfen, statt uns das Leben noch schwerer zu machen, als es schon ist.«

»Ich habe eines von den Mädchen nur in den Hintern gekniffen.« Der Fahrer zog ein Gesicht und befühlte seine Beule. »Am Abend kommt so ein dreckiger Kerl in die Werkstatt, so ein richtiger Mistkerl, nach Kuh und Bock stinkend, sieht mich groß an, und ohne ein Wort zu sagen, nimmt er einen Knüppel und haut mir eins über den Schädel, daß ich eine halbe Stunde lang in der Ecke lag.« Er ballte die Fäuste und schüttelte sie vor Meerholdts Augen. »Und wenn Sie hundertmal von Freundschaft sprechen, Herr Ingenieur - - ich habe mir diese Visage gemerkt, und wenn ich ihn treffe, schlage ich drauf wie auf kaltes Eisen ...«

Kopfschüttelnd wandte sich Meerholdt ab und ging weiter, dem Ersatzteillager zu. Der unzulängliche Mensch, dachte er. Wohin er kommt, schafft er Unruhe und Streit.

Am nächsten Tag wurde der Fahrer versetzt. Er kam nach Niksic zu einer Kolonne, die Baubretter und Zement von Cetinje holte und in Niksic stapelte.

Als der Abend kam, verließ Meerholdt seine Ingenieurbaracke und schloß den Raum mit den Kartentischen, den Reißbrettern und den Pausapparaten ab. »Schluß für heute!« meinte er zu den beiden jungen Technikern. »Ruht euch aus, sauft nicht zuviel, sondern geht ins Bett. Morgen raucht euch wieder der Kopf ...« Er grüßte und ging langsam dem Wald zu, an dessen Rand ihn Rosa erwarten wollte. Wenn der Mond über den Spitzen des Waldes steht ... er schaute empor in den abendlichen Himmel und sah den Mond noch weit in den Felsen stehen. Eine gute Stunde noch, rechnete er sich aus. Eine Stunde Herzklopfen und Gewissensqual gegenüber Elena.

Während er sich auf einen gefällten Stamm setzte und die Nachtschicht beobachtete, die unter großen Flutlichtscheinwerfern, welche ihren Strom von riesigen

Batterien empfingen, die auf Spezialwagen tagsüber aufgeladen wurden, Verschalungen für eine Stützmauer aus Beton zimmerten, hockte Bonelli auf einem Stuhl an der Tür des hinteren Küchenausganges, einen dicken Knüppel in der Hand und zitternd vor Erwartung und Wut. Sein linkes Auge war gut verheilt, und er erwartete den Angriff auf dieses beliebte Objekt seines unbekannten Gegners. Zur Sicherung hatte er am Tage in aller Heimlichkeit Fußangeln und Selbstschüsse rund um die Tür und auf den Weg zum Vorratsschuppen gelegt. Nun wagte er selbst nicht mehr, vor die Tür zu treten, da er in seinem Racheeifer vergessen hatte, wo die Selbstschüsse lagen und wo sich die gefahrlose Gasse zum Vorratsschuppen hinzog.

Die Beule des Fahrers hatte ihn nachdenklich gemacht. Sie war offensichtlich eine Beule der Eifersucht. Diese Erkenntnis nagte schwer am Herzen Bonellis, denn Katja Dobor hatte gestern abend in der Küche Überstunden gemacht, und es war zufällig so, daß sie allein war und die anderen Mädchen von den Überstunden nichts wußten. Bonelli hatte ein Flasche Likör entkorkt, einen süßen Kakao mit Nuß, und ein Gläschen an Katja gegeben, zur Aufmunterung natürlich und damit sie nicht müde würde bei der schweren Arbeit.

Als Katja Dobor nach einer Stunde ging, hatte er sie geküßt. Weil sie stillhielt und seine Zärtlichkeiten mit einem süßen Lächeln duldete, schwoll der Mut in Bonellis Seele und er beschloß, die Überstunden ab morgen auszudehnen und seine weiche Matratze vorausschauend frisch zu überziehen.

Das alles trug allerdings nicht zur Sicherheit seiner Person bei. Im Gegenteil erwartete er nach dem Überstundeneifer Katjas einen neuen Angriff des Gegners aus dem Dunkeln, der diesesmal in ein Feld von Selbstschüssen und Fußangeln geraten würde. Bonelli rieb sich die Hände, wenn er sich ausmalte, wie der starke Josef auf dem Boden lag, umgeben von knallenden Feuerwerkskörpern, festgehalten von einer Schlinge um seine Knöchel, und Bonelli stand über ihm und gerbte ihm mit dem dicken Knüppel wortlos und grinsend das Fell.

Bonelli sah auf die Uhr, die an der Wand tickte, eine alte, runde Küchenuhr, die überall auftauchte, wo Bonellis Kantine erschien. Sie war die einzige Erinnerung an sein Elternhaus ... sie tickte in der Küche über dem Tisch, an dem er als Kind seine Spaghetti aß, Madonna mia - Spaghetti!

Noch eine Viertelstunde, durchfuhr es Bonelli. Fast auf die Minute genau hatte der Unbekannte zugeschlagen.

Bonelli erhob sich, er klinkte die Tür auf und trat hinaus auf den Hof. Die Dunkelheit umfing ihn schwarz und feindlich ... er blinzelte ein wenig, um seine Augen an den Wechsel zu gewöhnen. Er schloß die Tür, faßte seinen Knüppel fester und drehte sich dann um, um vorsichtig zum Schuppen zu gehen.

Der Weg wurde ihm erspart. Als er sich von der Tür wegdrehte, machte es bumm, aus dem Dunkel sauste eine Faust hervor, bohrte sich in sein linkes Auge und erzeugte einen Himmel voller zuckender Sterne.

Bonelli brüllte auf, er schwang seinen Knüppel, im Ungewissen Licht sah er einen Schatten zum Schuppen rennen. »Halt!« schrie er. »Lump! Schuft! Dreckskerl!« Er rannte dem Schatten nach und fiel mit einem Schrei der Länge nach auf den Boden. Im gleichen Augenblick umkrachten ihn die Selbstschüsse, ein Feuerwerk umknatterte die liegende und sich windende Gestalt.

Der Schatten war längst in der Dunkelheit untergetaucht, als Bonelli endlich auf die Beine sprang und durch sein Minenfeld ins Haus wankte. Er griff nach der schon bekannten Flasche mit 90prozentigem Alkohol, goß Wasser in eine Emailleschüssel, verdünnte den Alkohol und begann, sein sich schließendes linkes Auge mit knirschenden Zähnen zu kühlen.

Ein Blick in den Spiegel ließ ihn fast weinen. Sein Gesicht war aufgedunsen. Der letzte Schlag hatte nicht nur das Auge, sondern auch die Nase mitgetroffen. Es mußte eine große Faust sein, die eine halbe Gesichtshälfte mit einem Schlag deformierte.

Bonelli schlurfte zu seinem amerikanischen Bett und sank auf die frischbezogene Matratze. Morgen wird Katja hierbleiben, schwor er sich. Die ganze Nacht! Und wenn dieser Josef den Mond anheult wie ein Schakal ... sie bleibt! Verdammt, ich liebe sie! Ich werde sie sogar heiraten! Pietro Bonelli ist ein anständiger Mann! Katja Bonelli – das war ein schöner Name ... und dann die Reihe der Bambinos ... jedes Jahr ein Bambino ... Carissima – was sind dagegen drei blaue Augen und eine schiefe Nase ...

An diesem Abend war nicht nur Josef Lukacz unterwegs, sondern auch Jossip strich durch den Bergwald wie ein hungriger Wolf.

Er hatte gesehen, daß Ralf Meerholdt von den Baustellen empor zu den gefällten Stämmen stieg. Daß er allein ging, mußte seinen Grund haben. Mit dem sicheren Instinkt des Naturmenschen dachte Jossip an Rosa. Sein Herz krampfte sich zusammen, und er schlich durch den Wald, lautlos, mit den Schatten des Mondes wandernd, bis er zwanzig Meter oberhalb des Stammes auf dem Boden lag, an den sich Ralf lehnte und auf Rosa wartete.

Vom Tal herauf zog der Widerschein der Flutlichtscheinwerfer an der Staumauer. Über diesem Teil der schwarzen Berge war der Himmel fahl wie über einer Großstadt, die sich mit ihrer nächtlichen Lichtglocke schon weit dem Ankommenden ankündigt. Das Hämmern und Stampfen der Betonmaschinen, das Motorengeräusch der Lastwagen und das Kreischen der Raupenschlepper tönte dünn durch die Stille.

Meerholdt sah empor. Der Mond war weiter gewandert, jetzt stand er am Ausgang der Felsen und würde bald die Spitzen des Waldes berühren. Er erhob sich und ging den Hang hinab, der Hütte Fedors zu. Im Garten hinter dem Haus wollte Rosa warten. Jossip glitt ihm nach, von Stamm zu Stamm, mit tierhafter Geschmeidigkeit und der Lautlosigkeit einer Katze.

Rosa stand schon zwischen den Blumenbeeten und wartete. Stumm umfing sie Ralf und drückte sich an ihn. So standen sie eine lange Zeit, jeder nur den Körper und die Wärme des anderen fühlend, den Herzschlag und den Atem, der schneller die Brust hob und senkte. Dann küßten sie sich, innig, mit der Hingabe völliger Versunkenheit.

Rosa hatte wieder ihr leinenes Kleid an, aus dessen weitem Ausschnitt die Schultern und der Hals weiß emporwuchsen, umrahmt von den langen, schwarzen Haaren. Aber dieses Haar und die Haut ihres Gesichtes, des Halses und der Schultern dufteten süß nach Rosen. Ralf legte den Kopf an ihre Brust und ein Schauer durchfuhr ihn. Sie hat den ganzen Körper mit Rosenöl eingerieben, stellte er schweratmend fest. Den ganzen Körper, wie es die Braut tut, wenn sie das Hochzeitsbett gerichtet hat und den Bräutigam erwartet. Der süße Hauch nahm ihm die Sinne, er vergrub das Gesicht in ihren Haaren und küßte die Beugung ihres Halses und die Schulter, die unter seiner Berührung erschauderte.

»Wir sind wahnsinnig, Rosa«, stieß er hervor. Wieder sprach er in seiner Erregung deutsch, und sie verstand ihn nicht und lächelte selig. »Wir verbrennen uns, und die Asche wird der Wind in die Berge wehen. Wir müssen vernünftig sein, wir dürfen es nicht, Rosa ... und wenn es noch so schwer für uns ist ...« Er schloß die Augen und atmete den süßen Hauch ihrer Haut ein.

Er wußte, wie sie das Öl hergestellt hatte. Frische Rosenblätter werden zerrieben und einige Tage in einem geschlossenen Behälter, mit Wasser und Wein vermengt, aufbewahrt. Dann filtert man die Flüssigkeit und läßt das meiste Wasser in der Sonne verdunsten, bis nur ein wenig Öl übrigbleibt – das wundervoll duftende, starke Rosenöl, das Brautöl der schwarzen Berge.

Er nahm ihre Arme von seinem Hals und führte sie

aus dem Garten fort den Hang hinauf in den Wald. Umschlungen gingen sie durch die helle Mondnacht, schweigsam, denn was soll ein Mund sagen, der sich nach Küssen sehnt.

Sie sahen nicht den Schatten, der vor ihnen den Berg hinaufglitt. Jossip schlich zurück in die dunklen Tannen. Seine Hände bluteten ... er hatte die Nägel seiner Finger in die Innenflächen gegraben, zitternd, sich beherrschend, aufgelöst in einen Vulkan aus Rache und Eifersucht. Er rannte geduckt von Stamm zu Stamm, bis er in den Tannen stand, nahe dem Felsen, der Zabari schützte. Dort bückte er sich und ergriff einen großen Stein. Er wog ihn in der Hand. Das Blut seiner aufgerissenen Handflächen färbte ihn rot.

Ralf und Rosa hatten sich gesetzt. Die Köpfe aneinandergelehnt, sahen sie hinab ins Tal, über das dunkle, lichtlose Dorf, die erleuchteten Baracken und die Baustelle unter dem Flutlicht der Scheinwerfer.

»Wie lange wirst du bei uns bleiben?« fragte Rosa und streichelte seine Hände, die auf ihren Knien lagen.

»Vielleicht zwei Jahre ...«

»Zwei Jahre?« Sie hielt den Atem an. »Zwei ganze Jahre?«

»Ja.«

Auch ihm kam die Zeit unendlich vor ... zwei Jahre, welch eine Fülle von Schicksal umschloß dieser Begriff. Welche Seligkeit von Liebe und Hingabe, welche Gefahren und welches Meer von Tränen, die geweint werden würden. Elena kam ihm in den Sinn - wirklich, er konnte an Elena denken, während er neben Rosa saß und ihre Schulter liebkoste. Das machte ihn verwirrt.

Elena ... sie hatte vor zwei Stunden wieder angerufen. »Ich bin krank«, hatte sie gesagt. »Ich bin krank vor Sehnsucht, Sascha. Ich sitze am Fenster und starre auf das schmutzige Wasser der Drina. Eine Brücke geht über sie, eine alte, gebogene Steinbrücke, und die Steine bröckeln ab und fallen ins Wasser. Eines Tages wird sie einstürzen, Sascha. So wie diese Brücke bin ich ... jeder Tag ohne dich bricht ein Stück aus mir heraus. Ich schlafe nicht mehr - ich weine, ich esse nicht mehr - ich sitze am Fenster und träume von dir. Sascha, wann kommst du ... Wann darf ich zu dir ... mein lieber, lieber Sascha ...«

Rosa rührte sich an seiner Seite. Wie ein Reh lauschte sie in die Nacht. Sie hatte ein Geräusch gehört, ein Scharren, das Hinabrollen von losgelösten Steinen. Sie wollte aufspringen, aber der Anblick, den sie beim Herumdrehen hatte, lahmte sie. Eine dunkle Gestalt hob sich gegen den Nachthimmel ab. Sie hob einen Arm, der Arm schnellte vor - mit einem grellen Schrei warf sich Rosa über Meerholdt und riß ihn mit sich zu Boden. Klatschend fiel der schwere Stein neben ihnen auf den Waldboden und rollte dann den Hang hinab.

Meerholdt schleuderte Rosa zur Seite und sprang auf. Er sah eine Gestalt, die den Hang hinauflief. Keuchend lief er hinterher, stolpernd übersprang er die gefällten Baumstämme und hetzte dem Walde zu. Die Gestalt blieb einen Augenblick stehen und blickte zurück. Dann rannte sie weiter und tauchte im Walde unter.

Als Meerholdt den Waldrand erreichte, ausgepumpt und mit Schweiß bedeckt, umgab ihn die Stille der

Einsamkeit. Er lehnte sich an einen Baum und atmete schwer.

»Komm hervor, wenn du kein Feigling bist!« rief er laut. »Komm - wir sind allein! Wer seinen Gegner von hinten anfällt, ist ein erbärmlicher Schuft!«

Er lauschte. Nichts rührte sich zwischen den dunklen Stämmen. Zehn Schritte vor ihm, hinter einem Busch, kniete Jossip und hielt den Atem an. Seine Hände bluteten und schmerzten. Hätte ich ein Messer, dachte er. Mein Schurmesser, mein schönes, langes Schurmesser. Aber er war wehrlos, und mit seinen blutenden Händen wagte er nicht, dem Feind gegenüberzutreten. So kauerte er hinter einem Busch und sah zu, wie Meerholdt sich abwandte und hinabstieg zu Rosa.

Er traf sie im Garten hinter der Hütte Fedors wieder. Sie saß auf einer Bank und weinte. »Er wollte dich töten«, sagte sie leise. »Er hat den Stein nach dir geworfen.«

Ralf nickte. »Wenn ich nur wüßte, wer es war! Ich habe keine Feinde im Ort.«

Von der Seite her blickte Rosa auf sein Gesicht. Es war bleich im Mondlicht, kantig und ernst. Die blonden Haare lagen um seinen Kopf, klebrig von Schweiß. Er weiß nichts von Jossip - woher sollte er es auch wissen? Niemand hatte ihm gesagt, daß sie Jossip seinetwegen abwies und ihn schlug, als er den fremden Herrn beleidigte. Sie schämte sich, es ihm zu sagen, und Fedor und Marina schwiegen aus Angst vor der Rache Jossips. Noch lagen die Felle hinter dem Haus. Niemand rührte sie an. Und immer, wenn Fedor an der Stelle vorbeikam, an der er die abgestochenen Lämmer Jossips in der Nacht vergraben hatte, durchschauderte ihn Angst, daß dieses Blut einmal über sein Haus käme wie ein Fluch, der sich von Geschlecht zu Geschlecht vererbt.

»Du hast keine Feinde«, sagte sie langsam.

Meerholdt setzte sich zu Rosa und nahm ihre Hände. »Du mußt von Zabari fort. Ich werde dich nach Plewtja bringen. Dort kannst du ruhig wohnen und niemand verfolgt uns.«

»Und du? Du kommst mit ...«

»Ich muß hier bei meiner Arbeit bleiben«, wich er aus.

»Ich soll allein in die fremde Stadt gehen?«

»Ja.«

Ihre Augen waren traurig, sie schüttelte den Kopf. In diesem Schütteln lag eine Festigkeit, die keine Widerrede duldete. »Ich gehe nicht ohne dich ...«

»Ich komme dich jede Woche besuchen, Rosa. Ich muß oft nach Plewlja und neue Hölzer kaufen.«

»Ich gehe nicht ohne dich«, sagte sie starrköpfig. »Wer soll dich schützen, wenn er dich wieder angreift ...«

»Er wird es nicht wieder wagen.« Er sah hinauf zu dem Wald, der dunkel im Schatten der Felsen lag, feindlich und fremd. »Hast du erkennen können, wer es war?«

Sie schloß die Augen und schüttelte den Kopf. »Nein«, sagte sie mühsam. »Nein ... es war zu dunkel.« Dann weinte sie und barg den Kopf an seiner Brust. »Ich lasse dich nicht allein«, flüsterte sie. »Ich lasse dich nie mehr allein ... Wer dich tötet, tötet auch mich! Es gibt kein Leben mehr ohne dich ...«

Sie weinte und verbarg den Kopf aus Scham. Sie hatte

gelogen, sie hatte den Unbekannten gesehen, sie wußte, daß es Jossip war. Und sie log, weil sie Angst hatte. Angst vor Jossip und Angst um das Leben Ralfs.

Es war die erste Lüge in ihrem Leben, und sie empfand sie wie eine ungeheure Sünde.

Bevor Ralf Meerholdt die Tür seiner Konstruktionsbaracke aufschloß, ging er noch einmal hinüber zur Kantine und klopfte an die Tür Pietro Bonellis.

Zunächst geschah nichts. Bonelli saß hellwach im Bett und tastete leise nach seinem Knüppel, der neben ihm auf der Erde lag. Auch als es ein zweitesmal klopfte, öffnete Bonelli nicht, sondern schlich aus seinem Bett zur Tür, sah kurz auf die Uhr und kämpfte mit seiner Feigheit, entweder nicht zu öffnen oder aus dem Fenster um Hilfe zu rufen. Wer sollte nachts um 1 Uhr an die Tür hämmern, wenn nicht der Beschützer Katjas?! Das linke, blaue Auge stach und klopfte, die Nase war geschwollen und juckte. Das genügte vollauf, ihn vorsichtig zu machen.

Es klopfte wieder. Bonelli seufzte auf. Die Liebe ist ein hartes Ding, stellte er fest und nickte weise zu diesem Gedanken.

»Wer da?« stotterte er und hob den Knüppel, als könne der Unbekannte durch die Türfüllung kommen.

»Meerholdt«, sagte Ralf laut.

»Der Ingenieur?« Bonelli lachte leise. »Das ist ein dummer Witz, Freundchen. Der Herr Ingenieur liegt längst im Bett. Mach, daß du fortkommst, sonst schlage ich dir den Schädel ein!«

Es hebt das Selbstbewußtsein, solche Worte hinter

einer sicheren und fest verschlossenen Tür zu sprechen. Auch Bonelli fand, daß er heldenhaft gesprochen hatte und ließ den Knüppel in seiner Hand wippen.

Ralf schüttelte den Kopf und klopfte noch einmal an der Tür. »Bonelli«, sagte er laut. »Machen Sie auf und geben Sie mir eine Flasche Kognak. Ich weiß, Sie haben einen Napoleon in Ihrer Geheimkiste.«

Bonelli riß die Augen auf, so gut er das noch vermochte, und ließ den Knüppel fallen. Napoleon, durchfuhr es ihn. Das kennt nur einer - der Ingenieur. Die anderen können das nicht einmal aussprechen. Aber der Ingenieur, ja, das ist ein gebildeter Mann. Er schloß die Tür auf und knipste das Licht an. Verblüfft betrachtete ihn Meerholdt und trat ins Zimmer.

»Wieder das linke, Pietro?« sagte er. Was er früher als eine scherzhafte Abwechslung des täglichen Rhythmus betrachtet hatte, gewann jetzt, nach dem eigenen Erlebnis, eine andere Perspektive. Er zog Bonelli, der leicht widerstrebte, unter die grelle Lampe und betrachtete sein Gesicht. »Die Nase auch?«

»Er hat eine verdammt große Faust, Padrone«, jammerte Pietro.

»Und du weißt, wer es ist?«

»Ich ahne es.«

»Es geht also um ein Mädchen, Bonelli?«

»Ja.« Er stockte und sah Meerholdt treuherzig an. »Sie haben mir selbst erlaubt, Katja in die Küche zu nehmen.«

»In die Küche, ja!« schrie Ralf. »Aber nicht ins Bett!«

»Es steht so nahe bei der Küche«, verteidigte sich Bonelli. »Sie hat ein solches Bett noch nicht gesehen.«

»Mein Gott, was seid ihr alles für Kerle?!« Meerholdt setzte sich auf einen Stuhl und schüttelte den Kopf. »Bonelli wechselt die Augenfarbe wie ein Chamäleon, der Fahrer vom Ersatzteillager läßt sich eine Beule schlagen, auf andere wird mit Steinen geworfen ... alles wegen der Weiber!«

Bonelli seufzte. »Es ist eine rauhe Gegend, Padrone. Aber man gewöhnt sich an sie.«

»Wer hat dich geschlagen?!« fuhr Meerholdt den Italiener an.

»Der Freund von Katja Dobor. Josef heißt er. Josef Lukacz.«

»Und warum zeigst du ihn nicht an? Warum bist du nicht längst zu mir gekommen? Sprich mit ihm am Tag, dann wird er dich in der Nacht in Ruhe lassen!«

»Mit ihm sprechen?« Bonelli schnaufte und betastete seine geschwollene Nase. »Bei dieser Faust sprechen ...?«

Es war ein Argument, das Meerholdt überzeugte. Er ließ sich die Flasche Kognak geben und ging zurück in seine Baracke.

Das Erlebnis des Überfalls auf ihn beschäftigte ihn mehr, als er sich eingestehen wollte. Er hatte keine Feinde in Zabari, das wußte er. Fedor und Marina hatten ihm immer wieder bestätigt, daß der Bau der Talsperre das Dorf zwar aus seiner Einsamkeit gerissen hatte, in der es seit Hunderten von Jahren verborgen war, aber es war Reichtum in die Hütten gekommen oder das, was die Bauern als Reichtum betrachteten. In Bonellis Kantine und Magazin gab es alles zu kaufen, was die Herzen der Zabarianer höher schlagen ließ ... Stoffe, bunt bedruckt mit wundervollen Mustern, Seidenschals, merkwürdige leichte und feste Schuhe, Anzüge, wie sie die Männer noch nie gesehen hatten, Hüte aus Filz und Stroh, Hemden aus weißem, leichtem Stoff und Seide, und Slibowitz, herrlichen Slibowitz, der in der Kehle brannte wie hundert Lagerfeuer und nach vier Glas Gesang in die Kehlen der rauhen Bauern zauberte. In vielen Hütten gab es jetzt anstatt der Graslager schon Feldbetten, teuer gekauft mit einigen Hammeln und einem Schwein, das Bonelli dringend brauchte, weil er Katja ein Eisbein mit Sauerkraut vorsetzen wollte, ein Gericht, das niemand in ganz Jugoslawien kannte und das Bonelli auf einer Baustelle in Deutschland kennengelernt hatte.

Es lag also Freude über Zabari. Nur die italienischen Arbeiter waren nicht nach dem Geschmack der Bauern. Sie waren zu feurig und rannten jedem Weiberrock nach, der sich in der Nähe ihrer Baracken zeigte. Nicht Bonelli allein litt das Los verfolgter Kavaliere, auch einige Arbeiter schlugen sich nach der Arbeit mit den jungen Burschen von Zabari herum, wenn der Wein die Gemüter erhitzte und die Beine der Mädchen um die Lagerfeuer wirbelten, die von den Italienern außerhalb des Lagers angezündet wurden. Dort saßen sie dann in der Nacht mit ihren Gitarren und Mandolinen und sangen die melodischen Lieder ihrer Heimat, umstanden von den Bauern und angehimmelt von den Mädchen.

Aber diese kleinen Streitereien verdunkelten nicht die Freude an der Arbeit. Auch die Beule des Fahrers und das wechselnde Auge Bonellis waren kein Alarmsignal einer beginnenden Front der Bauern gegen die Sperrbauten. Man sah in Bonelli so etwas wie den zirkushaften Mittelpunkt des Lagers, sein Auge und neuerlich seine Nase wurden berühmt und waren bald bekannt in Foca und Niksic. Die Fahrer trugen seinen Liebesruhm von Ort zu Ort.

Gefährlich allein war der nächtliche Angriff auf Meerholdt, der schwere Steinwurf, der ihn töten sollte. Dieser Stein konnte eine Lawine auslösen, die das ganze Projekt unter sich begrub. Er konnte das Werk vernichten, noch ehe es zu leben begonnen hatte. Dieser Stein war ein Wurf des Hasses, des unbedingten Vernichtungswillens aus dem Dunkeln heraus. Das war es, was Meerholdt quälte. Wer konnte ein Interesse daran haben, ihn zu vernichten? Wer war der unbekannte Feind? Warum aber war er ein Feind?

Es gab Fanatiker, gerade in diesen Bergen, die jeden Fortschritt haßten. Stolze Bergbauern, die lieber ein Leben der schrecklichsten Not erdulden, als die Neuzeit in ihre Hütten kommen zu lassen.

Einmal - es war vor vier Jahren - zog ein kleiner Trupp in die Berge von Sjenica. Landmesser, Geologen, Metereologen. Sie sollten das Gebiet erforschen und eine Straße von Sjenica nach Budimlje am Lim planen. Ihre letzte Nachricht kam aus Stavaij, einem Dorf am Dugapaß. Von diesem Tage an blieb der Trupp verschollen. Hubschrauber suchten das Gebiet ab, Militär und Polizei kämmten die Dörfer durch, die in der Einkamkeit vegetierten! Nichts! Es blieb ein Geheimnis der schwarzen Berge und der finsteren Bauern, die sich zurückzogen in die Höhlen, wenn das Militär kam.

Lebte in Zabari auch ein Fanatiker, der mit Meerholdt den Bau der Sperre vernichten wollte? Sollte der Stein nur eine Warnung sein vor einem Ereignis, das kommen würde?

Ralf saß am Tisch vor seinen Zeichnungen und grübelte.

Rosa kannte den Täter nicht. Das erschwerte eine Lösung der Probleme. Wenn es ein Bauer des Dorfes gewesen war, hätte ihn Rosa erkennen müssen. Er kam also von außerhalb Zabaris. Ein Sabotageakt? Eine fremde Macht, die kein Interesse daran hatte, daß in Jugoslawien große Elektrizitätswerke entstanden und das Wirtschaftspotential hoben? Ein politisches Attentat?

Meerholdt stand einer Fülle von Fragen und Rätseln gegenüber. Er sah auf die Uhr. Zwei Uhr nachts. Von der Baustelle herüber dröhnte Motorenlärm. Durch die Lagergassen tappten Schritte, Stimmen flogen durch die Dunkelheit. Die Verstärkung der Nachtschicht ging ins Tal zum Betonguß.

Nachdenklich nahm Meerholdt den Hörer ab und rief Zagreb an. Er mußte lange warten, bis sich eine verschlafene Stimme meldete. Die Stimme eines Hausmädchens.

»Bei Direktor Osik.«

»Hier Meerholdt in Zabari. Ich muß sofort Herrn Osik sprechen!«

»Um diese Zeit?«

»Es ist dringend.« Es knackte im Apparat, er wartete

wieder eine Zeitlang, bis das verschlafene Organ Stanis Osiks an sein Ohr klang.

»Verrückt, Meerholdt! Mitten in der Nacht! Was ist denn los? Ist der Bau zusammengefallen?« Es sollte ein billiger Scherz sein, aber Osik wurde hellwach, als die Stimme aus Zabari sagte:

»Noch nicht! Aber es kann sein ...«

»Reden Sie keinen Blödsinn!« Osik richtete sich im Bett auf und knipste das Licht an. Er blinzelte in die grelle Lampe und gähnte. »Die Berechnungen stimmen doch? Die besten Statiker haben sie geprüft!«

»Der Bau wird sabotiert!«

»Was?« Osik zuckte auf, die letzte Müdigkeit fiel von ihm ab. »Das ist doch nicht möglich!«

»Das habe ich auch gedacht.« Meerholdts Stimme war eindringlich. »Noch ist an dem Bau selbst nichts geschehen. Aber heute Nacht wollte man mich töten ... mit einem schweren Stein.«

Osik riß die Augen auf, Unglauben spiegelte sein dickes, fleischiges Gesicht mit den Tränensäcken unter den kleinen, hellen Augen. »Sie?« fragte er gedehnt. »Aber das ist doch ...« Er schluckte. »Mit einem Stein?«

»Er wurde auf mich geworfen. Mein Begleiter, der mich zu Boden riß, weil er den Täter werfen sah, rettete mich.«

»Und man hat ihn nicht erkannt?«

»Nein! Es muß ein Fremder sein! Das ist es, was mich so besorgt macht! Warum hat ein Fremder ein Interesse daran, mich umzubringen? Ich habe keine Feinde in Zabari, und außerhalb des Dorfes überhaupt nicht! Ein persönliches Motiv schaltet also völlig aus! Es kann sich deshalb nur um ein gelenktes Attentat handeln, dem andere, und ich befürchte, folgenschwerere, nachkommen werden.«

Stanis Osik saß in seinem Bett. Er spürte, wie es ihn heißüberlief. Der Staudamm ... das ganze Werk ... die Millionen Dinare, die es kostet ... Sabotage ... das konnte er nicht zulassen ...

»Ich rufe sofort in Belgrad beim Ministerium an. Ich werde eine Kompanie Soldaten zur Bewachung der Anlagen beantragen! Bilden Sie sofort einen Werkschutz, Meerholdt! Haben Sie Waffen dort?«

»Nur drei Gewehre und einige Revolver.«

»Ich schicke Ihnen morgen Waffen und Munition. Ich werde sofort mit Belgrad sprechen ...«

Er hängte ein und sprang aus dem Bett. Sein Gesicht war in den wenigen Minuten fahl geworden. Es ist unmöglich, sagte er sich immer wieder, während er auf die Verbindung mit Belgrad wartete. Es kann gar nicht sein. So wichtig ist dieser Staudamm nicht, daß eine fremde Macht an seiner Zerstörung interessiert ist. Oder war es nur der Anfang einer Kette von Vernichtungen, die sich fortsetzen würde an den anderen, großen Objekten im Süden des Landes und bei Sarajewo?

Das Gespräch mit Belgrad war kurz. Eine Kompanie Gebirgsjäger wurde nach Zabari verlegt. Am Morgen schon flogen sie mit Transportmaschinen nach Foca ab ... gegen Mittag würde die Kompanie in Zabari sein.

Befriedigt legte Osik den Hörer auf. Zabari wurde Sperrgebiet, abgeriegelt für alle, die nicht einen Ausweis besaßen. Ein Dorf, der Einsamkeit entrissen und der Einsamkeit zurückgegeben wie Los Alamos in Amerika, das geheimnisvolle Atomdorf nördlich der großen Sandwüste von New Mexico.

Gleich nach dem Weggang Meerholdts war Rosa wieder aus dem Garten geschlichen und stieg den Berg empor zum Wald. Sie brauchte nicht weit zu gehen, als ein Schatten aus den Stämmen trat und ihr entgegenkam. Das fahle Mondlicht hob die Gestalt gegen den schwarzen Wall der Bäume ab.

Rosa blieb stehen und sah der Gestalt entgegen. Kurz vor ihr blieb sie stehen ... ein gefällter Baum lag zwischen ihnen wie eine Grenze, die nicht zu überspringen war, wie eine Schlucht oder ein Strom, über den hinweg ihre Stimmen schallten.

»Du warst es also, Jossip?« sagte Rosa.

»Ja.« Er sah sie aus seinen brennenden Augen groß und leidenschaftlich an. »Geh jetzt ins Tal und sag es dem Herrn! Er hat Waffen, ich weiß es ... er wird mich abschießen wie einen Adler.«

»Ich habe dich schon vorhin erkannt, Jossip. Ich sah dich den Stein werfen.« Ihre Stimme war sanft. Verwundert sah Jossip sie an. »Du wolltest ihn töten?«

»Ja!« rief er wild. »Ich werde ihn töten!« Dann schien eine große Frage durch seinen Kopf zu gehen, er beugte sich über den Stamm vor. »Warum hast du mich nicht verraten, Rosa?«

»Ich will nicht, daß Blut zwischen uns ist. Ralf ist stärker als du ...«

»Nie!« schrie er grell. »Nie!« Er ballte die Fäuste und

hob sie hoch empor. »Damit werde ich ihn vernichten, mit diesen Händen ...«

»Ich liebe ihn, Jossip.« Rosas Stimme zitterte. »Wenn du ihn vernichtest, tötest du auch mich. Ich gehöre zu ihm wie das Wasser zu den Felsen und der Wald zum Berg und die Wiese zu den Hängen.«

»Du gehörst zu mir!« schrie Jossip. Sein Atem war laut und keuchend. »Du bist mir in der Wiege versprochen worden! Ich verzichte nicht darauf!«

»Es ist doch sinnlos, ein solches Versprechen. Die Welt ist anders geworden, Jossip ...«

»Nicht die Welt unserer Berge!«

»Aber der Mensch, Jossip, der Mensch! Versteh es doch! Wie kann ich mit dir kommen, wenn ich dich nicht liebe, nie lieben kann? Es wäre eine Qual, Jossip, für beide. Wir würden unglücklich werden wie ein Lamm, das sich verirrte und sich verzweifelt in eine Schlucht stürzt.«

»Du würdest mich nie fortgeschickt haben, wenn der Fremde nicht ins Dorf gekommen wäre ...«

»Aber er ist gekommen, Jossip ... Wir dürfen nicht daran denken, was gewesen wäre, sondern nur daran, was ist. Wennim Frühjahr der Schnee schmilzt, und die Bäche stürzen von den Bergen und reißen alles mit sich fort, den Wald, die Wiesen, die Herden und die Häuser ... kannst du sie aufhalten, Jossip? Nein, du flüchtest mit der Herde auf den höchsten Platz und wartest zitternd, bis Gott die Sonne schickt und die wilden Wasser im Tal versickern. Ist der Mensch anders als die Natur, Jossip? Kannst du die Liebe aufhalten, wenn sie wie ein reißender Strom unser Herz zerstört? Du willst gegen Gott kämpfen, Jossip ...«

»Gegen Gott und die Weh!« schrie Jossip wild.

»Du wirst daran zu Grunde gehen.«

»Und ich werde euch mitreißen«, sagte er dumpf. »Dich und deinen blonden Wolf.«

Rosa wandte sich ab. Die Nutzlosigkeit ihrer Worte zeichneten ihr den Weg vor, den sie zu gehen hatte.

»Leb wohl, Jossip«, sagte sie traurig.

»Jetzt wirst du mich verraten!« Er stellte sich auf den Stamm. Einen Augenblick durchfuhr ihn der Gedanke, sich auf sie zu stürzen, sie zu überwältigen und dann zu töten. »Du wirst mich wie einen Bären hetzen lassen?«

»Nein!« Sie wandte noch einmal den Kopf und sah ihn groß an. In ihre Augen trat ein Schein von Mitleid und Verstehen. »Du tust mir leid, Jossip. Laß uns in Ruhe, und niemand wird erfahren, wer den Stein geworfen hat.«

Sie ging den Hang hinab, mit schnellen, kleinen Schritten. Ihr Haar flatterte im Nachtwind wie eine Fahne, wie eine schwarze Fahne der Trauer. Jossip stand auf dem Stamm und hatte die Fäuste auf den Mund gepreßt. Er mußte schreien, schreien vor Qual und Schmerz, und er drückte diesen Schrei in seinen Mund zurück und sah ihr nach. Jeder Schritt, der sie näher ins Tal brachte, war wie ein Hieb des Schicksals, er spürte es körperhaft und krümmte sich unter den Schlägen.

»Rosa ...« keuchte er und preßte die Fäuste gegen die Lippen. »Rosa ...«

Ihre schmale Gestalt trat in den Mondschein ... jetzt lief sie, ihre langen Haare wehten hinter ihr her. Wie eine Elfe, die auf einer Wiese tanzt, sah es vom Wald her aus. Wie ein Berggeist, ein Kobold ... Da warf Jossip die Hände vor das Gesicht und weinte.

Und jede Träne, die er vergoß, war ein Tropfen Haß gegen das Fremde.

Am frühen Nachmittag kreisten Flugzeuge über dem Tal von Zabari. Die Bauern standen vor den Hütten und auf den Weiden und starrten empor in den blauen Himmel, an dem die Riesenvögel entlangzogen. Sie hatten die Münder aufgerissen und verstanden nicht, was sie sahen.

Über den notdürftig ausgebauten Weg von Foca her rückten auf Lastwagen die Soldaten heran. Eine Kompanie Gebirgsjäger mit Maschinengewehren, Granatwerfern und 7,5 cm Gebirgs-geschützen auf Spreizlafetten.

Josef Lukacz wurde blaß, als er die Soldaten ins Dorf fahren sah. Er dachte, sie seien seinetwegen gekommen und wollten ihn erschießen. Er rannte in seine Hütte, packte ein Bündel Sachen zusammen und wollte in die Berge fliehen, als er hinter dem Haus Pietro Bonelli stehen sah. Er wurde weiß, ließ sein Bündel fallen und hob die Arme empor. Vielleicht sind sie gnädig, wenn ich mich ergebe, durchfuhr es ihn. Vielleicht komme ich nur in die Stadt in ein Gefängnis und sie lassen mir das Leben.

Bonelli grinste, als er den großen, starken Lukacz mit in den Himmel gestreckten Armen hinter dem Haus stehen sah. Die Anwesenheit der Soldaten hatte sein

Herz ungemein gestärkt. Sie hatte bewirkt, daß er dem Rate Meerholdts folgte und sich bereitfand, mit Josef zu sprechen. Die Wirkung seines Besuches verblüffte ihn zunächst selbst, er sah sich um, ob jemand hinter ihm stand.

»Josef!« sagte er laut. »Geh ins Haus! Ich habe mit dir zu reden.«

»Sofort, Herr!«

Josef drehte sich um und ging mit erhobenen Händen ins Haus zurück. Bonelli folgte ihm, ganz Sieger und bereit, gutmütig zu sein. Wenn es auch in seinen Händen ruckte und er daran dachte, die Schläge in einem Arbeitsgang zurückzugeben, beherrschte er sich und schloß hinter sich die Tür. Sie befanden sich in einem Vorraum des Stalles, in dem das Heu gestapelt war und eine Kiste mit Schweinefutter stand. Bonelli setzte sich auf den Deckel der Kiste und betrachtete Lukacz eingehend, der immer noch mit erhobenen Händen vor ihm stand.

»Du hast mich also dreimal überfallen!« stellte Bonelli fest. Er sah die Angst in den Augen Lukacz' und beschloß, sie auszunutzen. Für Katja ist mir alles recht, rechtfertigte er sich innerlich. Auch ein wenig Betrug und Brutalität.

Lukacz nickte schwer. »Ja. Dreimal.«

»Mal das linke Auge, dann das rechte, jetzt wieder das linke mit der Nase zusammen! Ein bißchen viel, findest du nicht auch?«

Lukacz nickte schwer und seufzte.

»Was soll ich nun mit dir tun?« fragte Bonelli leise und schüttelte den Kopf. »Die Soldaten sind da ...«

»Ich habe sie gesehen«, stöhnte Lukacz. Ein Zittern lief durch seinen Körper. Also doch erschießen, kein Gefängnis. »Du hast mir Katja weggenommen, Herr.«

»Katja? Bist du mit ihr verheiratet?«

»Nein.«

»Verlobt?«

»Nein.«

»Hat sie dir gesagt, daß sie dich mag?«

»Nein. Aber ich liebe sie.«

»Idiot!« Bonelli schüttelte den Kopf. »Ich liebe sie auch! Ich will sie sogar heiraten!«

»Und Katja will es auch?«

Bonelli wich der Frage aus. Er hatte darüber noch kein Wort bei Katja verloren. Der Gedanke, sie zu heiraten, war ihm erst nach dem zweiten linken blauen Auge und der geschwollenen Nase gekommen, beim Anblick seines deformierten Gesichtes im Spiegel und der Ahnung, daß diese Leiden erst aufhörten, wenn seine Absichten reell wurden.

»Ich hätte genau das gleiche Recht, dich zu schlagen«, meinte er deshalb. In den Augen Lukacz glomm ein Funken Hoffnung auf.

»Tue es, Herr. Dann sind wir quitt.«

»Und der ganze Tanz beginnt von neuem?! Nein!« Bonelli schlug sich auf die prallen Schenkel. »Es wird jetzt hier, an dieser Stelle, festgelegt, zu wem Katja gehört, verstanden? Und nimm die dämlichen Arme endlich runter«, sagte er irritiert. »Ich bin doch kein Henker.«

Josef Lukacz ließ die Arme sinken und lehnte sich

gegen einen Stützbalken des Daches. Schweiß stand ihm auf der Stirn, er hatte das Gefühl, nahe an seinem Tod vorbeigegangen zu sein. Pietro Bonelli war ihm unheimlich. Ein Mann, für den hundert Soldaten über die Berge kommen, nur, weil er ein paarmal geschlagen wurde, mußte mächtig sein. Der Mächtige aber, das war ein altes Gesetz Montenegros, hatte das Recht auf seiner Seite. Wer wollte einen Mächtigen schon stürzen ...?

»Ich habe Katja vor dir gekannt«, versuchte er einen leisen Vorstoß des Widerspruchs. Aber eine Handbewegung Bonellis ließ ihn sofort verstummen.

»Natürlich! Ihr seid aus dem gleichen Dorf, ihr habt als Kinder zusammen gespielt, ihr habt die Kühe und Schafe gehütet, mein Gott - davon kann man doch nicht das Recht ableiten, einen Menschen zu besitzen! Wenn ich alle Mädchen heiraten wollte, mit denen ich als Kind gespielt habe ...«

Bonelli hielt den Atem an und schüttelte den Kopf. Madre mia ... die Gasse in Neapel, in der er aufwuchs. Wäsche von Wand zu Wand über die Straße gespannt, darunter ein Heer schmutziger Kinder, die im Unrat spielten und aus den fauligen Abfällen der Häuser Torten backten wie andere Kinder aus nassem Sand. Lucia Sergalla sah dann aus dem Fenster und schrie ihrem dreckigen Bambino zu:

»Mach dir nicht in die Hosen, Giulio! Wir haben bis August keine Seife mehr!«

Und es war erst Juni. Und dann die kleine Theresa, der Dreckspatz der Via Solfino. Fünf Jahre war sie damals alt, und wenn sie ein Bedürfnis plagte, setzte sie sich an den Rand der Via Solfino, hob die Röcke hoch und verrichtete ihr Geschäft. Alle standen um sie herum und sahen ihr zu ... es war fast wie eine Vorstellung der herumziehenden Bärendompteure oder der Leierkastenmänner mit dem geldsammelnden Äffchen. Und dann Enrico, der Sohn eines Matrosen, dem dauernd die Nase lief und der behauptete, es schmecke wie türkischer Honig. Und Marita, das freche Balg, das mit vierzehn Jahren ins Krankenhaus ging und einen achtpfündigen Jungen gebar ... o Madonna - wenn man das alles hätte heiraten wollen oder müssen ...

Josef Lukacz deutete das Schweigen Bonellis falsch. Er hob die Arme über den Kopf. In seine Augen trat wieder der ängstliche, gehetzte Zug.

»Wenn du Katja heiraten willst, Herr, so will ich still sein«, sagte er leise. Man hörte, wie schwer ihm die Worte wurden, Bonelli nickte erfreut.

»Genau das wollte ich hören, mein Freund.« Er sprang von der Schweinefutterkiste und trat vor Lukacz hin. »Hast du schon eine Arbeit bei uns?«

»Nein.«

»Möchtest du gerne viel Geld verdienen?«

»Schon.« Josef Lukacz lächelte. »Wir sind arme Bauern und haben nichts als unser Leben.«

»Das ist ein winziges Kapital, mein Freund. Das ist fast gar nichts. Darauf bekommst du nirgendwo Kredit. Das Leben - das ist eine Wertsache, die nur von Sekunde zu Sekunde gilt. Ich will dir helfen«, meinte er gönnerhaft. »Ich habe einen Freund, der einen Wagen fährt. Von Zabari nach Niksic und zurück ... jeden zweiten Tag Material und Verpflegung holen.

Er braucht einen Beifahrer - ich werde mit ihm sprechen.« Und mit einem Augenzwinkern fügte er hinzu: »In Niksic gibt es eine Menge hübscher Mädchen. Du wirst staunen, wie anders sie aussehen als eure Mädchen hier! Nach einer Woche denkst du nicht mehr an Katja Dobor.«

Josef Lukacz war angesichts der Soldaten bereit, daran zu glauben und nickte.

»Na also«, meinte Bonelli zufrieden.

Als Sieger verließ er stolz das Haus.

Die Nachricht von dem Attentat auf Ralf Meerholdt war auch nach Foca gekommen. Elena hatte einen Schwächeanfall erlitten und war dann mit dem nächsten Wagen nach Zagreb gefahren.

Stanis Osik ahnte nichts Gutes, als er seine Tochter aus dem Auto springen und durch den Garten rennend auf sich zukommen sah. Er seufzte schwer und legte die Zeitung zur Seite. In den nächsten Stunden würde er nicht mehr dazu kommen, sie zu lesen.

Elena war in völliger Auflösung, als sie vor Osik stand und die Fäuste ballte. »Ist es wahr, Vater?« schrie sie. »Man hat auf Ralf geschossen?«

»Wer ist Ralf?« Stanis Osik zog die Augenbrauen hoch. Diese neue Situation hatte er nicht berücksichtigt, sie überhaupt nicht in Erwägung gezogen. Sie überfiel ihn mit einer Plötzlichkeit, die ihn einen Augenblick hilflos machte.

»Meerholdt!« Elena Osik sank in den Korbsessel und riß das Kleid über dem Hals auf, als drücke es ihr die Luft ab. »Es ist also wahr!«

»Man hat nicht geschossen – man hat einen Stein auf ihn geworfen!«

»Ob geschossen oder Stein – man hat ihn töten wollen!« Sie sprang wieder aus dem Sessel auf. Mit einem Satz war sie bei Osik und faßte ihn an der Brust. »Du rufst Ralf sofort zurück«, schrie sie wild. »Du läßt ihn nach Zagreb kommen! Ein anderer übernimmt die Bauleitung!« Plötzlich sank ihr Kopf an seine Schulter, es war, als sei ihre Glut ausgebrannt, als falle sie zusammen wie ein ausgebluteter Körper. »Ich liebe ihn, Vater ... ich liebe ihn ja so sehr«, stammelte sie.

Stanis Osik schob die Unterlippe vor. Er sah aus wie ein kugelköpfiger Fisch.

»Ich war ein Rindvieh, dich nach Foca zu schicken«, antwortete er grob. »Bist du eine Katze, die jedem Kater jaulend nachläuft? Was soll der Unsinn: Ich liebe ihn?! Jetzt bin ich fast froh, daß er in Zabari ist und zweitausend Meter hohe Felsen zwischen dir und ihm liegen!«

»Sie sind kein Hindernis! Ich komme auch über sie zu Ralf!« Ihre Augen sprühten Wut und Entschlossenheit. »Du rufst ihn nicht zurück?« Und da Osik sinnend schwieg, stampfte sie mit den Füßen auf. »Gut! Dann gehe ich zu ihm!«

»Verrückt! Du gehst nicht!« schrie Osik. »Ich habe dich erzogen wie eine Prinzessin ...«

»Das war ein Fehler«, unterbrach sie ihn schroff.

»Ich habe dich in der Schweiz erziehen lassen, du hattest ein Reitpferd, die schönsten Kleider, den besten Schmuck und die teuersten Pelze, du erbst einmal eine

Villa und ein Bankkonto von heute fast einer Million Dinare.«

»Aber ich erbe kein Herz! Ich will nicht der Sklave deines Reichtums werden und ein juwelenbehängter Schatz, den man nur hinter Glas bewundern darf! Ich liebe Ralf, und niemand, niemand, niemand hält mich ab, zu ihm zu gehen!«

»Ich!« Stanis Osik ging auf der Terrasse hin und her und schnaufte. »Ich werde dich nach Rom schicken!«

»Und ich werde nicht fahren!« antwortete sie trotzig.

»Willst du einen Skandal? Ich werde dich bis an den Zug prügeln!«

Elena sah ihren Vater aus haßerfüllten Augen an. Sie kannte ihn und seinen Zorn, der alle Tünche gesellschaftlicher Bildung und Beherrschung überschrie. Die Gasse, aus der Stanis Osik emporstieg in die Sonne des Geldes, brach in solchen Stunden wieder durch.

Damals, vor 23 Jahren, war er ein arbeitsscheuer Kerl in Karlovac gewesen, bis sich seine Spuren verloren und er eines Tages auftauchte als Besitzer von zwei Betonmaschinen und einer eigenen Arbeitskolonne. Er baute einige Siedlungen, er bestach die verantwortlichen Inspekteure der Ministerien und erhielt Staatsaufträge und große Bauten, die ihn bald zu einem der wichtigsten Männer des jugoslawischen Bauplanes werden ließen. Seit diesen Tagen stand er mit allen maßgebenden Staatsbeamten auf freundschaftlichem Fuße und führte in Zagreb ein großes Haus.

Das Wertvollste dieses Hauses, der Glanzpunkt seines dunklen Lebens, die Erfüllung aller seiner Träume war Elena. An sie hängte er alles, was in seiner Jugend die großen Sehnsüchte seines Lebens waren, das Unerreichbare, das er erreichte und an seiner Tochter wie in einem Spiegel betrachtete.

Sein Zorn war echt. Elena empfand die Gefahr, die von ihm ausging, und schwieg. Mit verzerrtem Gesicht wandte sie sich ab und rannte auf ihr Zimmer. Auf dem Weg durch die Halle und die Treppe hinauf zerschlug sie einige Vasen und schloß sich dann ein, als sie Osik brüllend ihr nachrennen hörte.

»Ich werde sie an den Haaren nach Rom schleifen!!« schrie er. »Diese läufige Katze, diese verfluchte!« Er schellte dem Hausmädchen - es kam nicht. Er brüllte nach dem Chauffeur - er war nicht zu finden. Sie waren aus dem Haus geflüchtet, als Osik zu schreien begann. In dem weiten Garten, der hinunter bis zu den flachen Ufern der Sava reichte, hielten sie sich verborgen und warteten über eine Stunde, ehe sie zurück ins Haus schlichen.

So gingen sechs Monate dahin.

Ein halbes Jahr, in dem der Bau von Zabari in den Himmel wuchs. Sechs Monate, in denen Elena in Zagreb blieb und nur durch das Zimmermädchen heimliche Briefe zu Meerholdt schmuggeln konnte, in denen sie ihre Klage niederschrie und ihn anflehte, sie zu befreien aus dem goldenen Gefängnis von Zagreb.

Seine Antworten erreichten sie nie. Sie wußte nicht, ob er überhaupt antwortete oder ihre Briefe bekommen hatte. Von Stanis Osik erfuhr sie nichts. Er sprach mit ihr nicht mehr über den Bau von Zabari, er führte sie in die Oper oder in ein Konzert, sie besuchten in Belgrad einen Winterball der Regierung, und Osik gab sich alle Mühe, Elena in die diplomatischen Kreise einzuführen und die jungen Gesandtschaftsräte für sie zu interessieren. Eine Geschäftsreise entführte sie nach Wien ... in der Wiener Burg sah sie die Größen der Schauspielkunst und hörte in der Oper die herrlichen Stimmen von Dermota und Welitsch.

Auch von Wien aus schrieb sie einen Brief an Meerholdt.

»Mein Liebster«, schrieb sie, »was ist Wien, was ist die Welt ohne dich? Sechs Monate haben wir uns nicht gesehen, nicht gesprochen - nicht eine einzige Zeile von dir liegt auf meinem Herzen und tröstet mich, wenn ich an dich denke. Ich weiß, daß deine Briefe mich nie erreichen, und deshalb sollst du wissen, daß jeder Tag, den man mich von dir trennt, mich stärker werden läßt für jenen Augenblick, in dem ich dich wieder in meinen Armen halten kann und unsere Welt nur noch besteht aus dem gemeinsamen Schlag unserer Herzen ...«

In Zabari war der Winter längst hereingestürzt. Er war nicht gekommen wie in anderen Breiten unserer Erde, langsam, mit kalten Nächten und Frost, mit rieselndem Schnee und einem fahlen Himmel, dessen Wolken schwer zur Erde hingen. Er war wie eine Naturkatastrophe niedergebrochen, als sei er von den Felsen gestürzt wie eine alles vernichtende Lawine. Nach einem hellen Himmel erbebte der Wald in der Nacht unter einem heulenden Sturm ... die Stämme brachen ächzend unter der Gewalt der Winde, die Tiere flüchteten aus dem Wald und suchten Schutz zwischen den Schluchten. Staub und Steine fegte der Sturm über das Tal, die Bauern saßen auf den Dächern ihrer Hütten und beschwerten sie mit dicken Felsbrocken, an den Baustellen kämpften die Arbeiter verzweifelt um die schwankenden Holzverschalungen, die im rasenden Wind schwankten wie Korn unter der Sense.

Gegen Morgen brach eine der Baracken zusammen. Ein Windstoß hatte sie von den Verankerungen gerissen. Die Wände knickten ein wie ein Kartenhaus; Betten, Anzüge, Wäsche und Decken wirbelten durch das Lager.

Zum erstenmal seit sieben Monaten gellten die Einsatzsirenen und Katastrophenhörner. Tausend Arbeiter und Soldaten, Bauern und Frauen kämpften gegen den Sturm um die Erhaltung des Werkes ... mit Stahltrossen wurden die Wandverschalungen zusammengehalten, fahrbare Pfeiler stützten die Gußbrücken, ein Kommando der Italiener rückte in den Wald und riß und sprengte mitten im Sturm die angeknickten Bäume um, deren mächtige Stämme bei einem Fall die halbfertige Betonmauer verletzen konnten. Bonelli rannte um seine Kantine herum und schrie nach Hilfskräften. »Meine Kantine fliegt weg!« jammerte er. »Hilfe! Hilfe! Hierhin!« Vier Soldaten blieben stehen und sahen ihn an.

»Los!« schrie einer. »Zieh die Jacke an! Zum Damm! Sofort!«

»Meine Kantine!« schrie Bonelli zurück.

»Deine Kantine kann uns ...« Einer trat ihn in den Hintern, und Bonelli sauste durch die Dunkelheit dem Tal entgegen. Ehe er wußte, wie ihm geschah, hatte er ein Drahtseil zwischen den Händen und war dabei, einen Baumstamm den Hang hinabzuziehen. Raupenschlepper ratterten an ihm vorbei, Planierraupen schoben Erdwälle vor sich her, um einen Schutzwall gegen die den Berg hinabrollenden Stämme zu schaffen.

Bonelli ließ das Drahtseil fahren und begann zu zittern. Der Anblick des um ihn herum entfesselten Infernos ließ ihn vor Angst schlottern. »Laßt mich weg!« schrie er grell. »Ich muß zu meiner Kantine! Ich bin Bonelli, der Kantinenwirt!« Er wollte den Hang hinablaufen, aber einige Fäuste hielten ihn fest, er fühlte wieder einen Tritt und stolperte vorwärts. »Anfassen!« brüllte ihm einer ins Ohr. »Und wenn du der Kaiser von Siam bist - anfassen, du Rindvieh!«

Er zog wimmernd vor Angst die Baumstämme durch den Sturm, ein losgerissener Ast schlug gegen seinen Kopf und gegen das rechte Auge.

»Mein Auge!« wimmerte Bonelli. »Oh, mein Auge!« Er drückte beide Hände gegen den Kopf und schwankte. Die Härte des Schicksals übermannte ihn. Nachdem er seine Augen vor der Faust Josefs gerettet hatte, war es ein Ast, der ihm das rechte blau schlug. Das erschütterte ihn maßlos ... er setzte sich mitten im Sturm auf die Erde und schrie eine Tirade bester und edelster neapolitanischer Flüche in die Nacht.

Ralf Meerholdt stand oben am Rand des Talkessels und leitete die Arbeiten. Die Flutlichtscheinwerfer schwankten im Sturm und beleuchteten grell das Gewimmel der Menschenleiber zwischen den Gerüsten,

Maschinen und Kränen. Das Heulen des Sturmes wurde in dem engen Tal noch verstärkt. Es wirkte wie ein großer Trichter, der den Schall zu einem einzigen Aufschrei konzentrierte. Ein Aufschrei der Natur, die ihre Kräfte mit den Menschen maß.

Gegen Morgen warf der Wind eine Steinlawine auf das Dorf ... sie donnerte am Ausgang des Zabaritales herunter und versperrte die Straße nach Foca. Dann war es plötzlich still, ganz still ... so unheimlich lautlos, daß die tausend Menschen stehenblieben, wo sie standen und verblüfft in den Himmel starrten. Jetzt kommt das Ende, empfanden sie. Jetzt folgt der Untergang der Welt in einem einzigen, gewaltigen Aufschrei der Natur.

Und die Welt ging unter ... sie starb in herrlicher Schönheit.

Wie eine Schleuse bricht und Wassermassen das Land ertränken, so öffnete sich der Himmel, und lautlos, fast feierlich, fiel der Schnee auf das Tal.

Es schneite den ganzen Morgen hindurch ... den ganzen Tag, die Nacht ... und wieder den Tag ... Es schneite eine Woche lang, still, lautlos, mit dicken, flaumigen Flocken. Die Wälder wurden ein weißes Gebirge, aus dem die schwarzen Felsen hervorstachen wie tote Stämme eines abgebrannten Waldes, wie Grabplatten über einer gestorbenen Landschaft. Die Hütten der Bauern versanken im Schnee ... wie in Rußland verklebten sie die Fenster mit Papierstreifen und schliefen auf und um den gemauerten Ofen. Das Vieh in den Ställen kroch zusammen und wärmte sich. In den Nächten heulten die Hunde ... die ersten

Wölfe umstrichen das Dorf, hungrig, noch scheu vor den Menschen ... aber am Morgen sah man ihre Spuren in der Nähe des Lagers und am Hang zum Wald hinauf.

Der Winter war nach Zabari gekommen ...

Pietro Bonelli hatte sich ein Gewehr besorgt. Die Wolfsfährten in der Nähe seiner Kantine waren ihm unheimlich. »Wenn die Wölfe kommen - ich bin wieder der erste, den sie angreifen!« erzählte er tagelang seinen Zuhörern. »Die Biester kommen dahin, wo es was zu fressen gibt! Und das ist die Kantine!«

Bonelli nahm sich das sehr zu Herzen. Er schlief mit dem Gewehr im Bett, und wenn draußen die Hunde heulten, fuhr er empor, legte das Gewehr an die Backe und zielte auf das Fenster, als könne ein Wolf in sein Zimmer springen.

Katja Dobor war zum größten Schmerz Bonellis nicht mehr in Zabari. Seit drei Monaten lebte sie in dem Außenlager Foca und packte mit drei anderen Mädchen die Lebensmittel für die Kantine ein, ehe sie auf Lastwagen nach Zabari geschafft wurden. Meerholdt hatte Katja für diesen Posten bestimmt, weil er einsah, daß Bonelli trotz seines Sieges über Josef Lukacz so lange nicht außer Gefahr war, wie Katja im Dorf oder sogar in der Kantine arbeitete. Die ersten Wochen hatte Bonelli gestreikt ... er kochte nur Eintopf, er versalzte das Essen, aber nachdem man ihm einen ganzen Kessel Suppe in sein Zimmer geschüttet hatte, ergab er sich in sein Schicksal und verzehrte sich des nachts vor Eifersucht und bei dem Gedanken, welchen Gefahren gerade ein so hübsches Mädchen wie Katja in einer Stadt ausgesetzt war.

Rosa hatte Jossip nach jener Nacht nicht wieder gesehen. Eine Art Gewohnheit war zwischen sie und Ralf eingetreten. Sie sahen sich jeden Tag, jede Stunde ... in den Nächten verkrochen sie sich jeder in sein Haus, als hätten sie Angst vor ihrer eigenen Liebe. Nur manchmal ging das Licht in der Nacht bei Meerholdt nicht aus ... dann saß sie auf dem Sofa, das Ralf aus Foca mitgebracht hatte, und sah ihm zu, wie er an den Zeichenbrettern stand oder vor den Bauplänen hockte und rechnete, umzeichnete und verbesserte.

Sie hätte so Nacht um Nacht sitzen können, nichts anderes tuend, als ihn nur anzusehen. Sie war zufrieden, wenn er um sie war. Die Küsse und Zärtlichkeiten, die sie in ausbrechendem Taumel verschwendeten, waren nur Unterbrechungen der stillen Stunden, in denen sie spürte, wie nahe ihre Seele der seinen war und wie tief sein Wesen schon in sie gedrungen war. Ihre Gedanken waren seine Gedanken - sie bemerkte es mit seligem Erschrecken, wenn sie beide während einer Unterhaltung nach dem gleichen Gegenstand griffen oder nach einem längeren Schweigen mit dem gleichen Thema begannen.

»Wir könnten nie mehr auseinander gehen«, sagte sie einmal und strich mit den Fingerspitzen zart über sein Gesicht.

Er küßte ihre Hand und war glücklich.

Elena war in Wien. Ihr Brief hatte ihn erreicht - aber es waren Worte, die er las, nichts mehr als Worte. Ihren Aufschrei und ihre Sehnsucht nach Liebe empfand er fade, übertrieben und theatralisch. Er hatte ihr auf die Briefe - schon aus Zagreb - geantwortet; daß sie nie ankamen, erfüllte ihn mit der Befriedigung, die man empfindet, wenn man einer unangenehmen Sache reibungslos aus dem Weg gehen kann. Er war Stanis Osik dankbar, daß er seine Tochter von ihm fernhielt, auch wenn es ihn kränkte, denn die Haltung Osiks bewies, daß er in Ralf Meerholdt nicht einen Mann sah, der es wert war, seine Elena zu heiraten.

Schon damals, vor zwei Jahren, als er in dieses Land kam, wußte er, daß er immer ein Fremder bleiben würde. »Sie werden alle Freiheiten haben«, hatte man ihm versichert. »Wir freuen uns, einen Mann wie Sie für unsere Pläne gewonnen zu haben!« Aber dann begann schon von der Treppe des Ministeriums ab, die er hinunterging, das Mißtrauen, das einem Fremden nachfliegt, wohin er auch kommt. Die Schwierigkeiten häuften sich ... die Bauhandwerkergewerkschaft weigerte sich, ihre Mitglieder unter einem Deutschen arbeiten zu lassen! Die Lieferfirmen verhandelten über seinen Kopf hinweg mit Beamten in Belgrad. Zeichnungen, von denen keiner wußte, woher sie kamen und wer sie entworfen hatte, flatterten auf seinen Tisch mit dem Befehl: So und so soll gebaut werden! Er weigerte sich, er fuhr nach Belgrad, er kündigte seine Stellung, bis Stanis Osik kam, der dicke, fischgesichtige Direktor der staatlichen Bauten. Er lud Meerholdt in seine Villa nach Zagreb ein, er trank mit ihm eine ganze Nacht Krimsekt und öligen, rosa schimmernden Tokajer. »Sie bleiben, Meerholdt!« hatte Osik in seiner bestimmten Art gesagt. »Und wenn das ganze Ministerium fliegt – Sie bleiben und bauen nach deutschem Muster unsere Stauanlagen! Ich habe die Möhnesperre gesehen, die Urfttalsperre, die Edersperre, ich war in Kaprun und habe Augen und Ohren aufgerissen! Was wissen die Idioten, wie es außerhalb Belgrads aussieht? Und außerdem habe ich den Marschall hinter mir ... das genügt.«

Nach diesem Abend blieb Meerholdt weiter in Jugoslawien und baute bei Banja Luka einen Damm. Und er lernte Elena kennen ... Elena, die ihn bei der ersten Begrüßung arrogant betrachtete, ihm die Fingerspitzen zum Gruße reichte und ihn stehen ließ, als andere Gäste ins Haus kamen.

Elena, die jetzt in Wien die Kissen umarmte und träumte, es sei Ralf Meerholdt ...

Der Schnee und der plötzliche Kälteeinbruch brachten es mit sich, daß der Konsum Bonellis an scharfen Schnäpsen und Grog rapide zunahm. Mit den scharfen Getränken aber kam auch ein schärferer Ton in die tausend Männer, die in die Einsamkeit verbannt waren und nur alle vier Wochen für zwei Tage nach Foca, Niksic oder Piewlja Urlaub bekamen. Tausend Männer in einem engen Tal inmitten von hohen Felsen, in einem grandiosen Gefängnis der Natur, in einem Dorf von hundert Seelen mit dreißig jungen Mädchen ... Ralf Meerholdt sah das Problem von der realen Seite und ließ den Hauptmann der Gebirgsjäger zu sich kommen.

»Es muß etwas geschehen, Herr Hauptmann«, stellte er fest und legte dem Offizier eine Liste auf den Tisch. »Innerhalb der letzten zwei Wochen haben wir elf Schlägereien, zwei Messerstechereien und eine Arbeitsverweigerung von einer ganzen Kolonne gehabt.

63 Mann, Herr Hauptmann! Die gesamte Betonmischerei an Sohle 3! Ich habe sie mir vorgenommen. Ihre Antworten waren alarmierend: Wir haben zu fressen und zu saufen, sagten sie. Wir haben ein Bett und wir haben Geld ... aber wir haben keine Weiber! Wir pfeifen auf die tausend Dinare, die wir verdienen, und auf das schönste Fressen, wenn keine Weiber hier sind!« Ralf Meerholdt hob die Schultern. »Was soll ich tun, Herr Hauptmann?«

Der Offizier nahm die Liste und las sie durch. »Ich könnte Ihnen mit einem einfachen Rat dienen, aber er ist undurchführbar. Sie können den Leuten nur mehr Urlaub geben ... nicht alle vier Wochen, sondern jede zweite Woche einen Tag und eine Nacht.«

»Auch in Niksic hat es Schlägereien gegeben. Natürlich um Mädchen. Bonelli, dessen Katja ich nach Foca geschickt habe, hat einen Italiener halb lahm geschlagen, weil ein Fahrer ihm berichtete, er habe im Hauptmagazin Katja in den Hintern gekniffen!«

Meerholdt schlug mit der Faust auf den Tisch. »Mein Gott - das ist doch unmöglich! Wir haben der Natur standgehalten, wir haben dem Boden das Werk abgetrotzt, wir haben die Herzen der Bergbauern besiegt - sollen wir selbst, wir, die Erfolgreichen, an uns zugrunde gehen, an unserer menschlichen Unzulänglichkeit, an unseren Leidenschaften?!«

»Es scheint so, Herr Meerholdt.«

»Ich kann es nicht glauben.« Er schüttelte den Kopf und ging in dem großen Barackenraum hin und her. »Ich habe Sie zu mir gebeten, Herr Hauptmann, um mit

Ihnen eine Aktion gegen diesen - sagen wir es ehrlich - sexuellen Wahn zu besprechen. Ich bin nicht gewillt, und wenn ich sie mit der Waffe an die Arbeit treiben muß, mich der Zügellosigkeit dieser Leute zu beugen! Ich werde den Schnaps verbieten!«

»Dann wird man ihn aus Foca hereinschmuggeln.«

»Ich werde jeden Schmuggler und jeden Käufer mit Geldentzug bestrafen!«

Der Offizier hob die Schultern. »Man wird Sie eines Tages erschlagen in einem Winkel Ihres grandiosen Baues finden.Ein Unglücksfall, wird es heißen. Er ist den Hang hinabgestürzt ... Herr Meerholdt, Sie kennen doch die Mentalität dieser Männer! Sie arbeiten doch nicht für das Geld ... das Geld ist nur eine Zwischenstufe für die Güter, die sie erarbeiten wollen. Und was sind diese Güter? Fressen, saufen und Weiber! Der primitivste Ausdruck des Lebenswillens, die Erfüllung instinktmäßiger Triebe. Über diese drei Dinge hinaus kommen nur wenige ... aber diese Idealisten - wir wollen sie ruhig so nennen - sind nicht die Masse Ihrer Arbeiter! Sie haben ihnen Essen und Trinken gegeben ... aber die letzte Stufe ihres Lebensstandards beginnt erst nach jeweils vier Wochen in drei Städten. Es sind die gleichen ungewaschenen und geilen Mädchen, die einen Tag vorher der Kamerad des Nebenbettes ausführte ... glauben Sie, daß dies auf die Dauer gut geht?! Irgendwie verletzt Ihr Bau das Naturgesetz, das sogar ein Tier respektiert!«

Ralf Meerholdt blieb stehen und streckte die Hände vor. »Wir haben im Krieg auch wochen- und monatelang ohne eine Frau gelebt! Es muß einfach gehen!«

»Mußte es wirklich?« Der Hauptmann lächelte entschuldigend. »Wie war es in der Etappe? Die Mädchen der besetzten Dörfer, die weiblichen Militärangehörigen, die Mädchen von der Bahn, der Post, den Lazaretten ...«

»Es lagen Monate dazwischen! Im Bunker oder in der Stellung kannten wir nur eine Sorge: Überleben! Wir dachten an die Frauen - aber wir entbehrten sie nicht, weil unsere Umgebung zu schrecklich war, um daran zu denken.«

»Das ist es!« Der Hauptmann trat an das Fenster und blickte hinaus auf den Hof. Die Mittagsschicht strömte in die Kantine, die Blechteller in der Hand. »Sehen Sie einmal aus dem Fenster, Herr Meerholdt. Da gehen die Jungen zum Essen! Was gibt es? Nicht Kapusta mit Wasser, nicht Dörrgemüse oder Trockenfisch, sondern Paprikagulasch mit Klößen! Für alle tausend Mann! Gepfeffertes Fleisch! Und morgen soll es Nudeln geben mit Bouillon. Sehr fetthaltig, sehr nahrhaft, Herr Meerholdt - die Leute platzen aus dem Anzug! Trotz der Arbeit! Trotz Kälte, trotz Schnee, trotz des Schweißes, den sie an der Staumauer vergießen!«

»Dann werde ich das Essen reduzieren.« Meerholdt sah über die Schulter hinweg auf die Schlange, die sich in die große Eßbaracke drängelte. »Man hat mir gesagt, die Italiener wollten aus Niksic mit Transportkisten heimlich Frauen ins Lager holen und verstecken. Das würde die ersten Morde bedeuten!«

Der Offizier nickte. »Darin bin ich mit Ihnen einer Meinung. Mit den Italienern fängt es an und mit einer Schlacht um die Mädchen hört es auf.«

»Was soll ich also tun?« sagte Meerholdt und hob die Arme.

Die Frage blieb offen. Doch die Sorge wuchs und wuchs, je stärker der Schnee fiel und das Tal fast von der Außenwelt abschnitt. Nur mit Kettenfahrzeugen konnte die einzige Straße nach Zabari befahren werden, es war wie der Durchbruch in eine verlorene Welt. Jede Nacht türmten sich die Schneeberge von neuem auf; sie mußten am Morgen mit schweren Räumern zur Seite in die Schluchten gedrückt werden.

In diesen Tagen gab es die ersten Toten. Ein Raupenschlepper kam auf der abschüssigen Straße ins Rutschen und stürzte vierzig Meter tief in eine Schlucht. Die vier Männer, die auf dem Weg saßen, fand man erst nach drei Tagen. Wie Granaten hatten sie sich in den tiefen Schnee gebohrt. Sie wurden am Fuße des Bergwaldes begraben. Bedrückt standen die tausend Männer um die offenen Gräber, als Ralf Meerholdt die letzten Worte des Abschieds sprach. »Wir alle stehen an einem Abgrund«, sagte er doppelsinnig. »Wir müssen unsere Herzen fest in die Hand nehmen, um unseren Damm nicht mit Blut zu bauen ...

Der Tod der vier Kameraden brachte für einige Tage Stille in die tausend Mann. Pietro Bonelli hatte seit einer Woche keine Nachricht von Katja bekommen und haßte die Welt und alles, was auf ihr herumlief. Er hatte die Transportkolonnen ausgefragt - sie hatten Katja Dobor nicht in Foca gesehen. Bonelli raufte sich die Haare und jammerte. Sie ist mit einem anderen Mann fortgegangen, simulierte er. Sie ist bestimmt weg, denn wo sollte sie hin in Foca? Oh, diese Weiber! Diese verdammten Weiber! Dieses Unglück unserer Erde! Er setzte sich hinter eine Flasche Chianti und starrte traurig in den rieselnden Schnee und auf die dunklen Felsen. Am Abend war er sinnlos betrunken und wurde von zwei Küchengehilfen ins Bett geworfen.

Am Bau wurde von Tag zu Tag weniger gearbeitet. Der Frost in den Nächten verhinderte alle Betongüsse ... statt dessen wurden Hindernisse gesprengt, Felsen, die im Wege standen. Das Bersten und Krachen des Gesteins zerriß die weiße Stille. In den Werkstätten wurden die Fahrzeuge und Maschinen überholt ... Motorsägen schnitten die eisenharten Stämme zu Rund- und Stützhölzern und zu Brennholz für die großen, runden, eisernen Barackenöfen. In der Schmiede entstanden neuartige Schneeräumer, die jedem Wagen vorgesetzt wurden, der über den steilen Weg hinaus in die Welt fuhr. So erreichte man, daß die Straße einen großen Teil der Tage schneefrei und befahrbar gehalten wurde und weitere Unglücke nicht stattfanden.

Aus Budapest war ein Brief gekommen. Elena war zu Besuch bei einer Tante. Stanis Osik hatte sie dort zurückgelassen und saß wieder in Zagreb in seiner prunkvollen Villa, von der aus er seine Staatsbauten leitete. Er hatte die Klagen Meerholdts genau mit Belgrad besprochen und reduzierte zunächst den Alkoholkonsum um die Hälfte. Dem Essen mußte ab sofort ein bestimmter Prozentsatz Speisesoda zugesetzt werden – alle Randalierenden wurden unter Bewachung von Soldaten nach Foca und von dort nach Sarajewo gebracht, wo sie von einem Schnellrichter abgeurteilt wurden.

»Wer durch Arbeitsniederlegung oder Krawalle den Bau gefährdet, ist ein Saboteur!« ließ Osik als ein Plakat an jeder Baracke anbringen. »Saboteure aber werden in der Volksdemokratischen Republik mit dem Tode bestraft!«

Verbissen, mit finsteren Gesichtern standen die Arbeiter zusammengerottet um die Plakate und lasen sie. Wird zum Tode verurteilt ... dieser Satz war eine massive Drohung. Man wußte, daß Belgrad keine Gnade kannte, daß es keine leere Redensart war, sondern blutige Wahrheit. Die ersten sechs Arbeiter, die um ein Mädchen eine Schlägerei begonnen hatten, waren in Sarajewo bereits zu zehn Jahren Zwangsarbeit verurteilt worden. Zehn Jahre ... das war schlimmer als der Tod! Das bedeutete zehn Jahre Arbeit unter Fußtritten und Schlägen, in eisigen Winterstürmen und glühenden Sommern, gefüttert nur mit einer dünnen Wassersuppe und klitschigem Maisbrot, das im Magen aufquoll und wie ein Stein auf die Gedärme drückte. Zehn Jahre Arbeit im Steinbruch, im Bergwerk, an den Küstenfelsen, in Marmorbrüchen ... zehn Jahre ein Tier unter Tieren ...

Die Arbeiter gingen stumm auseinander. Am Morgen waren Osiks Plakate zwar von unbekannter Hand von den Wänden gerissen, aber es blieb still im Lager. Die tausend Mann duckten sich, die Leidenschaften wurden in der Stille ausgetragen ... man erfuhr nicht mehr, wenn sich zwei schlugen oder ein Messer locker saß ... die anderen in der Baracke deckten sie, und die

Verletzten bissen die Zähne zusammen, gingen zur Arbeit und vollendeten ihr Tagessoll, als sei nichts geschehen.

Der einzige, der in diesen Wochen wieder Leben in das Grau des Winters brachte, war Pietro Bonelli. Er hatte von einem Fahrer des Nachschubes die Nachricht erhalten, daß Katja Dobor in Sarajewo im Krankenhaus lag.

»Mamma mia!« schrie Bonelli. »Mein Täubchen ist krank?! Mein armes Vögelchen ...« Er rannte zu Ralf Meerholdt und bat um Urlaub wegen »Regelung dringender Familienangelegenheiten«. »Sie ist todkrank, meine Katja«, jammerte er. »Sie liegt im Sterben! Noch einen letzten Blick will sie auf ihren Pietro werfen! Haben Sie Gnade, Padrone ... lassen Sie mich für drei Tage nach Sarajewo.«

Ralf Meerholdt rief im Krankenhaus an und erkundigte sich. Der Arzt, den er sprach, lachte laut, als er von den Sorgen Bonellis hörte. »Ihr fehlt gar nichts! Sie kam eines Tages zu uns und fragte, ob sie bei uns arbeiten könne. Sie wollte mehr Geld verdienen, denn sie habe einen Bräutigam, und wenn der Winter vorbei sei, wolle sie zurück in ihr Dorf und ihm zeigen, was sie alles in den Monaten verdient habe! Ich fand das sehr vernünftig und behielt sie hier. Sie arbeitet auf Station und ist sehr fleißig. Ein nettes Mädchen, Herr Meerholdt. Wollen Sie sie wieder haben?«

»Aber nein. Wenn es so ist ...«

»Uns fehlt Personal. Ich wäre Ihnen dankbar, wenn Katja hierbliebe.«

»Von mir aus.« Meerholdt sah zu Bonelli hinüber, der

in dem Sessel kauerte und vor Aufregung schwitzte. »Bestellen Sie ihr einen schönen Gruß von uns, Herr Doktor.« Er legte den Hörer auf und wandte sich an Bonelli. »Da haben wir's«, meinte er geheimnisvoll.

Bonelli erbleichte. Er sank in sich zusammen und bebte.

»Ist ... ist sie ... sehr krank?« stotterte er. »Lebt sie noch?!«

Meerholdt nickte ernst. »Was hast du mit ihr gemacht?!« fragte er streng.

Bonelli schnellte aus seinem Sessel empor. »Ich?« jammerte er. »Ich habe sie geküßt ...«

»Und?«

»Und wieder geküßt ...«

»Und?«

»Dann hat sie mein weiches Bett bewundert. Padrone - so etwas kannte sie nicht! Sie staunte so süß ...«

»Und?«

Bonelli schluckte. »Ja ... und ... Na ja ... und ...« Er hob die Schultern. »Ich will sie ja heiraten, Padrone. Ich habe es ihr vorher schwören müssen.«

Meerholdt lächelte. »Jetzt haben wir die Bescherung ...«, meinte er sarkastisch.

Bonelli war einen Augenblick starr, dann sprang er wie ein Gummiball in die Höhe und schrie. Er warf die Arme in die Luft, tanzte durch das Zimmer und verdrehte die Augen.

»Ein Bambino!« brüllte er. »Ein Bambino! Ein Bambino!« Er rannte aus dem Zimmer, über die Lagergasse und tanzte in seine Kantine. Vergeblich versuchte Meerholdt, ihn zurückzurufen, ihm den Irrtum klarzumachen .... vergeblich. Bonelli hüpfte herum und war für die Umwelt zunächst nicht mehr vorhanden.

Am Abend gab er ein rauschendes Spaghettiessen mit Chianti-wein, Slibowitz und Mandolinenmusik. Die Italiener, unter den Jugoslawen sowieso in der Minderzahl, feierten dieses Ereignis wie ein Volksfest. Aus buntem Papier hatten sie Lampions gebastelt und kreuz und quer durch die Kantine gespannt. Als die Mandolinen aufklangen und ein Quartett neapolitanische Lieder sang, kamen Bonelli Tränen in die Augen.

»Freunde«, sagte er weinend. »Wenn das meine kleine Katja sehen könnte.«

Die Bauern standen glotzend an den Fenstern und starrten in den festlichen Saal. Die Mädchen von Zabari tanzten und kamen sich vor wie in einem Märchen. In der Nacht kam es wegen der Mädchen zu schweren Schlägereien zwischen den Italienern und einigen Zabarianern ... die Verletzten wurden in den Baracken verborgen, Freunde machten ihre Schichten mit. Keine Ausfälle, hieß es. Keine Sabotage! Stanis Osik stellt uns an die Wand, wenn ein einziger der Mädchen wegen ausfällt!

Am zweiten Tag nach Pietro Bonellis Vaterfeier klärte sich der Irrtum auf. Bonelli versank in den Boden, er zertrümmerte einen Tisch und einen Stuhl, warf leere Flaschen auf jeden, der ihm zurief: »Wie geht es dem Bambino?« und ließ sich vier Tage nicht mehr in der Kantine blicken.

Das Lager zehrte noch fünf Wochen von diesem Ereignis. In Zabari wurde es ein geflügeltes Wort: »Geh nach Sarajewo zu deinem Bambino!« Wenn Bonelli es hörte, wurde er weiß im Gesicht und blau in den Lippen.

So ging der Winter über Zabari hin ... wochenlang versank es in einer weißen Wüste ... Schnee ... Schnee, nichts als Schnee ... Die Wölfe umstrichen das Lager ... die Soldaten schossen sieben Stück und ließen sie zur Abschreckung vor den Baracken liegen. Am nächsten Morgen waren sie aufgefressen ... die abgenagten Knochen lagen im Schnee. Und in der Nacht heulten die anderen Wölfe und jagten die Hunde, die nicht schnell genug Schutz bei den Hütten suchten.

Drei ... vier Monate ... kurze Tage und lange Nächte ... ein ewig trüber, grauer Himmel und nachts ein Frost, daß die Stämme der Bäume barsten und das Vieh in den Ställen schrie.

Mitte März riß der Himmel auf, ein blauer Fleck stand über Zabari, bestaunt von den Bauern und den tausend Arbeitern. Mit dem blauen Flecken kam ein warmer Wind ... er wehte vom Meer her und suchte sich seinen Weg durch die einsamen Felsen. Mit ihm kam auch die Schneeschmelze nach Zabari ... es war, als löse sich die Ordnung der Welt auf und ertränke in rinnenden Bächen, reißenden Bergflüssen und wasserbrodelnden Tälern.

Der Kampf gegen das Wasser begann. Es warf sich gegen den halbfertigen Damm, riß an den Verschalungen, unterspülte die Betonmauern.

Rettet den Damm! Die Natur rächt sich an uns!

Als die ersten Verschalungen brachen, stand Rosa neben dem starren Ralf Meerholdt auf dem Rand des Tales und weinte. – –

In diesen Monaten des Winters war Jossip nicht einmal hinunter nach Zabari gekommen. Er lebte verborgen in seiner aus dicken Stämmen gezimmerten Hütte, schlief auf dem Ofen und lebte von Hammelfleisch, Milch, Käse, Butter und einem Brot, das er sich aus Mehl und zerriebenen Wurzeln buk. Seine Schafherde lag in einem mit Stroh gefüllten Schober und wartete den Schneefall ab. Auch als die Alarmsirenen von Zabari heraufgellten und die tausend Arbeiter und Bauern gegen den Sturm kämpften, blieb er auf seinen Felsen. Er stieg nur, wenn der Schnee etwas nachließ, auf sein Plateau und blickte hinunter auf die weiße Wüste zu seinen Füßen, aus der hier und da eine dünne Rauchfahne emporstieg. Ein Haus, dachte er dann. Das Haus von Dobor. Und dort die Rauchfahne, das ist Bossik. Und dort Semla, Korvicz, Simfecz und Slatina. Direkt unter dem Felsen, das ist Suhaja. Das ist das Feuer, um das jetzt Rosa sitzt und sich wärmt. Vielleicht sitzt sie auch nicht um die offene Flamme, sondern lebt mit dem Fremden in der Baracke dort hinten am Tal. Dann wurde sein Gesicht hart, und er ging zurück zu seiner Hütte und grübelte.

Als der Schnee lag und der Frost die Bäume des Waldes spaltete, begann Jossips geheimnisvolle Suche. Er hatte beim Wasserholen eine Höhle bemerkt, aus derem unteren, zerklüfteten Gestein ein dünnes Wasserrinnsal lief. Es versiegte und vereiste auch nicht, als der Frost fast alle Quellen zufror und das Wasser nur mit Kraft nach außen dringen konnte. Gleichmäßig, dünn, aber stetig lief das klare Wasser aus der Felsspalte und versickerte nicht weit davon in dem zerrissenen Boden.

Jossip kannte seine Berge. Es gab keine Schlucht, die er nicht durchzogen hatte, kein Tal, in dem er nicht schon rastete, keinen Felsen, auf dessen Spitze er noch nicht gestanden hatte. Auch die Quellen kannte er, die Bergbäche und reißenden Stürze, die bei der Schneeschmelze alles mit sich rissen und hinunter in die Schluchten spülten. Dieses kleine Rinnsal sah er zum erstenmal. Er hatte die Spalte etwas erweitert und die Hand hineingesteckt ... das Wasser lief einen kleinen Gang herab, der sich nach oben fortsetzte.

Nach oben?! Jossip sah den großen Felsen hinauf, den Felsen, der wie eine breite, ausgestreckte Hand das Dorf Zabari schützte. Das Wasser kam von oben?

Jossip kletterte zu dem Eingang der Höhle empor und kroch auf dem Bauch in den engen Eingang hinein. Finsternis umgab ihn ... ein mooriger Geruch stieg aus der Tiefe empor, Kälte überrieselte ihn ... größere Kälte, als sie draußen der Frost über das Land schickte. Er tastete mit den Händen vorwärts ... ein schmaler Gang, zerklüftet und feucht, führte ins Unbekannte. Jossip hielt den Atem an ... dann schrie er laut und lauschte. Sein Schrei flog weiter ... er pflanzte sich fort ... fern, ganz fern war es, als breche er gegen eine Wand, würde zurückgeworfen und verteile sich in einem riesigen, unterirdischen Gewölbe.

Jossip hielt den Atem an und kroch zurück, in den Schnee. Dort saß er auf einem Stein, trotz der Kälte vor Erregung schwitzend, und wischte sich über die Augen.

Eine Riesenhöhle ... Sollte der ganze Berg hohl sein?! Hohl wie ein alter Baum, morsch und brüchig, von innen zerfressen? Er sah an dem mächtigen Felsen empor und blickte hinunter auf Zabari, das sich in seinem Schutz duckte. In dem Schutz eines hohlen Felsen, der jeden Augenblick zusammenbrechen und ins Tal brechen konnte, das Dorf, die Menschen, die Tiere zermalmend.

Jossip rannte zu seiner Hütte, riß ein paar Späne vom Ofen und hetzte zur Höhle zurück. Er zögerte, noch einmal in den Eingang zu kriechen ... er hatte Angst vor der Wahrheit, die er im Schein der Fackeln sehen würde, Angst vor dem Tode, der über Zabari stand, groß, schwarz, in wundervoller Schönheit, von außen wie die Ewigkeit der göttlichen Gesetze aussehend. Er blickte noch einmal auf das Rinnsal, das unterhalb der Höhle aus dem Felsen trat. Da bezwang er seine Scheu und kroch wieder auf dem Bauch in die Höhle, die Fackeln vor sich herschiebend.

Der Gang war eng und niedrig. Der zuckende Feuerschein leuchtete nicht weit ... aber so weit er ging, war der Gang leicht nach oben hinansteigend. Keuchend kroch Jossip weiter, die Kälte, die durch die Höhle wehte, ergriff ihn und schüttelte seinen Körper trotz der Wattejacke und Wattehose, die er angezogen hatte.

Nach vielen Metern wurde der Gang höher ... Jossip konnte stehen und tastete sich an den feuchten Wänden entlang nach oben. Er kam in eine größere Ausbuchtung, von der aus der Gang, breit jetzt und hoch, wieder nach unten führte. Das Licht der Fackel flackerte, als träfe es ein Windzug, hier, unter der Erde! Jossip blieb stehen und lauschte. Er hörte ein Plätschern, ein leises Rauschen, ein Raunen, das durch den ganzen Berg ging.

Jossip wurde blaß und lehnte sich gegen die kalte, feuchte Wand. Er wagte nicht, den Gang hinunter weiterzugehen - er ließ die eine Fackel ausbrennen und stand dann in der Dunkelheit und zitterte vor Kälte und Angst. Durch die völlige Finsternis hörte er es jetzt nahe und klar ... ein Plätschern, ein Rauschen ... und er roch es, wie ein Tier witterte er es ... Wasser ... viel Wasser ... eine Welt voll Wasser.,.

Er überwand noch einmal seine Scheu und ging weiter. Die zweite Fackel loderte ihm voran ... an ihr entzündete er eine dritte - in jeder Hand einen feurigen Stab, ging er Schritt für Schritt seiner schrecklichen Ahnung entgegen.

Der Gang wurde feuchter ... breiter ... einmal glitt er aus und fiel gegen die Wand. Dann öffnete sich vor ihm eine Halle, ein Riesenraum ohne Ende. Die Fackeln loderten ... sie rissen nicht die Decke der Halle aus der Finsternis, sie reichten nicht hinüber bis zur anderen, in tiefer Schwärze liegenden Wand ... so ungeheuer, so weit, so hoch war die Höhle. Aber es gab keinen Boden in diesem hohlen Felsen ... dort, wo sonst das Gestein zerklüftet eine Sohle bildete, war Wasser. Ein gewaltiger See füllte die Halle aus ... in dem spiegelklaren Wasser zuckten die Flammen der Fackeln und warfen das Bild des bleichen und zitternden Jossip zurück.

Ein See, ein hohler Felsen mit einem See ... ein See, getrennt durch eine Steinwand von Zabari, das unter ihm lag ... ein versunkenes Dorf schon ... ein Atlantis der Berge ...

Jossip hielt die Fackeln hoch ... er schwenkte sie ... ihr Schein erreichte nicht die gegenüberliegende Wand. Von ferne hörte er wieder das Rauschen und Plätschern ... die Bäche und unterirdischen Flüsse, die den See speisten, die durch den Felsen rannen und ihn aushöhlten, zermürbten, zerfraßen.

Er bückte sich, ergriff einen Stein und warf ihn vor sich in das stille Wasser. Er beugte den Kopf vor und vernahm nicht den Aufschlag auf den Grund des Sees. Erschüttert setzte sich Jossip auf den nassen Boden und starrte über den schweigsamen, unterirdischen Saal.

Eine Wassersäule von über 100 Metern, umklammert von einem Felsen, stand über Zabari. Es bedurfte nur eines Loches in der Felswand, nur einer Sprengung, und der riesige See würde über das Tal stürzen ... alles Leben vernichtend, die Natur umgestaltend ... ein jüngstes Gericht ...

Entsetzt saß Jossip vor dem See und starrte auf das verzerrte Bild seines Gesichtes, das die Oberfläche des Wassers unter dem zuckenden Fackelschein zu ihm zurückwarf ...

Mit dem Beginn des Frühjahrs und dem Abklingen der Schneeschmelze begannen wieder die Arbeiten am Damm. Was die Wassermassen weggerissen hatten, war nur gering im Vergleich zu dem, was halbfertig dem

Ansturm standgehalten hatte. Neue Verschalungen wuchsen an den Talwänden empor, der Erdwall wurde verbreitert, der Betonkern verstärkt. Unmittelbar unter der emporwachsenden Sperrmauer wurde der Boden gesprengt, planiert und glattgewalzt ... breite Betonplatten mit Eisengeflecht wurden gegossen und in den Boden eingelassen ... die Fundamente und Träger der Turbinen, die später in den Hallen des Kraftwerkes eingebaut werden sollten.

Neue Pläne waren in den stillen Monaten entstanden, Verbesserungen, die in Belgrad und Zagreb zur Genehmigung vorlagen. Außer der Ausnutzung des Wasserdruckes für den Antrieb der Turbinen zur Elektrizitätserzeugung hatte Ralf Meerholdt vorgeschlagen, die dicken Wasserstrahlen des abfließenden Wassers nicht einfach als einen kleinen Fluß in irgendeine Schlucht zu leiten und dort weiterzuführen bis zum Tara, sondern mit einem Rohrdrucksystem in jene Gebiete zu drücken, die heute noch unter der Wasserarmut brach lagen, versteppten oder sogar unbewohnt waren. So konnte der Staudamm von Zabari doppelt nützen und restlos ausgewertet werden.

Stanis Osik trug die Pläne wie kostbare Diamanten mit sich herum und schlief mit ihnen unter dem Kopfkissen. »Sie sind Millionen wert!« sagte er zu Elena, die aus Budapest gekommen war und wieder in Zagreb lebte. »Dein süßer Ralf ist ein Genie!«

»Aber nicht wert, dein Schwiegersohn zu sein!« antwortete Elena kampfeslustig.

»Genie und Schwiegersohn sind zwei verschiedene menschliche Begriffe, mein Täubchen! Ein Genie als Schwiegersohn ist das schrecklichste, was einem Vater passieren kann. Es vernichtet ihn mehr als zehn Heuschreckenplagen! Was ich brauche, ist für mein Püppchen ein Mann, der gut aussieht, ein Diplomat ist, eine hohe gesellschaftliche Stellung bekleidet, einen großen Einfluß hat, keinerlei Ambitionen, wenig Geist, möglichst viel Geld und ein gutes Gemüt besitzt, und der im übrigen so still ist, daß ich ihn nicht bemerke, es sei denn, er führt mir eure sieben Söhne vor ...«

»Ist das alles?« Elena biß die Lippen aufeinander. »Vielleicht schielt er auch noch, hat eine Geliebte, die ihm den Eingang in die Ministerien öffnet –«

»Nicht schlecht«, nickte Osik.

»... ist ein Luder, das mich täglich schlägt und sich als Mohammedaner mit der Zeit vier andere Frauen anschafft und als Pascha auf den Kissen sitzt und sich kniend den Kaffee servieren läßt ...

Stanis Osik lächelte breit. »Ein wenig viel, Püppchen. Nicht ganz so schlimm soll man das Leben sehen.«

»Ich werde solch einen Idioten nie und nimmer heiraten!« schrie Elena außer sich.

»Aber ein Genie! Ein wirkliches Genie mit Millionen im Kopf und zehn Dinaren in der Tasche! Einen Fremden! Und auch noch einen Deutschen! Meine Tochter mit einem Deutschen ... die Tochter Stanis Osiks, der als Partisan gegen die Deutschen kämpfte, den Tito mit dem höchsten Orden auszeichnete, der bei Zagreb verwundet wurde von einer deutschen Kugel und der in Sarajewo sieben Wochen lang in einem stinkenden

Loch von Gefängnis lag, zusammengeschlagen von der SS und zum Tode verurteilt als Partisan ... dessen Elena soll einen Deutschen heiraten? Ich machte mich unmöglich!«

»Aber ihr macht euch nicht unmöglich, einen Deutschen, einen solchen schrecklichen Deutschen, als Leiter eurer Bauten einzusetzen, nach seinen Plänen zu bauen, von seinem Geist zu profitieren, mit seinem Wissen euer Land aufzubauen ...«

»Es ist eine geistige Wiedergutmachung, wenn du es so willst. Sie haben uns ausgelaugt, die Deutschen, sie haben uns geknechtet, vergewaltigt ... nun kommen sie und bauen wieder auf ... für einige tausend Dinare im Monat Lohn, damit die Welt sieht, wie nobel wir sind, wie vergessend, wie großzügig und edel. Wir pumpen ihren Geist für uns aus, wir saugen ihr Genie weg wie ein Vampir das Blut aus dem Körper, wir finden mit ihnen den Anschluß an die Welt wieder, den wir durch sie verloren ... sie werden unser Land groß und unabhängig machen - vom Westen und vom Osten!«

Elena sah ihren Vater mit einer Mißachtung an, die Osik in diesem Augenblick zum erstenmal fast körperlich fühlte.

»Wenn du die Deutschen so haßt, wenn du ihr Genie mißbrauchst, so wäre es das einfachste, Meerholdt mit mir zu verheiraten, um ihn für immer an dein Land zu binden.«

»Es ist auch dein Land, Elena.«

»Gut - dann an unser Land! Als mein Mann wird er für immer hier bleiben und euch seine Pläne geben.«

Stanis Osik hob die Hand. »Was liegt uns daran,

Püppchen? Er baut den Damm von Zabari, er wird vielleicht noch drei oder vier andere Stauwerke bauen. Er wird Wasserleitungen entwerfen, Felderbewässerungen ... er trägt sich sogar mit dem Gedanken, den Tabak zu veredeln durch große Klimastrahler auf den Tabakfeldern. Eines Tages werden wir ihn ausgenommen haben, wird sein Geist erschlaffen, wird er ein Routinemensch werden, wenn wir alle seine Pläne ausgeführt haben und es nichts mehr gibt, was er verbessern kann. Dann wird er seinen Lohn bekommen: Eine Abfindung von 100000 Dinaren und einen Tritt in den ausgemergelten Hintern!«

»Du bist ein Schwein!« sagte Elena verächtlich.

»Die Politik ist immer eine Schweinerei!« Osik rauchte eine Zigarre an und betrachtete die kleine, weiße Spitze. Er drehte die Zigarre ein wenig, damit sie gleichmäßig abbrannte. »Aber da die ganze Welt nur eine Suhle ist, dürfen die Schweine ja nicht fehlen ...« Er sah Elena an, die sprachlos am Fenster stand. »Verstehst du jetzt, warum du Ralf Meerholdt nie heiraten wirst? Sein Kopf ist ein Ei, ein rohes Ei, das ich so lange austrinke, wie etwas aus ihm herauskommt ... die Schale werfe ich weg. Willst du eine Schale heiraten?«

»Einen Menschen, einen wirklichen Menschen, den ich liebe!«

»Liebe!« Osik drehte die Zigarre, sie brannte schräg ab, eine Rippe zog sich unter dem Deckblatt hin. »Liebe ist ein dummer Ausdruck für das sexuelle Zueinanderstreben niedriger Kreise! Das gemeine Volk überdeckt damit den Trieb und will ihn in die höhere Sphäre seelischer, vielleicht auch noch göttlicher Gewalt heben. In unseren Kreisen, Püppchen, von einer bestimmten Höhe der gesellschaftlichen Stellung aus, heiratet man mit Vernunft, mit Überlegung, mit Berechnung, mit einer Differenzierung aller Begriffe, die mit Ehe und Moral zusammenhängen. Hier geht es um Posten und Einflüsse, die Ehe wird ein Sprungbrett nach oben, sie soll tragen, nicht hinabziehen ... sie soll den Glanz vermehren durch neue Diademe, nicht, indem man die alten mit Putzmitteln blank reibt. Das, was man Liebe nennt, das ergibt sich fast automatisch durch die anatomische Verschiedenheit der Partner ...«

Elena legte die Hände gegen die Ohren und wandte sich ab. »Bitte, hör auf!« sagte sie leise. »Ich kann das nicht mehr ertragen!« Sie legte die Stirn gegen die kühle Scheibe des Fensters und schloß die Augen. »Ich habe nie geglaubt, meinen Vater einmal hassen zu können!«

»Weil du jung bist, eine kleine, dumme Gans, deren Gefühle sich regen und die keine Kontrolle über sich selbst gewonnen hat. Im Alter wirst du mir recht geben!«

»Was geht mich das Alter an?« Sie drehte sich herum und schrie: »Ich will eine Jugend haben! Ich will Liebe! Du willst mich um alles betrügen, was andere Mädchen glücklich werden läßt! Du willst mich in ein Glashaus setzen und herumzeigen wie eine Mumie. Seht, das ist meine Nofretete! Seht, nach ihr würde sich Amenophis die Hände geleckt haben! Aber sie ist unverkäuflich, unantastbar ... es sei denn, es käme einer, der mich

Minister werden ließe und meine Tochter eine Gräfin! Gräfin Elena ... dafür öffne ich den Glaskasten, und die Meute kann herein! Wer ist ein Graf, wer kann mich zum Minister machen ... wer will ... wer will ...« Sie trommelte mit den Fäusten gegen ihre Brust. »Aber ich will nicht ... ich will nicht! Ich will Liebe ... Liebe.«

Stanis Osik nahm die Zigarre aus dem Mund und warf sie fort. »Geile Katze«, sagte er und verließ den Raum. -

Am nächsten Morgen war Elena aus dem Haus verschwunden.

Osik brüllte durch die Räume und den weiten Garten, er jagte die Hausmädchen herum, den Chauffeur, den Gärtner ... niemand hatte Elena gesehen. Sie mußte in der Nacht, unbemerkt von allen, das Haus und Zagreb verlassen haben.

Die Polizei, die Osik alarmierte, war ratlos. Ein junger Leutnant schüttelte den Kopf. »Mit drei Koffern ist sie weg?« sagte er gedehnt. »Das sieht wie eine Flucht aus. Hatten Sie Streit miteinander?«

Stanis Osik warf die Polizisten aus dem Haus und telefonierte mit Foca.

»Wenn meine Tochter kommt, sofort festhalten, bis ich nachkomme!« schrie er den Leiter des Nachschublagers von Foca an. Dann überwand er sich und rief Zabari an. Er verlangte Ralf Meerholdt und wartete, bis man ihn von der Baustelle holte.

»Hier Osik«, sagte er, sich mühsam beherrschend. »Wie geht's in Zabari?«

»Alles in Ordnung.« Ralf Meerholdt wischte sich

den Schweiß von der Stirn. Er war gerannt und noch etwas außer Atem. »Was machen meine neuen Pläne?«

»Sie werden geprüft ... sie sind ganz gut! Vielleicht kommen wir auf sie zurück.« Osik schluckte. »Ist Elena bei Ihnen?« fragte er dann.

Meerholdt fuhr zusammen. »Elena?« rief er verblüfft. »Nein - ich habe sie seit fast dreiviertel Jahren nicht mehr gesehen!«

Osik stöhnte leise. »Dann wird sie morgen oder übermorgen zu Ihnen kommen! Sie ist auf dem Wege nach Zabari. Tun Sie mir den einen Gefallen und rufen Sie mich sofort an, wenn sie eintrifft! Ich reise heute noch nach Foca.«

»Selbstverständlich!« Meerholdt nagte an der Unterlippe. »Ich rufe sofort an, wenn sie kommt.«

Osik legte auf. Seine Stimme war nicht begeistert, grübelte er. Er war sofort bereit anzurufen. Sollte das alles nur ein Hirngespinst von Elena sein? Weiß am Ende Meerholdt gar nichts von ihrer Leidenschaft für ihn? Er rauchte wieder eine Zigarre an und versank in Grübeln. Wenn es wirklich so ist, dann wäre die Reise Elenas nach Zabari die beste Heilung! Die Kühle Meerholdts mußte sie ernüchtern. Er rauchte mit halbgeschlossenen Augen und versuchte, sein aufgeregtes Innere zu besänftigen. In diesem Augenblick glich er einem Orientalen, der im Angesicht eines großen Schicksals ruhig wird, lächelt und an die Allmacht Allahs glaubt ...

Ralf Meerholdt hatte den Hörer noch immer in der Hand, als Osik schon längst aufgelegt hatte. Er sah aus dem Fenster hinaus über das Tal und den Weg, den Raupenschlepper von den letzten Steinsperren der Schneeschmelze säuberten.

Elena ist auf dem Wege nach Zabari. Das Schicksal macht nicht halt ... es hatte nur eine Pause den Winter über eingelegt. Mit der Sonne des Frühlings kam die Entscheidung zurück, der er ausweichen wollte, bis sich vielleicht alles von selbst in die Bahn lenkte, die eine Zukunft verhieß.

Elena, geflohen aus Zagreb, war auf dem Weg zu ihm. Vielleicht fuhr sie schon über die schlammige Bergstraße, kämpfte sich die Serpentinen empor, wich den letzten Steinschlägen an den Hängen aus.

Und nebenan, durch eine dünne Bretterwand getrennt, saß Rosa am Fenster in der Sonne und stopfte seine schadhafte Wäsche und kochte des Mittags die Gerichte ihrer Heimat und trug sie in sein Zimmer mit dem Lächeln seligen Glücks, ihm dienen zu dürfen. Bevor sie aßen, küßten sie sich, und nach dem Essen küßten sie sich wieder. In der Nacht begegneten sie sich, jeder auf dem Weg zu dem anderen. Sie sahen sich an, stumm, tief atmend, und er nahm sie auf seine Arme und trug sie in sein Zimmer. Als er zum Lichtschalter griff, nahm sie seine Hand und drückte sie zurück auf ihre Brust. »Kein Licht«, flüsterte sie. »Die Dunkelheit ist so weich wie deine Hand.« Später drehte sie dann selbst das Licht an und beugte sich über ihn. »Ich muß dein Gesicht sehen«, sagte sie zärtlich. »Ich will sehen, wie es aussieht, wenn du glücklich bist ...«

Und er war glücklich, löschte das Licht und zog sie zu sich hinunter ...

Ralf Meerholdt schloß die Augen und legte den Hörer hin.

Elena kommt nach Zabari - - -

3

An einem Nachmittag, drei Tage nach dem Anruf Stanis Osiks, traf Elena in Zabari ein. Es waren drei Tage verzweifelten Wartens und Suchens. Osik in Foca rief jede Stunde an und raufte sich verzweifelt die Haare, als er immer die gleiche Antwort erhielt: Elena ist noch nicht hier. In Foca war sie auch nicht eingetroffen, auch aus Niksic und Plewlja kam die Nachricht, daß auf der Straße in die Berge keine junge Frau gesehen worden war. Osik brütete über der Karte des Gebietes und suchte einen anderen Weg, den Elena genommen haben konnte. Es gab nur eine Straße, die in die Nähe des Durmitor führte ... eine Felsenstraße von Goransko aus, ein elender Weg, der jetzt bei der Schneeschmelze gesperrt war und nur unter höchster Lebensgefahr begangen werden konnte. Diesen elenden, gefährlichen Weg konnte Elena von Sarajewo aus erreicht haben!

Osik brach der Schweiß aus bei dem Gedanken, daß Elena auf dieser Höhenstraße um ihr Leben kämpfte ... aus Trotz gegen ihren Vater, für eine Liebe, die sie sich einbildete. Am dritten Tage des Wartens schwor Osik sogar im geheimen, daß er Ja zu einer Heirat mit Ralf Meerholdt sagen würde, wenn Elena nur lebend wieder auftauchte.

Am dritten Tag, nachmittags, fuhr Elena mit einem alten Jeep, den sie sich in Sarajewo gekauft hatte, in Zabari ein ... verschmutzt, zerrissen, mit verfilzten Haaren. Sie war von Goransko tatsächlich über die Berge gefahren, durch unwegsame Schluchten und wilde, fast immer im Schatten der Felsen liegende Täler ... sie war umhergeirrt in dem Labyrinth der Berge, sie hatte des Nachts im Jeep geschlafen, zugedeckt mit drei Wolldekken, den Kopf auf ein Bündel Kleider gelegt. Oft war sie unter den Decken hervorgekrochen, steifgefroren in der nächtlichen Kälte, und war um den Wagen herumgelaufen ... stampfend, mit den Armen um sich schlagend, hüpfend, um sich wieder wann zu machen und den Körper durchbluten zu lassen. Ich halte durch, hatte sie sich trotzig zugesprochen. Ich kehre nicht um, ich mache nicht schlapp ... ich will es ihm zeigen! Jetzt gerade! Und sie kroch wieder unter die feuchten Decken, zitternd und zähneklappernd, schlief eine Stunde und lief dann wieder um den Wagen ... drei Nächte lang, zäh, verbissen und getrieben von dem Willen, Stanis Osik ihre Liebe zu beweisen.

Nun fuhr sie ratternd und knatternd durch Zabari, bestaunt von den Bauern, angestarrt von den Arbeitern. Ralf Meerholdt lief ihr auf der Straße entgegen ... sie bremste scharf, sprang aus dem Wagen und fiel ihm mit ausgebreiteten Armen um den Hals. Vor allen Umstehenden küßte sie ihn wild und klammerte sich an ihn. Jetzt, am Ende ihrer Reise, in den Armen Ralfs, verließen sie alle Kräfte ... sie sank zusammen und weinte haltlos. Durch ein Spalier von Arbeitern trug er sie in seine Baracke.

Am Eingang der Kantine stand Rosa und blickte zu Boden. Sie begriff nicht, was sie gesehen hatte, sie konnte nicht verstehen, daß es ein anderes Mädchen gab, das ein Recht besaß, Ralf um den Hals zu fallen und zu küssen. Ein Mädchen, das plötzlich mit einem kleinen, offenen Auto aus den Felsen herausschoß, und das Ralf auf den Armen in sein Haus trug.

Pietro Bonelli kratzte sich den Kopf. Er stand hinter Rosa und putzte ein Bierglas.

»So ist das, Mädchen«, sagte er und nickte weise dazu. »Das Leben ist eine verdammt schwere und verzwickte Angelegenheit.« Er dachte dabei an Katja Dobor, die noch immer im Krankenhaus von Sarajewo auf der Station arbeitete und ihm keine Nachricht gab, weil sie nicht schreiben konnte.

»Wer ist sie?« fragte Rosa leise.

»Elena Osik, die Tochter von Direktor Osik, dem Chef von den staatlichen Bauten. Steinreich, Rosa. Osik könnte euer ganzes Dorf kaufen, und er merkte es noch nicht einmal auf seinem Bankkonto.«

»Und was will sie hier in Zabari?«

»Wahrscheinlich will sie zu Meerholdt. Der Padrone war mit ihr lange in Foca zusammen ... sie war seine Sekretärin.« Bonelli lächelte hintergründig. »Man munkelt so allerlei bei uns ... aber Genaues weiß ich auch nicht.«

»Liebt sie ihn?«

»Wie soll ich das wissen?«

»War sie seine Geliebte?«

»Kind, als wenn mich das etwas anginge! Geh doch hin und frage sie selbst ...«

»Das werde ich auch tun ...«

Entsetzt sah ihr Bonelli nach, wie sie durch die Barakkengasse lief, dem Hause Meerholdts zu. »Madonna!« stammelte er. »Das ist eine Tragödie ...«

Er trat schnell zurück hinter seinen Schanktisch und spülte die Gläser weiter, aber es beruhigte ihn nicht, und er zerbrach zwei Stück zwischen den Händen.

Elena lag tief schlafend in Ralfs Bett. Er hatte ihr die schmutzige Jacke ausgezogen, Gesicht und Hände gewaschen ... schon beim Waschen sank ihr Kopf vornüber, und sie schlief ein, an Ralfs Arm festgeklammert. Er legte sie zurück auf das Bett und zögerte. Dann siegte die Notwendigkeit über seine Zurückhaltung, und er entkleidete Elena vollständig, zog dem weißen, schönen und vollendeten Körper seinen Schlafanzug über und deckte sie dann bis zum Hals mit seiner Steppdecke zu.

Sie lächelte im Schlaf.

Eine Weile saß er noch neben Ihr auf der Bettkante und betrachtete sie. Ihre Augenlider zitterten. Der Mund war plötzlich trotzig zusammengezogen, ihr Gesicht hatte etwas Strenges und in der jetzigen Herbheit Berückendes an sich.

Drei Tage und Nächte durch die Berge ... eine große, eine überwältigende Leistung für eine so zarte und verwöhnte Frau wie Elena. Ein Martyrium, freiwillig erlitten, um zu ihm zu kommen. Eine Odyssee aus Liebe.

Er beugte sich über ihr schmales, bleiches Gesicht und küßte sie auf den zusammengepreßten Mund. Ihre

Lippen waren kalt und rauh, aber sie zitterten, als er sie berührte ...

Während Elena schlief, rief Meerholdt in Foca Stanis Osik an.

Osik war der Verzweiflung nahe und soff ein Glas Slibowitz nach dem anderen. Er hatte sich eingeschlossen und brüllte jeden durch die Tür an, der ihn störte. So verkehrte man nur noch telephonisch mit ihm, denn das Telephon war das einzige Wesen, auf dessen Stimme er sofort reagierte. Aber alles, was nicht aus Zabari kam, wurde von ihm niedergeschrien und abgehängt.

Mit glasigen Augen starrte Osik auf die Tischplatte. Ich saufe mich zu Tode, grübelte er. Alkohol ist Gift für mein Herz. Ich habe die Angina pectoris ... ich weiß es. Aber ich pfeife darauf! Ich pfeife! Wenn Elena umgekommen ist, ist das Leben nichts mehr wert! Wofür arbeite ich denn? Wofür habe ich den Reichtum gescheffelt, die Leute betrogen, die Arbeiter ausgebeutet, Material verschoben und falsche Rechnungen buchen lassen? Für wen denn? Für mich? Für den dicken, alten Stanis Osik, dessen Herz in der Brust klappert wie ein ungeschmierter, ausgeleierter Motor? Für den? Er schüttelte den Kopf und goß sich noch ein Glas ein. Mit geschlossenen Augen, als tränke er Gift, stürzte er es ganz hinunter. Ich saufe mich zu Tode, Heilige Mutter von Sarajewo ... gib mir Elena wieder ...

Er schlief, als das Telephon neben seinem Ohr klingelte. Schlaftrunken fuhr er auf, wischte sich über das schweißige Gesicht und nahm den Hörer ab.

Zabari ... Osik fuhr empor. Er schwankte trunken,

aber er verstand alles, was Meerholdt sagte. Und dann weinte Stanis Osik - es war möglich, daß aus seiner harten Seele noch ein Gefühl entsprang, das ihm die Tränen in die Augen trieb.

»Sie ist da«, stammelte er. »Sie ist bei Ihnen ... gesund, ganz gesund, nur müde ... und sie schläft ... mein Täubchen, meine Elenaska ... Meerholdt ...« Er schluckte ... »Ralf ... pflege sie gut, hörst du ... pflege sie wie eine Mutter ... Ich komme sofort nach Zabari ...«

Er legte den Hörer auf und schwankte. Sich an der Wand forttastend, torkelte er zu dem Sofa am Fenster und warf sich in die Kissen. Kaum, daß er lag, schlief er schon wieder, und er lächelte im Schlaf wie ein glückliches, beschertes Kind.

Bevor am nächsten Morgen Stanis Osik nach Zabari kam, standen sich in Ralfs Zimmer Rosa und Elena gegenüber.

Nicht feindlich ... Rosa putzte den Boden, und Elena nahm keine Notiz von ihr und trank an einem kleinen Tisch mit Ralf Kaffee. Die durchschlafene Nacht in dem warmen Bett Meer-holdts, das Bad am Morgen hatten sie wieder in die gepflegte Dame aus Zagreb verwandelt. Wer sie so sitzen sah in ihrem Pariser Frühjahrskleid, mit den hochhackigen Schuhen und den dünnen, nahtlosen Nylonstrümpfen, hielt es für undenkbar, daß diese gleiche Frau vor wenigen Stunden noch den Felsriegel der schwarzen Berge durchbrochen hatte, eine Tat, deren jeder Mann sich stolz rühmen würde.

Während sie Kaffee tranken, sprachen sie kein Wort miteinander. Nur ab und zu legte Elena ihre Hand auf die Ralfs und streichelte sie leicht. Rosa sah es ... sie schielte während des Putzens zu dem Tisch hinüber und biß die Zähne aufeinander. Zwischen ihren schwarzen Augen stand eine tiefe Falte. Meerholdt gab sich jegliche Mühe, vor Rosa einen gewissen Abstand gegenüber Elena zu bewahren, aber die stille Zärtlichkeit, die von ihr ausstrahlte, das Glück, bei ihm zu sein, die Freude, Stanis Osik besiegt zu haben, waren so stark, daß Rosa fast körperlich die Gefahr spürte, die von dieser Frau ausging.

Sie beobachtete Elena, wie sie die Tasse hielt, wie sie das Brötchen brach, wie sie das Messer handhabte, als sie Butter und Honig auflegte ... sie machte sich in der Nähe des Tisches zu schaffen und betrachtete die schmalen, vorne spitz zulaufenden Schuhe, die dünnen Strümpfe und den seidigen Stoff des Kleides. Meerholdt legte das Messer weg ... ihm schmeckte der Kaffee bitter, als sei er mit Galle aufgeschüttet, jeder Bissen blieb ihm im Halse stecken, als habe er Widerhaken, die sich in seiner Speiseröhre festkrallten. Verstohlen sah er auf die Uhr ... Kam Osik noch nicht? Er hatte ihn schon in der Nacht erwartet.

»Sascha«, unterbach Elena seine Gedanken. »Es ist so schön, wieder bei dir zu sein.«

Rosa verließ das Zimmer. Draußen, im Flur, lehnte sie sich an die Wand und schloß die Augen. Sascha nennt sie ihn. Sascha! Sie war seine Geliebte ... jetzt wußte sie es. Niemand hatte sonst ein Recht, einen Menschen Sascha zu nennen. Ich werde sie fragen, dachte sie. Ich werde sie einfach fragen, ob sie ihn wirklich liebt, so liebt wie ich! Und wenn der Abend kommt, werden wir beide an Ralfs Tür stehen, und die stärkere wird siegen! Ich habe das gleiche Recht wie sie!

Sie öffnete die Augen. Es war, als erwache sie aus einem Traum. Sie blickte an sich herunter ... das alte, geflickte Kleid, die derben, holzsohlenbeschuhten Galoschen, die handgestrickten, dicken Schafwollstrümpfe. Alles war elend, plump und häßlich gegenüber Elena ... nur ihr Haar, das lange, schwarze, seidenglänzende Haar, das bis zur Hüfte hinabfiel, und wie ein Schleier um ihre Gestalt wehte, wenn der Bergwind sie ergriff, dieses Haar war Elena überlegen. Das erfüllte sie mit Stolz und Hoffnung.

Bonelli fiel ihr ein. Er hatte für Katja Kleider aus Sarajewo kommen lassen; schöne, moderne Kleider, wie man sie in Zabari noch nicht gesehen hatte. Aber als die Pakete von Sarajewo in Zabari ankamen, war Katja in Sarajewo, und Bonelli fluchte und spielte mit den Paketen vor Wut Fußball. Seitdem lagen sie bei Bonelli in der Ecke des Zimmers, unausgepackt und unbeachtet, denn Bonelli wollte der Dummheit nicht die Krone aufsetzen und sie nach Sarajewo zurückschicken.

»Schicke ich sie weg und sie kommen in Sarajewo an, ist Katja dann gerade in Zabari! Ich bin doch kein Idiot!« schimpfte Bonelli. Und so warteten die Kleider auf die Wiederkehr Katja Dobors.

Rosa stellte den Eimer und den Schrubber in die Ecke des Ganges und rannte über den Platz zu der Kantine.

Sie kam gerade herein, als Bonelli mit verträumtem Gesicht vor einem Blatt Papier saß. Ein Fahrer hatte es ihm mitgebracht aus Sarajewo. Schreiben konnte Katja nicht, aber malen. Und so hatte sie Pietro auf das Blatt Papier zwei Lippen gemalt, die sich küßten. Weiter nichts ... zwei Lippen. Aber Bonellis Herz zuckte, und er war in Versuchung, wieder ein rauschendes Spaghettiessen zu geben mit viel Chianti und Musik.

»Sie liebt mich, Rosa«, sagte er versonnen, als sie zu ihm trat. »Meine Madonetta liebt mich ...« Er zeigte ihr das Papier mit den Lippen und drückte es ans Herz. »Es ist das erste Mal, daß sie es selbst sagt ... O Rosa – ich könnte etwas ganz Dummes machen vor Freude!« Bonellis Augen flimmerten.

Er griff nach hinten und holte eine Flasche guten Wein aus dem Regal. Pfeifend goß er Rosa und sich ein Glas ein und hob es gegen die Sonnenstrahlen, die durch die Fenster in den Raum fielen. Der Wein funkelte golden.

»Auf mein Glück«, rief er laut.

Sie tranken das Glas. Rosa atmete schwer, es war das erste Glas Wein, das sie trank. Bonelli sah Rosa von der Seite an, als er das Glas absetzte.

»Kummer?« fragte er.

Sie nickte. »Ja.«

»Mit dem Padrone und der Tochter des Direktors?«

»Ja.«

»Und du liebst ihn?«

»Ja – wie dich deine Katja ...«

Bonelli biß sich auf die Lippen. Das durfte nicht

kommen, das sprach sein weiches Herz an, das ließ ihn mitleiden. Er blinkerte mit den Augen und goß sich noch ein Glas Wein ein.

»Und ich soll dir helfen?«

»Ja.«

Bonelli hob beide Hände und schlug sie gegeneinander. »Womit, Rosa?«

Sie stockte und sah ihn aus ihren großen, schwarzen Augen ängstlich und hilflos an. »Bist du auch nicht böse, wenn ich es sage?«

»Aber nein. Wie kann ich dir helfen?«

»Leih mir die Kleider von Katja«, sagte sie leise. Sie wagte nicht, Bonelli dabei anzusehen. Pietro schwieg eine Weile betroffen. Die Kleider Katjas? Die verfluchten Pakete, die bei ihm in der Ecke lagen und verstaubten? Er wußte selbst nicht, was sie alles enthielten ... er hatte an ein Geschäft in Sarajewo geschrieben und eine vollkommene Frauenausstattung bestellt mit vier Kleidern und dem dazugehörenden »Unterzeug«, wie es Bonelli respektlos vor den zarten Gebilden weiblichen Dessous nannte. Ein wenig Neugier beschlich ihn doch, zumal er an Rosa sehen konnte, wie es bei Katja wirken würde.

»Komm mit!« sagte er. »Aber verrate niemandem, von wem du die Sachen hast! Verstanden?«

Wie Verschwörer verschwanden sie in der Stube Bonellis und schlossen hinter sich die Tür ab. Dann knisterte Papier, und ein staunendes »Ah« drang durch die Tür ...

Gegen Mittag traf auch Stanis Osik in Zabari ein. Er

fuhr einen schweren Reisewagen und brauste durch die staubige Dorfstraße direkt auf das Barackenlager zu. Die Arbeiter, die ihm begegneten, zogen die Hüte und Mützen, die Bauern standen wie immer am Wege und bestaunten den großen, blitzenden Wagen.

Osik fuhr geradenwegs vor die große Baracke Meerholdts und sprang aus dem Wagen. Er rannte ins Haus und prallte auf einen der Techniker, der erschreckt zur Seite wich.

»Wo ist Herr Meerholdt?« keuchte Osik. »Wo ist meine Tochter?!«

»Der Herr Ingenieur und das gnädige Fräulein sind auf der Baustelle. Herr Meerholdt zeigt ihr das Werk.«

Stanis Osik wandte sich um und rannte zurück. Ein Lastwagen, der vorüberfuhr, bremste scharf, weil sich Osik mitten auf die Straße stellte. Der Fahrer schrie aus dem Fenster:

»Idiot! Aus dem Wege! Wer ist dieses Riesenrindvieh?! Stellt sich mitten auf die Straße!«

Stanis Osik sprang auf das Trittbrett und schob mit seiner großen, fleischigen Hand den Kopf des Fahrers in das Führerhaus des Autos zurück.

»Fahr weiter!« brüllte er den sprachlosen Mann an. »Zum Wall!«

»Aber ich muß doch zum Materiallager.«

»Zum Wall, du Hornochse - oder du fliegst sofort!«

Der Fahrer schaltete den Gang ein und brauste weiter, machte eine Kurve und ratterte auf das Tal zu. Osik hielt sich am Fensterrahmen und am Rückspiegel fest und sah das gigantische Bauwerk näher und näher kommen. Zum erstenmal sah er selbst die Bauten, die er bisher nur von den Plänen und einigen Fotos her kannte. Die Größe, die gewaltigen Ausmaße, dieser stein- und eisengewordene Gedanke eines Genies erfaßte auch ihn mit Bewunderung und einer ihm fremden Ergriffenheit. Er starrte ins Tal hinab, über die Steinmauer, die Verschalungen, die Betonplanierungen, die Hallen, die unten am Wall begannen, er erkannte die ungeheure Umwandlung der Natur nach dem Willen eines einzigen Menschen und wurde schweigsam.

Auf einer halbfertigen Brücke, die einen Teil des Tales überspannte, erkannte er Elena an der Seite Meerholdts und des Vorarbeiters Drago Sopje. Sie standen in schwindelnder Höhe an einem Eisengitter und blickten hinab in das geplante Staubecken. Osik ließ den Wagen halten. »Weißt du, wer ich bin?« fragte er den Fahrer. Dieser schüttelte den Kopf.

»Nein. Auf jeden Fall ein Verrückter ...«

Ehe Osik etwas antworten konnte, hatte er den Wagen gedreht und ratterte in Richtung auf das Materiallager davon. Wütend stapfte Osik durch den aufgerissenen Boden, über Kalkgruben, Lehmhalden und Knüppeldämme der Brücke zu. Er betrat gerade das Eisengerüst, als Elena ihn bemerkte und Meerholdt am Arm herumriß.

»Mein Vater!« schrie sie leise auf.

Meerholdt nickte. Eine schwere Last fiel von ihm ab. Wie einer Erlösung sah er Osik entgegen.

»Woher weiß er, daß ich hier bin?« sagte Elena und umklammerte seinen Arm.

»Er hat es angenommen! Wohin solltest du schon geflüchtet sein?«

»Er kommt mich holen, Sascha. Er wird mich schlagen, mich einsperren, mich wieder wegschicken in andere Länder. Schütze mich, Sascha ... schütze mich.« Sie drängte sich an ihn und wandte den Kopf weg.

Stanis Osik schnaufte von der schnellen Fahrt und der ungewohnten Kletterei. Er hielt sich an dem eisernen Geländer fest und blieb stehen. Er wagte nicht, hinab in die Tiefe zu sehen.

Er wurde schwindelig und hatte den wahnsinnigen Drang, sich mit dem Kopf zuerst in die Schlucht zu stürzen. Es war, als zöge ihn eine fremde, starke Macht hinab. Tief atmend sah er hinüber zu der kleinen Gruppe von drei Menschen, die allein auf der leicht schwankenden Brücke stand und ihm entgegensah. Er bemerkte, wie sich Elena an Meerholdt klammerte und den Kopf verbarg. Sie hat mich erkannt, dachte er grimmig. Sie fürchtet meinen Zorn. Das gab ihm Mut, weiterzugehen. Mit tastenden Schritten balancierte er über die schwankenden Bohlen.

Elena richtete sich plötzlich auf und riß sich von Meerholdt los. Ehe Ralf und Drago Sopje sie fassen konnten, rannte sie auf den Teil der Brücke zu, der nur provisorisch befestigt war und an einigen dünnen Stahlseilen hing, bis von unten her die Betonpfeiler emporwuchsen und ihr Halt geben würden.

»Elena!« schrie Meerholdt. Entsetzen lahmte ihn, während Drago Sopje vorsichtig der Flüchtenden folgte. »Die Brücke hält das nicht aus! Du stürzt ab, Elena! Halt! Halt!«

Stanis Osik blieb stehen und warf die Arme in die Luft. »Elena!« brüllte er grell. »Elena!«

Sie wandte sich um und umklammerte das Geländer der schwankenden Brücke. »Geh nicht weiter, Vater!« schrie sie zurück. »Noch einen Schritt - und ich springe hinab!«

Osik blieb wie angewurzelt stehen. Meine Tochter, durchfuhr es ihn. Sie ist meine Tochter. Jetzt sehe ich es! Lieber den Tod, als etwas gezwungen tun! Lieber sterben, als nachgeben! Mit einem Dickkopf in das Grab ... er wischte sich über das Gesicht. Kalter, klebriger Schweiß war an seinen Händen, als er sie wieder zurückzog ... Angstschweiß, der seinen Körper wie mit Wasser durchtränkte.

»Ich schlage dich nicht, Püppchen«, sagte er matt. »Komm zu mir ...«

»Ich habe Angst vor dir.« Elenas Stimme war weit und kläglich.

»Ich verspreche dir alles ... nur komm zurück von der Brücke.«

»Ich darf in Zabari bleiben?«

»Jaja ... komm, Elena.«

»Du schwörst es?«

»Bei der Heiligen Mutter von Sarajewo! Komm jetzt, Elena.«

»Du wirst mir nichts tun? Du fährst morgen wieder weg nach Zagreb ...«

»Alles, alles was du willst! Nur komm herunter, mein Püppchen.«

Zögernd kam Elena zurück. Jetzt konnte sie Drago Sopje fassen ... er zog sie schnell von den schwankenden Böden weg auf den festeren Teil, der schon auf einem Pfeiler auflag. Osik war jetzt bei Meerholdt angekommen und drückte ihm stumm die Hand. «Gehen wir«, sagte er stockend. »Sonst glaubt sie mir nicht, daß ich mein Wort halte. Ich werde bei Ihnen mit ihr genauer sprechen.«

Sie gingen zurück zur planierten Auffahrt am Rande des Tales, und Elena folgte ihnen mit Sopje, ungewiß, ob Osik seine Versprechungen halten würde ...

Am nächsten Morgen schon hielt Stanis Osik sein Versprechen – er fuhr zurück nach Foca und von dort nach Zagreb. Ausschlaggebend waren nicht die Tränen und Anklagen Elenas, sondern eine halbstündige Aussprache mit Ralf Meerholdt unter vier Augen. Meerholdt hatte auf die direkte Frage Osiks ebenso klar geantwortet.

»Lieben Sie Elena?« hatte Osik gefragt.

»Ich empfinde eine tiefe Zuneigung zu Ihrer Tochter, eine Zuneigung, die man einer so schönen Frau entgegenbringen muß. Ob es Liebe ist? Ich glaube es nicht ...« Meerholdt hatte sich diesen Satz genau überlegt ... er war klar und ließ für Osik alles offen, was zwischen ihm und Elena gewesen war.

Osik nickte verständig. Er hatte den Sinn der Worte verstanden.

»Sie wollen sie also nicht heiraten?«

»Nein.«

»Eine klare Antwort, Herr Meerholdt.« Osik war sehr zufrieden.

»Aber Elena meint, Sie seien der einzige Mann, der in ihr Leben paßt. Sie will Sie heiraten!«

»Ich weiß es, Herr Direktor. Darum war ich Ihnen dankbar, daß Sie sofort nach Zabari kamen, um Elena abzuholen. Daß sie mit solch massiven Drohungen wie vorhin auffahren würde, habe ich nie und nimmer erwartet. Es wird schwer sein, sie zu überzeugen, daß meine Zuneigung eben nur ein Tribut an ihre Schönheit ist - - - aber nicht ausreicht, um daraus eine Ehe zu gestalten.« Meerholdt sah aus dem Fenster über das Lager. »Ich glaube jetzt fast, daß es wirklich die beste Lösung ist, Elena hier zu lassen. Sie wird hier eher als aus einiger Entfernung begreifen und vor allem sehen lernen, daß unsere Welten verschieden sind.«

»Das habe ich ihr auch schon gesagt.« Osik faßte es anders auf als Meerholdt und war verwundert über das »Fingerspitzengefühl«, wie er es nannte, das Meerholdt entwickelte. »Ich finde es sehr anerkennend von Ihnen, daß Sie es von selbst einsehen.« Osik griff wieder nach einer seiner dicken Zigarren. »Wenn Sie Elena von dem Gedanken der Heirat abbringen, Meerholdt, will ich in Belgrad für Sie sprechen. Die Entwicklungspläne unserer Regierung sind groß ... Sie könnten eine goldene Zukunft haben ...«

Meerholdt stutzte. Er sah Osik von der Seite an und erfaßte plötzlich den Sinn der Betriebsamkeit des Direktors. Er lächelte über die Sorgen, die man in Zagreb seinetwegen hatte, und dachte an Rosa, die er den ganzen Tag über noch nicht gesehen hatte. »Ich hoffe, daß man in Belgrad meine geleistete Arbeit bewertet - wenn sie gut ist - und nicht irgendwelche Konzessionen persönlicher Art«, sagte er bestimmt. »Im übrigen glaube ich, daß die Zuneigung Elenas zu mir mehr eine Laune ist, eine sehr rasch verflammende Leidenschaft, über die Sie sich keinerlei Sorgen zu machen brauchen. Ich werde sowieso eines Tages wieder nach Deutschland zurückkehren ... was sollte Elena dann in einem Land, das sie nicht versteht und in dem sie immer eine Fremde bleiben wird?«

Während er es sagte, durchfuhr ihn der heiße Schrecken, daß die gleichen Worte auch Rosa gesagt werden mußten. Mehr noch als Elena würde sie unter der Fremdartigkeit der Menschen und des Landes leiden. Es war, als würde man eine seltene Pflanze in ein anderes Klima umpflanzen, in eine fremde Erde, ohne ein wenig Mutterboden mitzunehmen. Sie würde eingehen, trotz aller Pflege, trotz aller äußeren Umstände, die denen der Heimat glichen ... Gleichen! Das war es ... etwas Gleiches ist nicht das Naturgetreue, aus dem es gekommen ist. Der innere Kraftstrom der Seele fehlt, jenes Geheimnis Heimat, das geistig nicht zu erfassen ist, sondern das man fühlt, wenn man einsam in der Fremde ist und sich sehnt nach einem Baum, einem Strauch, einem Haus, einer Straße oder auch nur nach einer einzigen Blume, die man einmal zu Hause in der Hand hielt ... Das ist die Heimat, die Wiege der Seele ... Konnte Liebe sie ersetzen ... ?

Stanis Osik war mit solchen Gedanken nicht belastet. Er drückte seine Zigarre aus und erhob sich schwer und massig.

»Belgrad weiß, was Sie leisten, Herr Meerholdt. Und wenn Sie von einer Rückkehr nach Deutschland sprechen, so hat dies so lange Zeit, bis alle Bauten, die wir gemeinsam planten, von Ihnen realisiert worden sind. Wir haben große Pläne ... und Sie haben eine große Zukunft!« Er reichte Meerholdt die schwammige Hand und drückte sie. »Schicken Sie mir Elena sofort zurück, wenn Sie merken, daß Ihre ›Umwelts-Therapie‹ von Erfolg ist. Lassen Sie nicht zu, daß neue Kleider, Schmucksachen, Schuhe und Strümpfe nach Zabari kommen. Lassen Sie Elena in den Bauernschuhen und Wollstrümpfen herumlaufen ... sie wird vor Freude weinen, wenn sie wieder in einem weichen Bett schlafen kann und zehn Paar neue Nylonstrümpfe auf ihrem Nachttisch liegen. Frauen hängen an solchen Kleinigkeiten des Lebens - sie sind ihnen der Inbegriff des Daseins überhaupt! Nimmt man ihnen den Rahmen des Lebens, dann ist ihnen das ganze Leben nichts mehr wert. Elena kennt das noch nicht ...« Osik lachte breit. »Sie werden es ihr beibringen, Meerholdt ...«

Nachdenklich sah ihm Ralf nach, als Osik in seinem breiten, chromblitzenden Auto wieder durch die Berge zurück nach Foca fuhr. Osik winkte noch einmal zurück, als er in die Kurve bog und hinter den Felsen verschwand ... vom Fenster aus sah es Elena und warf die Lippen etwas vor, trotzig, wie ein beleidigtes Kind. Hinter der Küchenbaracke stand Rosa und blickte dem Wagen nach. Er fuhr ohne die fremde Frau - das beunruhigte sie. Elena Osik würde also in Zabari bleiben, bei Ralf, immer in seiner Nähe, ihn morgens beim Kaffee streichelnd, ihn nie aus den Augen lassend ... Sie biß die Lippen aufeinander und lehnte sich gegen die Holzwand der Baracke. Heute abend würde sie Elena fragen, nahm sie sich vor. Heute abend ... und sie würde die Kleider anziehen, die Pietro Bonelli für Katja Dobor gekauft hatte, die schönen, lustigen Kleider aus Sarajewo, in denen sie mit ihren langen Haaren aussah wie eine orientalische Prinzessin ...

Ralf Meerholdt ging in sein Zimmer zurück. Irgendwie hinkte die Theorie Osiks im Falle Elena gewaltig, empfand er. Elena hing nicht so sehr an den äußeren Dingen des Glanzes, wie es ihr Vater annahm ... sie war drei Tage und drei Nächte lang durch die unwegsamsten Berge geirrt, die es in Europa gibt, völlig allein, über schwindelnde Felspfade fahrend, durch finstere Schluchten und flache Bergbäche, nur der Sonne nach, ohne Karte, ohne zu wissen, wo Zabari lag ... sie hatte in den eisigen Nächten nur mit drei dünnen Decken geschlafen und hatte sich jede Stunde um den Wagen herum warmgelaufen - - - drei Nächte lang, bis sie schmutzig, zerrissen, einem Vagabunden gleich, in Zabari ankam. Die elegante Elena, der niemand eine solche Tat zugetraut hätte.

Ob Zabari wirklich abschreckend wirkte? Ob die Einsamkeit und die Rauheit der Umgebung sie wirklich zurücktrieb in die Eleganz Zagrebs und die weiße Villa

Osiks am Ufer der Sava? Meerholdt wagte es in diesem Augenblick zu bezweifeln. Er beschloß, alles dem Zufall zu überlassen, der Zeit, die mit ihm war, und dem Umständen, die das Schicksal vielleicht zusammenkettete oder entflocht ...

Hinter ihm klappte die Tür. Er drehte sich nicht um, er wußte, wer ins Zimmer gekommen war.

»Er ist weg«, sagte Elena leise. »Wir sind endlich allein ...« Da er keine Antwort gab, kam sie näher und legte den Arm um seinen Hals. Sie drückte ihren Kopf an seine Wange und sah neben ihm aus dem Fenster. So bemerkte sie Rosa von der Ecke der Küchenbaracke aus und ballte die Hände zur Faust. »Freust du dich gar nicht, Sascha ...?«

»Doch, sehr ...« Er lächelte sie an, und in ihrem Glück sah sie nicht seine Lüge und hörte sie nicht den dumpfen Klang seiner Stimme.

»Hast du mit Vater gesprochen?« fragte sie.

»Ja.«

»Über uns, Sascha ...«

»Auch. Aber meistens über technische Probleme.«

»Und was sagte er über uns?«

»Er will es der Zeit überlassen«, wich er aus. »Er will sehen, wie sich alles entwickelt. Erst der Bau – dann das Privatleben, hat er gesagt, und ich habe ihm diese Abstufung unseres Lebens in die Hand versprechen müssen«, log er geschickt.

Elena nickte. Dabei rieb ihre Wange an der seinen ... es war eine Liebkosung, die ihn wie ein Peitschenschlag durchzuckte. Er beugte sich zurück und trat vom Fenster weg. Unruhig ging er im Zimmer hin und her.

»Ich werde wenig Zeit für dich haben«, sagte er dabei und vermied es, sie anzusehen. »Bis zum Einbruch des neuen Winters wollen wir die Staumauer soweit fertig haben, daß wir die Schmelzwasser der kommenden Schneeschmelze bereits auffangen können und so das Becken schnell gefüllt bekommen. Das bedeutet Tag und Nacht Arbeit! Keine Ruhe, keine Ablenkung! Die Brücken über das Tal müssen gelegt werden, die Straße nach Foca muß ausgebaut werden, der Erdwall am anderen Talausgang muß erhöht und mit einem Betonkern ausgegossen werden, die Turbinenhäuser warten auf die Montage - wir bekommen sie in Bauelementen halbfertig von Belgrad! Es wird eine schwere Zeit für dich sein, Elena.«

»Wenn sie nicht zu schwer für dich ist, werde ich sie auch ertragen können!« Sie ergriff eine Schachtel mit Zigaretten, die auf dem Tisch lag, und steckte sich eine an. Ihre Fingernägel waren wieder manikürt und leicht rot getönt, mit dem Perlmutterlack, den sie so liebte und der ihre Nägel schillern ließ, wenn die Sonne darauf fiel. Welcher Gegensatz zu Rosa! Welche Entfernung ihrer Welten ... es war, als läge das All mit sämtlichen Sternen zwischen ihnen, als seien sie Sterne, deren Licht sich im weiten Raum nie treffen konnten und würden.

Ralf Meerholdt nahm einen Mantel vom Haken und warf ihn über die Schulter. Nachdem der Morgen sonnig begonnen hatte, stieg jetzt aus den Tälern Nebel die Felsen empor ... die nasse Erde dampfte unter den plötzlichen warmen Strahlen, der Bergwald wurde umgaukelt von weißen Wolken, die sich in der Sonne auflösten zu einem Flimmern, das im Blau des Himmels verschwand.

»Du willst zu den Baustellen?« fragte sie. Sie drückte die eben angerauchte Zigarette aus.

»Ja. Meine Leute warten auf die neuen Detailpläne.«

»Ich gehe mit.«

»Das geht nicht!« Er nahm einen Stapel Papier und große zusammengerollte Lichtpausen vom Tisch und klemmte sie unter den Arm. »Ich muß zu den schmutzigsten Stellen - und außerdem ist es zu gefährlich für dich. Vor allem aber will ich nicht, daß die Arbeiter dich sehen ... sie leben seit fast einem Jahr allein und ohne Frauen in dieser Wildnis. Es wäre unfair ihnen gegenüber, auf die ich genauso angewiesen bin wie sie auf mich, wenn ich jetzt mit einer Frau erschiene und zeigte: Seht, mir geht es besser als euch! Ich habe ein Mädchen bei mir! Wir sind hier alle Kameraden, Elena, wirkliche Kameraden. Der eine geht für den anderen durchs Feuer! Keiner verrät den anderen! Soll ich der erste sein, der diese Gemeinschaft stört? Ich, der sie leiten soll? Du mußt das einsehen ... warte hier, bis ich wiederkomme!«

Elena senkte den Kopf. »Und was soll ich in der ganzen Zeit tun?« maulte sie. »Gib mir etwas Arbeit, Ralf.«

»Die Arbeit hier machen zwei Techniker.« Meerholdt hatte die Tür geöffnet und drehte sich noch einmal um. »Suche dir ein schönes Buch aus und lies etwas«, sagte er. »In meinem Zimmer steht eine kleine Bibliothek ...«

Er sah nicht mehr, daß Elena enttäuscht die Nase kraus zog, als er die Tür schloß. Zufrieden mit dem Beginn seiner Therapie eilte er über den großen Barackenplatz zu den Baustellen. Langeweile wird sie töten, dachte er. Sie wird vor Langeweile unlustig werden und von selbst Zabari verlassen. Nichts ist schlimmer, als herumzusitzen ohne Aufgabe, ohne Arbeit, ohne Ablenkung ... ein Anhängsel des Lebens, ein Appendix der Umwelt. Zuviel Ruhe tötet die Nerven ... Elena würde es keine Woche ertragen können.

Ralf Meerholdt hatte bei diesen Überlegungen, die ihn geradezu beschwingten, nicht mit dem Wesen Elenas gerechnet. Sie war in Zabari geblieben, nicht allein, weil sie Ralf liebte, sondern weil sie Stanis Osik beweisen wollte, daß sie das Leben Meerholdts teilen konnte. Dieser Beweis war eine viel stärkere Kraft als die Liebe ... hier regierte nicht die empfindsame Seele, sondern der reale Geist, die Nüchternheit eines Charakters.

Was Meerholdt nie vermutet hatte, trat ein, als er noch keine halbe Stunde auf den Baustellen war – Elena begann, die Baracke Ralfs umzugestalten! Sie machte es gründlich ... sie verschwendete Phantasie und Energie dabei, sie entwickelte architektonische Fähigkeiten – sie verbiß sich in die Idee, Meerholdts Baracke zu einem Schmuckstück zu machen.

Dazu holte sie die Hilfe von vier Mädchen, die ihr Bonelli grinsend und mit zusammengekniffenen Augen herüberschickte.

Eines dieser Mädchen war Rosa Suhaja ...

Das Mittagessen nahm Meerholdt auf der Baustelle ein. Große Küchenwagen mit Thermoskesseln fuhren zu den einzelnen Kolonnen und ließen eine dumpfe Sirene über das Tal heulen. Dann warfen die Arbeiter die Spaten, Hacken und Hämmer fort und trotteten über die Knüppeldämme zu den Sammelplätzen. In langer Schlange stellten sie sich an und hoben ihre Blech-schüsseln den Austeilern an den Kesseln entgegen. Auch Meer-holdt stand in dieser Schlange, ein Arbeiter unter Arbeitern, Das einzige, was ihn von den anderen unterschied, war, daß er keinen Blechteller dem Austeiler hinhielt, sondern ein altes, deutsches Militärkochgeschirr. Es war verbeult, die Farbe war an vielen Stellen abgestoßen. Der Austeiler stutzte, als er das Kochgeschirr sah, und goß es dann mit zwei Kellen voll. Er war ein Italiener und grinste beim Zurückgeben.

»Deutsches Militär. Ich hatte auch eins ... drüben, bei Tobruk und in der Cyrenaika. Gutes Geschirr, Herr Ingenieur.«

Meerholdt nickte und ging ein wenig abseits. Er setzte sich auf einen unbehauenen Kunststein und löffelte die Suppe aus dem Kochgeschirr. Es war in Frankreich dabei ... in Rußland ... vor Berlin – – – im Ruhrkessel ... überall, wo Ralf Meerholdt am Straßenrand stand oder saß, in einem Bunker, in einem Graben, in einem Busch oder einem Wald, in einer Ruine, einem Keller, überall, wo der Oberleutnant Meerholdt rastete und aß, war es dabei, verbeult, mit abgestoßener Farbe. Auch jetzt in Zabari, in den schwarzen Bergen Montenegros. Die halbe Welt kannte es, das Kochgeschirr ... ein Querschläger hatte es an der linken Seite fast zerrissen ... bei Troisdorf hatte er es verloren und suchte es sechs Stunden lang im Beschuß amerikanischer Panzer und Jagdbomber. Er fand es im Straßengraben, und es war merkwürdig - als er es wieder in den Händen hielt, hatte er keine Sorgen mehr, den Krieg nicht überleben zu können. Es wurde eine Art Talisman, dessen Verlust ihn kopflos gemacht hätte.

Während er aß, gesellte sich der Vorarbeiter Drago Sopje zu ihm. Drago hatte die Kolonnen der Waldarbeiter unter sich, die das Holz für die Verschalungen schlugen und vor allem die Brücken über die Seitentäler legten.

»Meine Leute sind unruhig«, sagte er und kaute an einem Stück Wurst, das er in der Suppe fand. »Oberhalb der Schneisen sei es nicht ganz geheuer, sagten sie.«

»Dummheit!« Ralf sah auf. »Eine neue Form von Koller?«

»Nein! Sie wollen Fackeln gesehen haben!«

»Fackeln?« Meerholdt schüttelte erstaunt den Kopf. »Wie sollen Fackeln in die Berge kommen? Hat eine andere Kolonne in der Nacht vielleicht etwas gesucht?«

»Eben nicht! Darum sagen sie, es sei unheimlich.«

»Haben die Bauern etwas gesucht? Ein entlaufenes Schaf oder eine Kuh?«

»Ich habe den Ältesten schon gefragt. Er sagt nein! Ich wollte es Ihnen erst nicht sagen, Herr Ingenieur, weil es mir selbst zu dumm ist ... aber gestern war wieder Fackelschein in den Felsen ... zum viertenmal schon!« Drago schluckte. »Ich habe es selbst gesehen ... und ich habe keinen Koller!«

Meerholdt stellte das Kochgeschirr vor sich in den Schmutz und blickte hinüber zu dem ansteigenden Wald und dem senkrechten Felsen. »Der Steinwurf«, durchfuhr es ihn. Am Rande dieses Waldes wollte mich ein Unbekannter töten. Er kam aus den Felsen heraus und flüchtete in ihre Unwegsamkeit zurück. Hundert Soldaten haben die ganze Umgebung von Zabari abgesucht ... sie haben nichts gefunden als einsame, karge Schafwiesen und einige Schäfer mit den Herden.

»Dort oben habt ihr die Fackeln gesehen?« Er zeigte zu dem Wald hinauf. Drago nickte eifrig.

»Ja. Gleich neben dem Felsen. Sie bewegten sich am Waldrand entlang und verschwanden dann in dem Geröll.«

»Und wieviel waren es?«

»Immer verschieden. Gestern Nacht waren es drei Fackeln. Ich habe es deutlich erkennen können. Sie waren nahe beieinander, so, als gingen die Träger eng zusammen - oder ein einzelner Mann trage die drei Fackeln auf einmal.«

Meerholdt schwieg. Ein einzelner Mann! Der Unbekannte mit dem Stein. Warum geisterte er mit Fackeln des Nachts durch die Felsen? Wollte er die Arbeiter erschrecken? Sollten sie durch einen Schrecken davongejagt werden? Gerade unter den serbischen Arbeitern gab es viele Abergläubische, die noch an die Wirksamkeit von Geistern glaubten und in ihren Dörfern Strohpuppen in den Ecken stehen hatten zur Austreibung böser Hausdämonen.

»Ich danke Ihnen, Drago«, sagte er. »Ich werde mich einmal um die merkwürdigen Fackeln kümmern.« Er sah, daß der Vorarbeiter seinen Teller Suppe schon leergelöffelt hatte und schüttete ihm den Inhalt seines Kochgeschirrs in die Blechschüssel. Dann erhob er sich und ging zum Lager zurück, während Drago Sopje mit schmatzenden Lippen den zweiten Teller Suppe schnell leer aß.

Meerholdt betrat seine Baracke gerade in dem Augenblick, in dem Elena in seinem Wohnzimmer durch zwei der Lagerschreiner eine Wand ausmessen ließ. Zwei Mädchen waren dabei, die Schränke umzustellen, während Rosa im Schlafzimmer auf den Knien lag und den Boden wischte.

»Was ist denn hier los?« sagte er. Es sollte laut klingen, aber es klang grob. Elena fuhr herum und lächelte charmant.

»Ich mache deine Behausung ein wenig schöner, mein Liebling!« sagte sie. »Die Schreiner werden so schnell wie möglich schöne Regale zimmern, die wir hier an die Wand stellen. Eine Bücherwand, mein Schatz. Ich werde mir aus Zagreb alle meine Bücher kommen lassen. Und eine richtige Couch mit drei Sesseln. Und einen Rauchtisch. Und eine Hausbar.«

»Hör auf! Hör bitte auf!« Meerholdt hob die Hand und sah die Schreiner an, die mit dem Messen aufgehört hatten. »Und ihr da - raus! Auch die Mädchen! Halt - Rosa nicht. Du bleibst.« Er winkte und sah

Rosa an, die zögernd, vom Putzen ein wenig erhitzt, näher kam. Ihre langen Haare hingen ihr über das gerötete Gesicht. »Aus dem Regal wird nichts, macht weiter Tische für die Baracken!« rief er den Schreinern nach.

Elena verzog den Mund. »Ich wollte dir eine Freude machen!«

»Indem du die Leute von den dringenden Arbeiten abhältst?«

»Dein Zimmer ist zu kahl, zu unfreundlich! Ich will etwas Leben in diese Räume bringen.«

»Ich habe mich bisher hier wohl gefühlt«, sagte er steif.

»Bisher - aber nun bin ich hier! Ich möchte es wohnlicher haben!«

»Aber nicht auf Kosten des Werkes! Erst kommen die Arbeiten für den Bau, dann für die Baracken, dann für die Ersatzteile ... und dann kommen wir immer noch nicht! Wir kommen zuletzt, das mußt du dir merken!«

Elena war rot geworden. Sie schäumte vor Wut, aber sie verbiß sich alle Bemerkungen. Mit einem Seitenblick streifte sie Rosa, die abseits stand.

»Du hast recht«, sagte sie mühsam beherrscht. »Aber ich möchte dich bitten, das nicht alles vor diesem Trampel da zu besprechen.«

Meerholdt fühlte, wie es in seiner Schläfe zu klopfen begann. Er blickte kurz zu Rosa und sah, daß sie ungerührt in der Tür stand, so, als habe sie die Worte nicht gehört. Ihre Augen sah er nicht, aber er ahnte, daß in ihnen Wut stand und ein unbändiger Haß gegen die fremde Frau.

»Rosa wird nicht mehr putzen«, sagte er laut und hart. »Darum steht sie hier! Die Arbeit für Rosa bestimme ich ganz allein ...«

»Ach?« Elena war zusammengefahren wie unter einem Schlag. Mit dem Feingefühl der liebenden Frau empfand sie plötzlich die große Gefahr, die von diesem Mädchen ausging. Sie musterte Rosa mit flammenden Augen und erkannte die Schönheit, die unter den Lumpen verborgen war, mit dem sicheren Blick der Konkurrentin. Ein heißer Strom durchjagte ihren Körper und nahm ihr den Atem. Schwer atmend lehnte sie sich an die Wand. »Diese Rosa also ist es?« sagte sie keuchend vor Erregung. »Eine kleine Berghure, die sich zu dir ins Bett legte ...«

»Schweig, Elena!« schrie er.

Sie schüttelte wild den Kopf. »Warum schweigen? Ist es nicht wahr? Während mein Vater mich in fremde Länder schleppt, damit ich dich vergesse, während ich vergehe aus Sehnsucht nach deinen Küssen, deinen Umarmungen und jede Nacht für dich gelitten habe, schläfst du mit einer Wildkatze im Arm ...«

Meerholdt holte tief Luft. »Rosa, geh jetzt«, sagte er leise. »Wir sehen uns heute abend.« Er trat etwas zurück. Rosa ging an ihm vorbei. Zitternd sah ihr Elena nach. In ihren Augen stand blanker Haß.

»Sie stinkt nach Stall!« sagte sie gehässig, so laut noch, daß es Rosa hörte, als sie die Tür schloß.

»Deine Gemeinheit riecht übler«, warf Meerholdt

zurück. Elena antwortete nicht. Jetzt, da sie allein mit Ralf war, da die Gegenwart des anderen Mädchens sie nicht mehr hemmte in der Vergabe ihres Stolzes, begann sie zu weinen.

Eine Frau, die weint, die bitterlich weint, kann man nicht anschreien. Elena wußte es, und sie weinte herzzerreißend und laut aufschluchzend wie unter einem Krampf, der ihren zarten Körper schüttelte.

Ärgerlich setzte sich Meerholdt und schob die Beine vor. Er betrachtete die tränenüberströmte Elena und kämpfte gegen das Mitleid an, das ihn bei diesem Augenblick überkam.

»Hör bitte auf zu weinen«, sagte er zögernd. »Du hast dich furchtbar benommen ... nicht wie eine Dame.«

»Ich habe den Kopf verloren.« Sie schluchzte auf, und plötzlich lief sie zu ihm hin, fiel auf die Knie und umklammerte ihn. »Ich liebe dich so, Sascha ... ich liebe dich, daß es schon Wahnsinn ist! Ich werde dich nie, nie, nie mit einer anderen teilen! So lieb wie ich kann dich gar kein anderes Mädchen haben. Das gibt es nicht, Ralf.« Sie lehnte den tränennassen Kopf an seine Wange und streichelte seine Hände. »Wie der Wind über das Kornfeld weht oder der Fluß sich ins Meer stürzt, wie die Sonne dem Mond Licht schenkt, damit er leuchtet, und die Sterne glitzern über Millionen Kilometern, so unendlich, so groß, so unfaßbar ist meine Liebe, Sascha ...« Sie umklammerte seine Hände. »Sag, daß du mich auch liebst ... Noch immer liebst ... trotz dieser Rosa.« Sie rieb ihr tränennasses Gesicht an seiner Wange. »Sag es ... Sascha.«

Meerholdt schloß die Augen. Feigling, dachte er. Erbärmlicher Feigling! Du bist nicht wert, daß man dich anspuckt. Und er sagte leise:

»Ja ... Elenascha ...«

In ihrer kleinen Kammer hinter dem großen Raum der Hütte, mit dem Herd in der Mitte, stand Rosa und zog die Kleider Katjas über. Sie strich sie an sich herunter, sie färbte sich sogar die Lippen und hatte Mühe, sich in den hohen Schuhen gerade zu halten und nicht zu stolpern.

Mit wiegenden Hüften trat sie dann aus der Kammer und ging an Fedor vorbei.

»Heilige Mutter«, stammelte der Alte. »Beschütze unser Haus.« Und Marina in der Herdecke bekreuzigte sich.

Der Wind spielte m ihrem langen Haar, als Rosa aus der Tür trat und die Straße hinabging zum Lager ...

Mit Jossip war eine Veränderung geschehen. Seitdem er den unterirdischen See entdeckt hatte, den riesigen See, der bei seiner Entfesselung aus dem Felsen die ganzen Täler überschwemmen konnte und die Welt in einer Flut kristallklaren Wassers ertränkte, fühlte er sich nicht mehr als der Verfolgte, der Geächtete und Vogelfreie, sondern als König der schwarzen Berge, als Herrscher über alle Menschen, die unter seinen Füßen durch das Tal und durch Zabari wimmelten und nicht ahnten, welche Macht er in seinen Händen hielt. Eine Macht, die sie alle vernichten konnte in Sekundenschnelle, wenn er den Felsen aufsprengte und den See wie eine Sintflut über die Täler kommen ließ.

Jossip berauschte an diesen Gedanken sein aufgewühltes Innere und steigerte seine Rache in die Bereiche göttlicher Vergeltung.

Gott hat mir den See gezeigt, dachte er, um damit alle zu strafen, die mir Leid antaten. Aber bevor sie ertrinken, will ich Rosa retten. Rosa, den einzigen Menschen, den ich liebe und der mir gehört ... versprochen in der Wiege von unseren Vätern nach alter Sitte.

Er saß jetzt öfter als sonst in den Schneisen des Waldes oder hinter hervorspringenden Felsnasen und blickte hinunter auf den Bau der Talsperre. Er lächelte über den Eifer der tausend Menschen. Wie schnell würde alles vernichtet werden, wenn er den Felsen öffnete. Wie einst die Posaunen von Jericho die Mauern umbliesen, so würde das Wasser seines Felsens auch diese starken Mauern aus Eisen und Beton zersplittern wie dünnes Reisig. Und nichts würde dann sein als ein riesiger See, über dem er allein der Herr war, ein König in einer gewaltigen Landschaft.

Nachts besuchte er nach der Schneeschmelze oft seinen eingeschlossenen See. Mit Fackeln in der Hand schlich er durch den Wald und verschwand in der kleinen Höhle, die sich erst langsam weitete, bis die riesige Halle mit dem See vor ihm lag. Aus Rinden und Hölzern hatte er sich am Rande des Sees, auf dem glitschigen Felsen, ein Boot gezimmert, überzogen und dicht gemacht mit geschälten Hammelhäuten, die er in flüssigen Tiertalg tauchte und dann trocknen ließ. Mit diesem Boot und einem geschnitzten Ruder fuhr er eines Nachts hinaus auf den See, die Fackel in der einen Hand, mit der anderen rudernd.

Das Wasser war wie Silber ... er sah auf seiner Fläche seine Fackeln wieder, sein Gesicht, den Kiel des Bootes und den Stiel des Ruders. Er ruderte mit Schrecken im Herzen, denn noch immer reichte der Schein seiner Fackeln nicht bis zum anderen Ufer und der gegenüberliegenden Felswand. Auch die Höhe blieb dunkel und geheimnisvoll ... sie war wie die riesige Kuppel eines Domes.

Ab und zu warf er große Steine in die Tiefe ... er hörte ihren Aufschlag nicht, so lange er auch zählte. Da unterließ er, von Grauen gepackt, das Zählen und ruderte vorsichtig weiter. Immer geradeaus, der gegenüberliegenden Wand entgegen.

Nach vielen, vielen Ruderschlägen stieß er endlich am jenseitigen Ufer an ... einer steilen Wand, die keinerlei Standmöglichkeit bot. Hier war auch das Rauschen stark wie bei einem Wasserfall. Jossip sah an der Oberfläche, daß in diesem Teil des Sees eine Strömung war ... ein unsichtbarer Fluß mußte sein Wasser in diese Riesenhöhle abgeben ... wohin es wieder abfloß, wußte Jossip nicht ... vielleicht in einen langen, unterirdischen Kanal, der irgendwo, kilometerweit entfernt, als starke Quelle zu Tage trat und einen oberirdischen Fluß gebar. Vielleicht die Piva oder die Tara?

Jossip ruderte an der Wand entlang, um den See herum, bis er wieder zu der Stelle kam, an der sein Rock, sein Handwerkzeug und neue Fackeln lagen. Die alten waren niedergebrannt - nur eine einzige leuchtete noch schwach. Mit ihr entzündete er die anderen und verbrannte dann das Boot am Ufer des unterirdischen Sees. Niemand sollte mehr über dieses Wasser fahren - er allein war sein Herr geworden, kannte sein Geheimnis und wußte um seine Größe.

In dieser Nacht schlief Jossip nicht ... er starrte durch das Fenster hinaus auf die dunklen Felsen und den klaren Himmel, dem er so nah war wie keiner in Zabari. Das Ungeheure seiner Entdeckung warf auch ihn zu Boden. Er begriff, was es bedeutete, dieses Geheimnis als einziger zu besitzen, ein Geheimnis über Leben und Tod einer ganzen Landschaft.

Das Eintreffen Elenas in Zabari und die Wegfahrt Osiks, allein und ohne die fremde Frau, wie Jossip beobachtete, mußte eine Wendung herbeiführen. Jossip spürte es. Nie würde Rosas Ehre es ertragen, neben Elena zu leben ... entweder ging die fremde Frau - oder Rosa ging. Und dann kam sie zu ihm, zu Jossip, dem Hirten, der eine Hütte für sie gebaut hatte und dreißig Schafe hatte, die sie ernähren konnten. Sie, Jossip und viele Kinder ...

Am nächsten Abend stieg Jossip von seinen Felsen hinab nach Zabari. Er wollte in der Dunkelheit noch einmal zu der Hütte der Suhajas schleichen und Rosa sprechen. Er wollte ihr erzählen von der Größe seines geheimen Reiches und von dem Wohlstand, den sie beide haben würden, wenn er dieses Geheimnis verkaufte an die großen Herren aus Belgrad. Vielleicht kam sie dann mit ihm, nachdem sie gesehen hatte, daß Ralf Meerholdt eine andere Frau neben ihr hatte, vielleicht wartete sie sogar auf ihn, damit er Rache nehmen konnte für die verlorene Ehre Rosas.

Als die Nachtwolken sich über die Berge schoben und an den Baustellen die Tiefstrahler aufleuchteten, die Lampen der Barackenlagergasse brannten und die Bauern wie seit Jahrhunderten um das Feuer im Herd saßen und die Holzschüssel mit Schafsmilch und Mehl aßen, strich Jossip um das Haus der Suhajas und wartete auf Rosa. Er wußte, daß sie jeden Abend noch einmal in den Garten ging, um nach den Tieren zu sehen, die vom Frühjahr ab in offenen Ställen schliefen. Sie schloß dann mit quergelegten Balken die Ausläufe und schüttete noch etwas Wasser in die Futtertröge.

Aber heute wartete Jossip vergebens. Rosa kam nicht. Das Licht hinter dem Fenster erlosch ... die alten Suhajas waren in ihre Schlafkammer gegangen und hatten das Herdfeuer abgedeckt.

Mißtrauisch und wieder von wilder Eifersucht überfallen, schlich Jossip durch die Gärten der Bauern dem Lager zu. In der Nähe der Küchenbaracke Bonellis versteckte er sich hinter einem Stapel Bauholz, der im Schatten einer halbfertigen Baracke lag. Von dort aus beobachtete er das Leben auf den Lagergassen und auch das lange Haus Ralf Meerholdts. Die Fenster waren erleuchtet, aber zugezogene Gardinen versperrten den Blick ins Innere.

Lastwagen und Schlepper kamen an seinem Versteck vorbei, eine Arbeitskolonne, die Ablösung der Spätschicht, trottete ins Lager, einige Bauern aus Zabari kamen aus Bonellis Kantine, unter dem Arm eine Flasche Slibowitz. Sie hatten mit einigen Pferden geholfen, Stämme den Hang hinabzuziehen ... nun versoffen sie den Lohn und priesen die Segnungen der plötzlichen Zivilisation.

Von Rosa bemerkte Jossip nichts. Aber er wartete weiter, geduldig und verbissen, denn wenn sie nicht in der elterlichen Hütte war, konnte sie nur bei dem Fremden sein.

Über zwei Stunden hockte er zwischen den Holzstapeln. Dann sah er, wie Rosa aus der Baracke trat und hinüber zu Bonelli ging. Verblüfft starrte ihr Jossip nach. Sie trug die Kleidung der Städter, und nur an ihrem langen Haar erkannte er sie. Kaum hatte Rosa die Kantine betreten, fiel wieder Lichtschein auf die Lagergasse. Die fremde Frau war aus dem Haus getreten und stand nun in der Dunkelheit an der Wand. Sie wartete. Sie zündete sich eine Zigarette an und rauchte sie mit hastigen, nervösen Zügen. Als sich die Tür von Bonellis Baracke wieder öffnete und Rosa herauskam, warf sie die Zigarette weg und trat sie aus. Sie stand jetzt in der Dunkelheit wie ein gefährliches Tier, wie ein Raubtier, das die Beute beobachtet, ehe es sie anfällt.

Jossip drückte sich näher an das Holz und hielt den Atem an.

Als Rosa aus der Kantine trat und sich wieder an die Dunkelheit gewöhnt hatte, sah sie den Schatten Elenas an der Hauswand. Sie hatte bei Bonelli eine Flasche Wein und eine schöne Wurst gekauft. Aus ihnen wollte sie Ralf ein gutes Abendessen bereiten, eine kleine Überraschung, wenn er von der Baustelle zurückkam und sich müde auf die Couch fallen ließ. Sie kannte diese Stunden der völligen Erschöpfung und wußte, wie dankbar er sein konnte, wenn sie dann um ihn war und ihn pflegte, als sei er krank und bedürfe ihrer Hilfe.

Elena hatte sie seit dem Auftritt am Mittag nicht mehr gesehen. Sie blieb in ihrem Zimmer hinter dem Zeichenraum und hatte sich eingeschlossen. Die Wandlung Rosas hatte sie vom Fenster aus bemerkt, als sie wütend und rachesinnend im Zimmer hin und her ging. Als sie Rosa in den schönen, neuen Kleidern sah, gefährlich hübsch und mit jenem Hauch Exotik, der Männer fesselt, hatte sie sich in die geballte Faust gebissen und einen Schreikrampf unterdrückt. Rosa verlangsamte ihren Schritt, als sie vor Elena stand und ihre Gestalt in der Dunkelheit sah. Sie blieb stehen und blickte sie an.

»Warum gehst du nicht weiter?« zischte Elena. Sie bebte am ganzen Körper vor Erregung. »Was willst du hier?«

»Das könnte ich dich auch fragen«, entgegnete Rosa.

Elena atmete schwer. »Du duzt mich?!« Sie trat einen Schritt vor; aber so plötzlich, wie es geschah, Rosa wich nicht zurück oder erschreckte sich. »Du Bauerntrampel wagst es, mich zu duzen?«

»Du tust es auch! Ich habe mit dir keine Freundschaft geschlossen!«

»Aber mit Ralf um so mehr, nicht wahr? An den Hals

hast du dich ihm geworfen und glaubst, daß er dich heiratet?«

Sie lachte grell auf ... es sollte höhnisch klingen, aber es war ein Verzweiflungsschrei. »Ein Bauernmädchen als Frau Ralf Meerholdts? Ein Mädchen mit Kuhgestank in den Villen von Zagreb oder Belgrad? Kannst du überhaupt tanzen? Weißt du, was ein Foxtrott ist? Ein Swing? Kannst du Hummer essen oder einen Chateaubriand? Weißt du wie man ein Cocktailglas hält oder wie man die Hand hinstreckt zu einem Handkuß? Du bist ein dummes, blödes Frauenzimmer, das nichts hat als eine schöne Larve, einen Schwall von langen Haaren. Haare, wie der Schwanz eines Pferdes! Und unter diesen Haaren ist Stroh!«

Elena zitterte, ihre Stimme brach nach jedem Satz vor Gift. »Hast du schon einmal eine Party mitgemacht? Wie nimmt man den Tee ein? Kannst du überhaupt mit Messer und Gabel essen?« Sie lachte höhnisch und spürte, daß ihr Herz frei wurde nach den galligen Worten.

Rosa schüttelte ruhig den Kopf. »Ich werde es lernen«, sagte sie still. »Ich werde alles lernen. Ich glaube nicht, daß die Liebe abhängt von Hummeressen und Foxtrottanzen.«

»Liebe! Glaubst du wirklich, daß Ralf dich liebt?«

Rosa nickte. »Ja, das glaube ich.«

Elena Osik verkrampfte die Hände ineinander. Sie gesteht es. Sie sagt mir ins Gesicht, daß sie mit Ralf geschlafen hat. Mit meinem Sascha! Mit meiner großen Sehnsucht ... dieses Bauernmädchen.

»Mistvieh!« sagte sie verächtlich. »Er hat dich genommen, weil du dich ihm dargeboten hast. Und er bezahlt dich dafür wie eine Hure. Mehr bist du nicht für ihn ... eine schöne Bauernhure, die er wegwirft, wenn er Zabari einmal verläßt.«

»Er liebt mich«, sagte Rosa leise.

»Gestern, heute und morgen, und weil ich nicht hier war, darum liebte er dich. Aber das ist jetzt anders! Ich werde ihn heiraten, und du läßt ihn in Ruhe, verstehst du?! Du gehst aus Zabari weg ...«

»Aus dem Dorf? Nie!«

»Du gehst in die Stadt und suchst dir eine Stelle! Ich gebe dir ein Schreiben mit - man wird dich sofort anstellen.« Elena nestelte in den Taschen ihres Kleides und schob dann Rosa ihre Hand hin. Zwischen den Fingern quollen Banknoten hervor, Hundert- und Tausend-Dinar-Scheine. »Hier hast du 5000 Dinare. Damit kommst du die ersten Monate weiter. Wenn du noch mehr Geld brauchst, gebe ich es dir. Du kannst 50000 Dinare haben, wenn du Zabari und Ralf verläßt.«

Rosa drückte die Flasche Wein und die Wurst an sich. In ihren Augen glomm ein heller Funken empor. »Ich verkaufe meine Liebe nicht«, sagte sie laut. »Aber du willst sie von mir kaufen ... bist du nicht auch eine Hure?!«

Einen Augenblick hielt Elena den Atem an. Vor ihren Augen flimmerte es grell ... es war, als gehe ein Gewitter nieder und die Blitze umzuckten sie und blendeten ihre Augen. Dann schlug sie zu, blindlings, in die Richtung, wo sie Rosa vermutete. Sie spürte Widerstand und schlug weiter, immer wieder ausholend und zuschlagend. Der Triumph, sie zu treffen, dieses schöne Gesicht mit den langen, wallenden Haaren zu zerstören, erfüllte sie ganz und ließ sie taumeln. »Du! Du!« schrie sie bei jedem Schlag. »Du Aas! Du Dirne! Du geile Katze! Du Mißgeburt! Du läufige Hündin!«

Als sie von Rosa abließ und sich zum Gehen wandte, sah sie, wie das Mädchen an der Wand stand, die Haare zerzaust und das Kleid zerrissen. Der Wein war zu Boden gefallen und die Flasche zerschellt. Die kostbare Flüssigkeit versickerte im Sand. Schwankend ging Elena ins Haus zurück und fühlte einen faden Geschmack im Mund. Sie hat sich nicht gewehrt, dachte sie. Sie hat die Schläge erduldet. Sie ist stärker als ich, stolzer, besser.

Sie warf sich auf das Bett, mit dem Gesicht in die Kissen, und weinte laut.

In seinem Versteck hatte sich Jossip die Lippen blutig gebissen. Er sah jeden Schlag, den Rosa bekam, und er zählte sie.

Für jeden Schlag würde Elena einmal vor Grauen schreien, schwor er sich. Für jedes Wort sollte sie um Gnade flehen. Er klammerte sich an den Holzstößen fest und zwang sich, nicht vorzustürzen und sie zu erwürgen. Einfach ihren Hals zu nehmen, den weißen, zarten Hals, aus dem so viel Gemeinheit und Haß sprudelten, und ihn zuzudrücken mit seinen großen, braunen Händen, so lange zu drücken, bis sie schlaff zusammenfiel und im Staub neben der zerbrochenen Flasche Wein lag.

Als Ralf Meerholdt in der Nacht zurückkam, schlief Elena und wälzte sich im Traum stöhnend von einer

Seite zur anderen. Rosa hatte den Tisch gedeckt ... ihr Gesicht war noch gerötet, doch Ralf sah es nicht. Er war müde, ausgemergelt und sehnte sich nach seinem Bett. Er aß schnell, trank eine Tasse Tee und küßte Rosa auf die Stirn.

»Gute Nacht, Liebes.« An der Tür drehte er sich noch einmal herum. »Was macht Fräulein Osik?«

»Ich weiß nicht. Ich glaube aber, sie schläft.«

»Du hast sie heute nicht wieder gesprochen?«

»Nein.« Sie schüttelte den Kopf. »Ich habe sie den ganzen Tag nicht gesehen.«

Beruhigt ging Meerholdt schlafen.

Auch am nächsten Tag sprach keiner von dem Vorfall ... Elena ging Rosa aus dem Weg.

In der kommenden Nacht verschwand Elena Osik aus dem Lager. Als man am Morgen ihre Tür aufbrach, war das Zimmer durchwühlt, Kleider und Wäsche lagen verstreut auf dem Boden. Nahe dem Fenster war ein kleiner Flecken Blut an der Wand.

Grell zerrissen die Alarmsirenen die morgendliche Stille. Hauptmann Vrana von der Gebirgsjäger-Kompanie rannte zum Hause Meerholdts. In Zagreb fiel Stanis Osik in eine tiefe Ohnmacht, als man ihm telefonisch die Entführung mitteilte. Dann schrie er und war nicht zu beruhigen, bis ihm der Arzt eine Spritze gab. Suchkolonnen brachen in die Felsen auf, mit Spürhunden und Bergführern.

Elena Osik fand man nicht ...

4

Stanis Osik war in Zabari eingetroffen. Er war in diesen drei Tagen gealtert. Die dicken Augensäcke hingen wie Trauben auf seine Wangen herab. In seinen Augen stand eine Traurigkeit, deren Ausweglosigkeit erschütterte.

Mit Osik war ein Spezialkommando der Belgrader Geheimen Polizei mitgekommen, vier große, ernste Männer und ein Offizier, der zunächst nichts anderes tat, als über das Lager, die Bauplätze und die gesamte Umgebung eine strenge Quarantäne und ein Ausgehverbot zu verhängen. Ab 10 Uhr abends mußten alle arbeitsfreien Kolonnen im Lager sein. Die ausrückenden Gruppen wurden von Militärposten begleitet; es herrschte eine Art Standrecht über Zabari. Auf jeden, der sich ab 10 Uhr abends außerhalb des Lagers befand, in den Bergen, im Wald oder sogar auf der Dorfstraße, durfte ohne Anruf geschossen werden.

Das Zimmer Elenas war an dem Morgen noch, an dem der Überfall entdeckt worden war, versiegelt worden. Nun öffnete Hauptmann Vrana die Tür. Die Spezialbeamten aus Belgrad untersuchten jeden Zentimeter des Zimmers, Osik saß in Meerholdts Wohnung und jammerte. Das Ergebnis war mager ... es hatte ein Kampf stattgefunden zwischen Elena und dem Entführer, bei dem einer verletzt worden war. Das Blut an der Fensterwand bewies es. Dann war der Entführer mit dem anscheinend ohnmächtig gewordenen Mädchen aus dem Fenster gestiegen und in der Dunkelheit verschwunden. Von da ab verloren sich alle Spuren ... die Spürhunde hatten den Weg verfolgt ... bis zum Wald zogen sie an den langen Suchleinen, dann ging der Boden in Felsgeröll über und verwischte die Witterung der Hunde. In den Felsen versagte die beste Spürnase, und die Felsen reichten bis nach Zabari!

Auch die Verhöre ergaben nichts. Keiner hatte den Überfall gesehen, niemand hatte zwei Gestalten bemerkt, die in der Nacht zum Wald hinaufstiegen. Pietro Bonelli vielleicht war der einzige, der etwas aussagen konnte: Er hatte in der Nacht einen Schrei gehört. Aber in Erinnerung an seine blauen Augen hatte er sich vorgenommen, sich niemals mehr in fremde Angelegenheiten zu mischen, und hatte sich auf die Seite gewälzt, um weiterzuschlafen. Daß er damit die Entführung möglich machte und sie nicht verhinderte, machte ihn verwirrt und innerlich zwiespältig. Er philosophierte über das Leben und dessen Dummheit – einmal wird man bestraft, weil man sich einmischte, einmal ist man schuldig, weil man sich nicht einmischte! Was soll man tun? Wie ist es richtig? Bonelli fand darauf keine Antwort und entdeckte, wie schwer die Philosophie ist.

Am vierten Tag nach der Entführung begann die große Suchaktion. Hundert Soldaten unter Leitung von Hauptmann Vrana, zweihundert Arbeiter unter Leitung der Spezialbeamten aus Belgrad durchkämmten systematisch die schwarzen Berge. Um alle Schluchten und Pässe, Täler und Winkel zu erfassen, hatte man aus Titograd einen Hubschrauber der Luftwaffe kommen lassen, der das Gebiet nach Planquadraten abflog und fotografierte. Nach diesen Fotos wurden die Suchkolonnen eingesetzt.

Das Wichtigste aber war, daß alle Bewohner von Zabari mithalfen. Sie kannten die Berge, sie kannten fast jeden Winkel der unerforschten Gegend. Vor allem aber sicherten sich die Spezialbeamten aus Belgrad eines Führers, der die ganze Suchaktion bestimmte und als der beste Kenner der Berge galt.

Es war der Schäfer Jossip Petaki.

Mit unendlichem Fleiß durchstöberte er die Schluchten, die bisher noch kein Fremder betreten hatte ... er führte die Kolonnen in Gegenden, die einem Mondgebirge glichen, und in Täler, deren unberührte Schönheit selbst die alten Montenegriner staunen ließ. Immer aber führte er sie um ein kleines verstecktes und auf keiner Flugfotografie erkennbares Plateau herum, wo, an einen Felsen geklebt, seine Hütte stand, geschützt durch einen Felsenring, der diesen kleinen Flecken ebener Erde wie einen Wall umgab.

Hauptmann Vrana und Osik saßen vor den großen Karten, die nach den Fotos gezeichnet worden waren, und bestimmten die neuen Gebiete für den kommenden Tag. Ralf Meerholdt rauchte nervös eine Zigarette, während die Beamten aus Belgrad das saure Bier Bonellis tranken. Der Offizier der Geheimen Polizei war noch unterwegs ... er ging einem unbestimmten Gefühl nach und überprüfte das Leben jedes Bauern und Hirten aus Zabari.

Jossip stand am Fenster und rauchte eine dicke, selbstgeschnitzte Pfeife. Wortkarg wie immer, beobachtete er, wie Hauptmann Vrana die neuen Gebiete mit bunten Fähnchen absteckte. Sie lagen weitab seines Versteckes.

Jossip lächelte still.

»Wie weit kann man in einer Nacht kommen, Jossip?« fragte Vrana und sah den Schäfer kurz an. Jossip wiegte den Kopf.

»Wenn er gut läuft, ein schönes Stück. Man muß allerdings die Berge kennen. Ein Fremder verirrt sich leicht und kommt nicht weit. Felsspalten sperren ihm den Weg, Bergwände oder steil abfallende Hänge.« Er stieß den Rauch aus seiner Pfeife in dicken Wolken aus. »Man muß die Berge kennen ...«

Stanis Osik hüstelte. »Ein Kraut raucht der Kerl! Ob er Gras schneidet und es trocknet? Es ist nicht zum Aushalten!«

Hauptmann Vrana kratzte sich den Kopf. »Am Tage kann er nicht flüchten?« fragte er. Jossip hob die Schultern.

»Wenn er in der Nacht weit genug gekommen ist, hindert ihn niemand daran. In den Bergen begegnet ihm keiner.«

»Wir haben am Morgen nach der Entdeckung des Überfalls sofort den ganzen Umkreis abgesucht. Der Täter hatte einen Vorsprung von etwa acht Stunden!«

»Das ist viel«, sagte Jossip.

Vrana schüttelte den Kopf. »Mir will es nicht einleuchten, daß er das Mädchen tagelang durch die rauhen Felsen schleppt! Wozu? Wo will er hin? Alle Orte, alle Dörfer der Umgebung sind alarmiert. Es gibt keinen Bergbauern mehr, der nicht wachsam ist. Herr Osik hat die Belohnung auf 100000 Dinare hinaufgesetzt ... dafür verrät man unter Umständen seinen eigenen Bruder!«

»Bei uns nicht«, sagte Jossip gleichgültig. »Vielleicht sollten wir gar nicht mehr suchen ... nach den Lebenden! Vielleicht sollte man nach einer Toten suchen?!«

Stanis Osik wurde bleich und setzte sich schwer. »Der Kerl raucht nicht nur Gift, er hat auch Gift im Gehirn«, stöhnte er. »Warum soll meine Tochter tot sein?« schrie er Jossip an.

Jossip hob die breiten Schultern. »Weiß ich, warum sie geraubt wurde ...?«

Osik stützte den schweren Kopf in die Hände. »Dieser Kerl bringt mich um den Verstand«, stöhnte er. »Ich werfe ihn gleich hinaus.«

Hauptmann Vrana hob begütigend seine Hände. »Wir brauchen ihn. Ohne seine Hilfe und Führung kommen wir trotz der Flugaufnahmen nie in die unwegsamen Schluchten. Wenn einer ihre Tochter finden kann, so ist es Jossip Petaki ...«

Stanis Osik nickte und seufzte. Mit starrem Gesicht, wie mit einer Maske bekleidet, stand Jossip am Fenster und rauchte. Er hat recht, dachte er triumphierend. Aber keiner wird sie finden, keiner ...

Am fünften Tage wurde die Suche eingestellt. Stanis Osik brach zusammen und wurde mit einem Krankenwagen von Zabari weg nach Sarajewo gebracht. Dort legte er Trauerkleider an und floh weiter nach Zagreb. In seiner weißen Villa vergrub er sich, empfing niemanden, stellte das Telefon ab und saß stundenlang vor einem Bild Elenas, das sie in einem engen Reitdreß zeigte, lachend, gesund und hübsch. Dann weinte der dicke Mann und büßte die Sünden, die er in seinem Leben angesammelt hatte.

Ralf Meerholdt schenkte Jossip für seine Hilfe bei der Suche einen guten Gummimantel, feste, derbe Gebirgsschuhe und 1000 Dinare. «Kauf dir davon, was du willst«, sagte er stockend. »Ich weiß, daß dir 100 000 lieber gewesen wären.«

Jossip dankte mit einem Brummen und verließ die Baracke. Auf der Lagergasse steckte er die 1000 Dinare ein und ging weiter. Vor Bonellis Kantine zögerte er, dann betrat er sie und ging an die Theke, Bonelli stand selbst dahinter und nickte Jossip zu.

»Suche aufgegeben?« fragte er. »Ein Jammer um das Mädchen! Wenn man jemals den Kerl bekommt, der das getan hat – ich hänge ihn eigenhändig auf!«

Jossips Augen wurden starr. »Halt das Maul.« Er warf die 1000 Dinare auf den Tisch und wies auf die Regale. »Pack mir ein: Mehl, Zucker, Tee, Wurst, Salz, ein paar Büchsen mit Gemüse, eine Flasche Slibowitz.«

Bonelli blickte auf die 1000 Dinare und pfiff durch die Zähne. »Dein Führergeld?« Er schob es weg. »Spare es dir und verfriß es nicht sinnlos.«

Jossip beugte sich vor. »Pack ein, Idiot!« schrie er.

Bonelli flog an das Regal und holte die Waren herab. Er packte sie in einen großen Sack, in dem er die Kartoffeln erhielt, und wuchtete ihn Jossip vor die Nase. »Da, du Rindvieh! Friß dich tot dran und krepier im Wald! Eher legt eine Kuh Eier, anstatt daß ihr Verstand bekommt!«

Jossip nahm den schweren Sack und warf ihn über die Schulter. Wortlos verließ er die Kantine und schritt dem Hang zu. Bonelli sah ihm aus dem Fenster nach, wie er die Rodung hinauftappte und dann im Wald verschwand.

»Ein komischer Kauz«, sagte er laut. »Dem fehlen auch ein paar Drähte im Gehirn ...« – –

Als Jossip die Tür seiner Hütte aufschloß und sie aufstieß, kam ihm zunächst ein dickes Holzscheit entgegengeflogen, dem ein Schemel folgte. Jossip lächelte und benutzte die Tür als Deckung, indem er sie vor sich herschob und um die Ecke blickte.

Elena saß am Feuer, einen Stapel Holz neben sich und wartete darauf, daß Jossip im Türrahmen erschien. Ihre Haare hingen ihr ungepflegt um den Kopf, das Gesicht war bleich und von Wut verzerrt.

»Komm rein, du Satan!« schrie sie. »Ich bringe dich um.«

Mit einem Sprung war Jossip in der Hütte und hatte ihr das wurfbereite Holzscheit aus der Hand geschlagen. Sie wollte aufspringen, aber er schleuderte sie auf das Strohlager zurück und nahm von der Wand eine lange, aus Schafshaar geflochtene Peitsche.

»Du bleibst liegen!« sagte er scharf. »Oder ich peitsche dich aus!«

Elena duckte sich und schwieg. Sie beobachtete, wie Jossip den Sack hereinholte und auf den roh gezimmerten Tisch legte. »Für dich!« sagte er dabei. »Das beste Essen, das es unten im Lager gibt. Für 1000 Dinare.«

»Du lügst! Woher willst du 1000 Dinare haben!«

»Ich habe sie verdient. Ich habe die Kolonnen geführt, die dich suchen sollten.«

»Du bist der ekelhafteste Schuft, den ich kennengelernt habe!« Sie richtete sich auf und kam näher. Jossip hob die Peitsche, aber er schlug nicht zu. »Warum hältst du mich hier fest?«

»Das hast du schon hundertmal gefragt! Du hast Rosa geschlagen! Du hast sie beleidigt ... ich werde dich dafür bestrafen!«

»Mit Wasser und Brot?«

»Mit dem Tod ...«

Jossip sagte es völlig ungerührt, aber Elena spürte, daß es Ernst war. Merkwürdigerweise empfand sie keine Angst, sondern eine Art Neugier, wie er es wohl anstellen wollte, sie zu töten. Zudem verstand sie nicht, warum er sie überhaupt mit in seine versteckte Hütte genommen hatte, anstatt sie in ihrem Zimmer einfach umzubringen.

»Zieh dich um!« sagte Jossip plötzlich.

»Warum?«

»Zieh dich um!« Er hob die Peitsche und ließ sie leicht auf Elenas Schultern fallen. Es war nur ein streichelnder Schlag, aber sie wußte, daß der zweite fester sein würde, und der dritte Striemen durch ihr Fleisch zog. Sie knöpfte ihr Kleid auf und sah Jossip dann an. Ihre Augen flatterten.

»Dreh dich 'rum, du Hund!« zischte sie.

»Warum? Ich will den Körper sehen, ehe er verfault.«

»Scheusal!« Sie zog das Kleid über den Kopf und

stand in der dünnen Unterwäsche vor Jossip. Er nahm das Kleid und nickte. »Das andere auch!«

»Was?« fragte sie entsetzt. Plötzlich begann sie zu zittern.

»Das Seidenzeug!«

»Nein!«

Jossip hob wieder die Peitsche, aber Elena schüttelte wild den Kopf. »Und wenn du mich totschlägst ... ich ziehe es nicht aus! Hol es dir doch!« Sie sprang zum Herd und riß einen langen Holzkloben aus dem Stoß. Jossip lachte, seine Zähne leuchteten zwischen den schmalen Lippen.

»Ich fasse dich nicht an«, sagte er. »So schön du auch bist, ich nehme dich nicht!«

Er tappte zu einer Wand, schob einen Balken zur Seite und entnahm aus der Höhlung, die entstand, ein langes Messer und ein altes, langläufiges Gewehr. Damit kam er zu Elena zurück und legte beides auf den Tisch.

»Ich würde mich schämen, dich zu lieben«, sagte er dumpf. »Ich würde Rosa verraten und könnte sie nie wieder ansehen. Dein Körper ist für die feinen Herren in den Städten ... ich will ihn nicht ...«

»Wie gnädig ...« Elena starrte auf das lange Messer. »Du willst mich töten?«

»Noch nicht, mein Schwan, noch nicht!« Er hob die Hand. »Zieh das Seidenzeug aus.«

Zögernd löste sie die Träger ... mit geschlossenen Augen zog sie sich aus und stand dann nackt vor dem grinsenden Jossip. Er nahm die dünne Wäsche, befühlte sie, dann ging er zu einem Nagel, an dem ein dicker

Lammfellmantel hing, nahm den Mantel und warf ihn Elena zu.

»Zieh ihn an. Ich bringe dir morgen neue Kleider. Diese hier brauche ich.«

Während Elena in den dicken, weiten Mantel schlüpfte und sich an den Herd drückte, begann Jossip, das Kleid und die Seidenwäsche zu zerreißen. Er tat es mit genauem Nachdenken. Das Kleid riß er am Hals und am Rücken auf und zerfetzte den Rock ... die Unterwäsche zerriß er so, als habe man sie Elena gewaltsam vom Leibe gezerrt. Dann nahm er das Messer und trat zu Elena an den Herd.

»Gib mir deinen Arm«, sagte er.

Sie starrte ihn an ... das Grauen stand in ihrem Blick. Ihr Mund verzerrte sich in Todesangst, die in diesem Augenblick ihre gespielte Sicherheit zerriß. Jossip wartete nicht ab, bis sie den Arm gab ... er riß ihn zu sich heran und stampfte mit dem Fuße auf, als sie aufschrie und ihn zurückreißen wollte.

»Halt den Mund!« knurrte er. »Ich tue dir nichts. Ich brauche nur etwas Blut von dir ...«

Ehe sie antworten konnte, hatte er mit dem Messer die Haut ihres Unterarmes aufgeschlitzt und preßte die Unterwäsche und das Kleid auf das hervorsickernde Blut. Sie spürte keinen Schmerz, aber das Gespenstische der Handlung nahm ihr fast die Besinnung.

Jossip hielt die Wäsche hoch ... große Blutflecken hatten die Seide durchtränkt, das Kleid war übersät mit Blutspritzern. Es sah aus, als habe man die Trägerin dieser Kleidung bestialisch ermordet.

Zufrieden schob Jossip die Wäsche zur Seite und begann, den Sack mit den Lebensmitteln auszupacken.

»Mit diesen Kleidern werde ich sie alle vertreiben«, sagte er dabei. »Es wird keine Talspere mehr geben ... wie Gehetzte werden sie alle aus den Bergen rennen. Dann ist das Tal wieder unser, dann ist wieder Ruhe in Zabari ... und ich werde Rosa in meine Hütte führen.«

»Und ich?« fragte Elena.

»Dich werde ich vorher töten«, sagte er ungerührt.

Er packte die Lebensmittel Bonellis auf den Tisch ... die Dosen mit Fleisch und Gemüse, die Würste, das Brot, das Mehl, den Zucker, das Salz, den Tee.

»Frierst du?« fragte er.

»Warm ist es hier nicht.«

»Dann trink!« Er warf ihr die Flasche Slibowitz ins Stroh und packte weiter aus.

»Wie soll ich sie aufbekommen ohne Korkenzieher?« fragte Elena.

»Schlag den Hals an der Herdkante ab.«

Sie tat es, setzte vorsichtig die Flasche an den Mund und trank einen kleinen Schluck. Wie Feuer rann der scharfe Schnaps durch ihre Kehle in den Körper. Aber er belebte, er gab Kraft, er machte mutig. Sie trank noch einmal, und ein drittesmal. Dann suchte sie den abgeschlagenen Flaschenhals und verbarg ihn im Stroh. Ehe er mich tötet, dachte sie, schneide ich mir mit dem Glas die Pulsadern durch. Aber vorher betrinke ich mich ... es stirbt sich leichter im Wahn ...

Jossip warf den Sack in eine Ecke. »Kannst du kochen?«

»Glaubst du, ich wäre nur zum Schminken auf der Welt?«

»Hier ist Essen genug für dich! Für eine Woche und länger. Ich bringe dir morgen neue Kleider und lasse dich allein! Verhungern wirst du nicht!«

»Aber verdursten.«

»Ich hole dir zwei Eimer Wasser.«

»Wie einer Kuh.«

»Mehr bist du auch nicht!« Er erhob sich vom Tisch. »Eine Kuh ist mehr wert. Sie gibt Milch ... sie ernährt uns. Du bist zu nichts auf der Welt ... selbst Mist ist wertvoller, denn er düngt den Boden, der uns Frucht gibt. Du bist eine taube Nuß, die man wegwirft ...«

Elena antwortete nicht darauf. Sie hatte einen Lappen um den Schnitt des Armes gewickelt und löste ihn jetzt. Er blutete noch immer. Jossip blickte herüber und ging zum Herd. Von einem Balken über dem Feuer nahm er ein paar große Blätter, tauchte sie in Wasser und begann, sie mit dem Messer zu zerhacken. Dann mengte er mit den Händen einen Brei daraus und schmierte ihn Elena auf die blutende Wunde.

»Laß es trocknen und drei Tage drauf!« Er richtete sich hoch und schüttelte den Kopf. »Eigentlich sollte man dich verbluten lassen.«

»Und warum tust du es nicht?«

»Ich habe noch vieles mit dir vor«, sagte er geheimnisvoll.

Als er die beiden Eimer Wasser geholt hatte, schloß er die Tür wieder ab. Dann stellte er sie an den Herd und nahm die blutige Kleidung an sich.

»Versuche nicht zu flüchten«, sagte er, ehe er die Hütte verließ. »Es führt nur ein Weg über die Felsspalten ins Tal ... und den findest du nicht!« Er stockte und meinte dann: »Vielleicht bleibst du leben, wenn die Fremden vernünftig sind. Vielleicht ... das Tier ist oft vernünftiger als der Mensch ...«

Er schloß die Tür ab und wälzte einen großen Stein davor. Aufatmend stand er dann auf seinem Plateau und dehnte die Brust in der warmen Frühlingssonne. Von Foca her zogen Wolken über die Berge ... über Zabari kreisten drei Adler, still, in weiten Kreisen, majestätisch mit ihren angespannten Flügeln und den eingezogenen Fängen. Aus der Ferne tönte Donner ... dort wurden Felsen gesprengt und Straßen angelegt. Der Vormarsch der Unruhe, der Tod der herrlichen Einsamkeit kam näher.

Jossip drückte die blutige Wäsche an sich und stieg den verborgenen Pfad hinab ins Dorf. Ehe er aus den Felsen trat, verbarg er die Kleidung unter seinem weiten Umhang auf der Brust und grüßte wenig später freundlich die Arbeiter, die am Waldhang die gefällten Stämme an die Ketten banden, mit denen die Raupenschlepper sie ins Tal zogen.

Am Nachmittag des folgenden Tages wurde das erste Stück von Elenas Kleidung gefunden. Es war das seidene Unterkleid, blutig, zerrissen und verschmutzt. Es lag jenseits der Schlucht neben einem Baum ... in einer völlig anderen Richtung, als man den Täter vermutet hatte.

Hauptmann Vrana und Ralf Meerholdt fuhren sofort mit einem Jeep zu der Fundstelle und riefen in Zagreb an. Die Spezialbeamten aus Belgrad mit ihrem forschen Hauptmann, der noch immer die Ausgangssperre verhängt hatte, packten Mikroskope und ein kleines Labor aus und begannen die Arbeit. Es stand außer Zweifel – das Blut an der Wand des Zimmers und das Blut in dem Unterkleid waren das gleiche. Es war das Blut Elena Osiks. Damit hatte man einen klaren Beweis, daß ein Verbrechen geschehen war.

»Ihre Unterwäsche sagt alles! Freiwillig hat sie sie bestimmt nicht ausgezogen ... und das Blut daran!« Hauptmann Vrana hob die Schultern. »Wir müssen uns damit abfinden, daß Fräulein Osik einem Sexualverbrechen zum Opfer gefallen ist! Es heißt jetzt nur noch, ihre Leiche zu finden. Den Täter kann uns nur das Glück bringen. Ein unverschämtes Glück!«

Für den Offizier aus Belgrad war Glück ein zu vager Begriff. Er war ein Mann der Realität. Er sperrte sofort wieder das Lager und begann, die tausend Männer systematisch zu untersuchen.

»Ein Bauer aus Zabari war es nicht!« sagte er bewußt. »In diesen Bergen kennt man keine Sexualmorde. Das ist eine Errungenschaft der Zivilisation! Also muß der Mörder unter den Arbeitern oder auch Soldaten zu finden sein! Und verlassen Sie sich darauf – ich bekomme ihn!«

Ralf Meerholdt erinnerte sich der Aussprache mit Vrana über das Problem des frauenlosen Lagers. Damals hatte er geglaubt, mit Alkoholverbot, Strafen und der Androhung der Sabotage eine straffe Ordnung in das Lager zu bekommen und die Auswüchse eines Lagerkollers zu verhindern. Zehn Arbeiter lagen in den Sarajewoer Gefängnissen in stinkenden Löchern und büßten für etwas, für das man eigentlich die Natur selbst verantwortlich machen sollte ... eine ganze Kolonne von dreißig Arbeitern mit einem Truppführer hatte man nach Titograd zurückgeschickt, weil sie meuterten - ihr weiteres Schicksal war unbekannt.

Das schreckte ab ... die nächsten Wochen waren ruhig. Bonelli merkte es am Umsatz und schimpfte auf die Moralität, von der er persönlich nicht viel hielt, bis auf eine Ausnahme, die Katja Dobor hieß.

Dann kam der Mord ... ein Mord aus Motiven, gegen die Meerholdt vergeblich ankämpfte. Ein Mord, den er begünstigt hatte, indem er Elena in Zabari behielt und nicht Stanis Osik mitgab. Dieser Gedanke drückte auf ihn wie eine Zentnerlast, und sie wurde zu einem Niederschlag, als der Offizier aus Belgrad Rosa verhörte und die Auseinandersetzung erfuhr!

Einen Hinweis dafür hatte der Offizier von Bonelli erfahren. Bonelli erzählte harmlos, daß Rosa bei ihm eine Flasche Wein gekauft habe. Leider sei sie ihr zerbrochen ... er hatte die Scherben am Morgen vor dem Hause des Ingenieurs gesehen.

»Die Flasche ist mir hingefallen«, sagte Rosa. »Sie ist mir aus der Hand gerutscht.«

Der Offizier antwortete nicht darauf. Er ging mit Rosa und Meerholdt an die Hausecke, eine Ecke, die dauernd im Schatten der anderen Baracken lag. Der Sand war getrocknet, aber er hatte durch die Nässe eine feste Schicht gebildet, und in dieser Schicht waren noch deutlich zwei Fußabdrücke zu erkennen ... ein kleiner, flacher und ein - ganz dünner, verwischter, punktmäßiger Abdruck.

»Hier haben zwei Personen gestanden«, sagte der Offizier und sah Rosa scharf dabei an. »Du ... das ist der flache Abdruck ... und ein anderer, der hochhackige Schuhe trug. Hier, siehst du den Abdruck des dünnen Absatzes? Diesen Punkt im Sand? Und wer trägt hier im Lager hochhackige Schuhe? Wer wohl? Na, sag' es schon, Rosa ...«

»Elena ...« Sie sah hilfesuchend zu Meerholdt, der bleich an der Hauswand stand. »Das ist doch Dummheit, Herr Hauptmann! Sie wollen doch nicht etwa ...« Er sprach nicht weiter, sondern legte den Arm um Rosas Schulter. Diese Geste sollte Schutz bedeuten, sie drückte aber auch die Verbundenheit aus, die Meerholdt mit Rosa verband. Der Offizier wiegte den Kopf.

»Keine Dummheit ist so dumm, daß sie nicht von Frauen verbrochen werden könnte. Und eine liebende, eine eifersüchtige Frau kann die Naturgesetze aus den Angeln heben! Mit der ersten eifersüchtigen Frau wurden auch die ersten Bestialitäten geboren«, sagte er sarkastisch.

»Sie müssen andere Frauen von Rosa unterscheiden lernen. Sie unterstellen hier etwas, ohne es beweisen zu können.«

»Sie haben mich in meiner Beweisführung eben unterbrochen. Es war ein psychologischer Fehler, Rosa das Rückgrat zu stärken. Ein Geständnis ist immer ein Zusammenbruch - ein physischer wie ein psychischer.«

»Sie hat nichts zu gestehen!« rief Meerholdt laut.

Der Offizier nickte. »Natürlich nicht.« Er wandte sich wieder Rosa zu und faßte sie am Arm. »Du hast hier also Elena Osik getroffen? Ihr habt euch über Herrn Meerholdt unterhalten! Fräulein Osik beschimpfte dich, du beschimpftest Fräulein Osik, sie schlug dich, sie schlug dir die Flasche aus der Hand, die du für Herrn Meerholdt gekauft hattest!« Seine Stimme wurde lauter und lauter, am Ende brüllte er Rosa an, die am ganzen Körper zitterte. »Die Flasche lag im Sand ... kaputt ... der Wein floß in den Sand, Meerholdts Wein! Und sie schlug dich wieder ... da hast du sie genommen, zu Boden geworfen, hast sie erwürgt und dann ...«

»Nein!« schrie Rosa auf. »Nein! Nein!« Sie klammerte sich an Meerholdt fest und versteckte ihr Gesicht an seiner Brust. »Sie hat mich geschlagen, immer wieder geschlagen, aber ich habe mich nicht gewehrt. Ich habe ihr nichts getan ... Ich schwöre es ... ich schwöre es ...«

Ihre Stimme brach.

Der Offizier sah Meerholdt groß an. In seinen Augen stand Mißtrauen. »Ich muß sie mit nach Belgrad nehmen«, sagte er.

»Ich verbürge mich für Rosa!« Meerholdt umfaßte sie und drückte sie schützend an sich. »Sie bleibt im Lager. Ihr sogenanntes Verhör ist eine Schande. Sie legen dem Mädchen Dinge in den Mund, die sie gar nicht kennt. Die außerhalb ihrer Lebenssphäre liegen!«

»Im Zorn sind viele Menschen unberechenbar. Eine

Frau, die haßt, ist schlimmer als hundert Tiger, sagt ein indisches Sprichwort. Und es war abgrundtiefer Haß zwischen den beiden Frauen! Haß Ihretwegen, Herr Meerholdt! Auch Sie trifft eine moralische Schuld an dem Tode Fräulein Osiks!«

Ralf Meerholdt sah an dem Offizier vorbei. Er überblickte die halbfertige Talsperre, die Arbeitskolonnen, die gefällten Wälder, die Geburt einer neuen Landschaft, erdacht von ihm und von ihm in die Tat umgesetzt. »Ich werde Zabari verlassen«, sagte er leise. »Ich werde auch Jugoslawien verlassen. Ich gehe zurück nach Deutschland.«

»Es wäre eine Flucht vor dem Gewissen.«

»Nennen Sie es eine Flucht vor der Erinnerung. Ich hatte eine Rechnung aufgestellt ... eine mathematische Gleichung mit drei Herzen und einem Unbekannten, das ich Schicksal nannte. Logisch mußte diese Gleichung aufgehen - x, das Schicksal, war rechnerisch vorherbestimmt! Heute sehe ich den Fehler dieser Rechnung - der Mensch! Der Mensch ist keine Zahl, er ist außerhalb jedes logischen Prinzipes. Der Mensch ist trotz Medizin, Physik, Chemie, Psychologie und Philosophie ein ewiges Rätsel, eine fleischgewordene Mystik. Können Sie mit der Mystik mathematisch verfahren? Das war mein Fehler - und ich möchte nicht weiterleben in einer Umgebung, der mein persönlicher Fehler Unglück gebracht hat.« Er hob die Schultern und sah zurück auf den Offizier. »Ich weiß nicht, ob Sie mich verstehen. Aber ich gehe -«

Rosa blieb in Zabari, als der Offizier nach Titograd fuhr, um das gefundene Unterhemd mit einem genauen

Bericht nach Belgrad zu schicken. Stanis Osik, dem man die Nachricht vom Tode, vom erwiesenen Tode seiner Tochter, schonend mitteilte, saß apathisch auf der Terrasse seiner weißen Villa und starrte in die schmutziggrauen Fluten der Sava. Tot, empfand er. Tot! Was bedeutet tot? Kein Wiedersehen? Auslöschen, einfach auslöschen, so, wie man einen Bleistiftstrich vom Papier radiert und es bleibt nichts, als wieder eine weiße Fläche?

Er hatte die Zimmer Elenas abschließen lassen, er betrat nicht mehr den Teil des Hauses, in dem sie wohnte. Die Rosen, die sie vor der Terrasse gepflanzt und gepflegt hatte, ließ er herausreißen, das Pony, auf dem sie als Kind ritt, verkaufte er und erschoß den Hund, der Elena immer in Zagreb begleitete. Nichts, gar nichts mehr wollte er sehen ... keine Erinnerung sollte ihn quälen, kein Erkennen, keine Gedanken. Doch je mehr er gegen sein Schicksal kämpfte, um so tiefer sank das Bild Elenas in seine Seele. Er trank wieder; sinnlos betrunken schlug er in seiner Villa gröhlend die Möbel zusammen, und bewarf sein Spiegelbild mit Gläsern. Dann saß er wieder apathisch im Sessel, starrte über die Sava und aß wie eine aufgedrehte, mechanische Puppe. Ab und zu schrie er, grell, tierisch, umklammerte seinen Kopf mit beiden Händen, als wolle er ein Auseinanderspringen verhindern. Er brüllte wie ein Stier und stampfte mit beiden Beinen auf die Erde.

»Osik ist wahnsinnig geworden«, hieß es in Belgrad. Man beurlaubte ihn und übertrug die noch auszuführenden Bauten einem Regierungsgremium, das als Leiter

Ralf Meerholdt einsetzte. Nach der Fertigstellung der Zabarisperre sollte er von Belgrad aus die Bauten leiten. Eine besondere Ehrung für den Deutschen.

Zwei Tage nach dem Auffinden des blutigen Unterkleides entdeckte ein Transportarbeiter bei Räumungsarbeiten an der neuen Straße ein zusammengeknülltes, zerrissenes und blutbespritztes Kleid.

Wieder fuhren Hauptmann Vrana und Meerholdt zu der Stelle und fanden ihre Vermutung bestätigt: Es war Elenas Kleid, das sie zuletzt trug, ehe sie verschwand. Die Sonderbeamten aus Belgrad brauchten diesesmal nur zehn Minuten zur Feststellung der Blutgleichheit. Sie stimmte.

»Das Kleid«, sagte Meerholdt sinnend, »und die Unterwäsche lagen in genau entgegengesetzter Richtung. Fällt Ihnen das nicht auf, Vrana?«

Hauptmann Vrana betrachtete das zerrissene Kleid. »Warum haben wir es nicht gefunden, als wir Elena suchten? Wir haben mit Hunderten von Leuten jeden Meter abgesucht ... auch die Stellen, an denen jetzt die Stücke lagen!«

Meerholdt durchzuckte es heiß. »Der Mörder lebt unter uns!« sagte er heiser. »Er hat die blutigen Kleidungsstücke bei sich ... und Stück für Stück versteckt er sie jetzt, um alle Spuren zu verwischen.«

»Verhängen Sie ab sofort eine neue Ausgangssperre für alle Personen im Lager. Auch für meine Soldaten werde ich das befehlen. Niemand verläßt die Baracken ... eine Woche lang!«

»Ich werde es anordnen«, sagte Meerholdt dumpf.

Das Lager wurde gesperrt. Militärposten bewachten

die Straßen und das Dorf. Als Jossip am Abend hinauf in die Berge stieg, grüßten sie ihn freundlich und riefen ihm Witze nach. Auch Meerholdt und Vrana sahen Jossip.

»Er hat seine Herde auf den Bergweiden«, sagte Ralf. Vrana nickte und rauchte eine türkische Zigarette, die ihm ein Freund aus Ankara schickte.

Am nächsten Morgen fand Vorarbeiter Drago Sopje neben einer Betonmischmaschine das blutbefleckte Seidenhöschen Elena Osiks. An einer Betonmaschine, die am Abend noch in Betrieb war!

In dieser Nacht verzweifelte Ralf Meerholdt und suchte wie ein verstörtes Kind Zuflucht in den Armen Rosas.

Vor der großen »Chefbaracke« standen etwa dreihundert Arbeiter und sahen ernst und nachdenklich auf Ralf Meerholdt, als er am nächsten Morgen zu den Baustellen gehen wollte. Militär riegelte den Lagerplatz ab, Hauptmann Vrana schrie herum, Pietro Bonelli, mit einer weißen Schürze vor dem Bauch, rannte durch die Reihen der stummen Arbeiter und gestikulierte wie ein Wilder.

Verblüfft blieb Meerholdt auf der oberen Stufe des Eingangs stehen. Hauptmann Vrana drängte sich durch die Arbeiter. Er hatte eine entsicherte Pistole in der Hand.

»Eine Revolte!!« schrie er. »Ein Aufstand! Die Kerle weigern sich, weiter in Zabari zu arbeiten! Sie wollen weg! Aber eher schieße ich sie alle nieder! Seht euch um!« schrie er und zeigte nach rückwärts. Einige der

Aribeiter drehten sich um, die Mehrzahl blieb stumm und verbissen stehen und sah auf Meerholdt. »Dort stehen drei Maschinengewehre. Mit durchgeladenen Gurten. Ein Wort nur, Kerls, und ihr seid ein Sieb! Los, nehmt die Klamotten und geht an die Arbeit! Los, sage ich!«

Die Arbeiter standen.

Hauptmann Vrana winkte. Die Gurte rasselten durch die Schlösser der Maschinengewehre. »Ich schieße!« schrie er. »Geht auseinander!«

Drago Sopje, der alte Vorarbeiter, trat einen Schritt vor. Er nahm die Mütze ab und sah Ralf Meerholdt aus traurigen Augen an.

»Wir tun es nicht gern«, sagte er stockend. »Aber man hat schon wieder ein Stück Wäsche von Fräulein Osik gefunden und diesesmal mit einem Zettel.« Er kam zu Meerholdt die drei Stufen hinauf und legte ihm einen Unterrock vor, an dem auf einem abgerissenen Blatt Papier in Druckbuchstaben etwas stand. Neugierig beugte sich Vrana vor.

»Geht nach Hause!« las er laut. »Das war der Anfang - die nächsten seid ihr ...«

Die Arbeiter murmelten. Drago Sopje drehte die Mütze zwischen den Händen.

»Es ist ganz einfach, Herr Ingenieur. Wir haben Angst. Ein Mörder lebt unter uns, der einen nach dem anderen umbringen wird. Keiner will der nächste sein - darum wollen wir gehen!«

»Ihr seid also alles Feiglinge?« Meerholdt blickte über die fast dreihundert Männer, die mit verbissenen Gesichtern vor seiner Baracke standen. »Kann nicht ich der nächste sein? Darf ich meine Arbeit verlassen, aus Angst, aus ganz gemeiner Angst? Auf mich hat der Unbekannte einen großen Stein geschleudert, und nur durch ein Wunder entkam ich. Habe ich damals alles hingeworfen und mich verkrochen, wie ihr es wollt?!« Meerholdt hob die Hand. »Geht an die Arbeit, Leute. Wir werden den Mörder finden ...«

Die Arbeiter standen. Stumm, mit gesenkten Köpfen. Auf der oberen Stufe des Barackeneingangs lag das blutverschmierte Kleidungsstück. Eine Anklage und eine Drohung.

Drago Sopje rührte sich nicht. »Wir möchten weg aus Zabari«, sagte er.

»Und der Bau? Was soll aus der Sperre werden?«

»Was geht uns der Bau an?« schrie einer aus der Menge. »Wir haben die Nase voll!«

»Wir gehen!«

»Hätten wir vorher gewußt, wo der Bau liegt, wären wir gar nicht erst gekommen!«

Hauptmann Vrana ballte die Fäuste, er wollte den Befehl zum Schießen geben, aber Meerholdt legte ihm die Hand auf den Arm.

»Was hätten wir davon, Vrana? Wir können fünfzig ... hundert Mann erschießen ... dann laufen uns in der Nacht die anderen neunhundert weg. Sie werden einfach die Wagen stehlen und flüchten. Wer will sie aufhalten?«

»Ich sperre alle Zufahrtsstraßen!«

»Sie werden überrannt und niedergewalzt werden. Ein Raupenschlepper ist ein halber Panzer! Wir müssen vernünftig sein.«

Ralf Meerholdt sah Drago Sopje an. Dieser senkte den Blick und biß die Lippen aufeinander.

»Sie wollen es so«, sagte er stockend. »Wir möchten unseren Lohn haben ...«

Meerholdt nickte. »Es ist gut. Ich spreche sofort mit Belgrad ... das Geld wird morgen oder übermorgen hier sein.«

»Mit Belgrad?« Sopjes Kopf fuhr hoch. »Die schicken uns Panzer und Flugzeuge, aber kein Geld!«

»Das glaube ich auch!« Meerholdt hob die Schultern. »Aber in der Kasse ist nicht genug. Es könnten nur dreißig von euch den Lohn bekommen. Das Geld kommt jeden Monat direkt aus Belgrad mit dem Nachschub zu uns. Ihr wißt es ja alle! Ich muß also anrufen.«

»Die Hunde in Belgrad erschießen uns alle!« schrie einer aus der Menge.

»Sie hängen uns auf!«

Meerholdt nickte. »Ihr wollt es nicht anders, Leute. Ihr habt Angst vor einem einzigen Mörder ... aber wenn ihr weggeht und streikt, werdet ihr alle getötet! Ob der eine Unbekannte euch angreifen wird, weiß ich nicht, und ihr wißt es auch nicht ... aber daß Belgrad euch angreifen wird, gleich, wo immer ihr euch versteckt, das ist sicher! Ihr habt zu wählen: das Vielleicht oder das Sichere!«

Drago Sopje setzte seine Mütze wieder auf. Sein Gesicht war gelblich und zerknittert. »Sind wir Verbrecher? Zwangsarbeiter?«

»Ihr seid freie Arbeiter, solange ihr eure Arbeit tut. Aber ihr werdet Zwangsarbeiter, wenn ihr streikt!« Meerholdt schüttelte den Kopf. »Ich kann nichts dafür, Leute. Ich habe die Gesetze nicht gemacht. Klagt die an, die unter Freiheit der Persönlichkeit die Kollektivierung der Massen und die Einheit der Gehirne verstehen. Was kann ich daran ändern? Ich bin wie ihr nur ein kleiner Mann, den man ebenso schnell an die Wand stellt, wenn ich Nein sage und anders denke und arbeite, als es der Befehl von oben will!«

Drago Sopje nickte. Er drehte sich um und ging mit langsamen, schweren Schritten durch die Reihen der stummen Arbeiter. Er nahm an der Barackenecke seinen Spaten auf, warf ihn über die Schulter und ging langsam der Baustelle zu.

Stumm standen die anderen und sahen ihm nach. Dann bröckelte es in den Reihen ... einer ... drei ... fünf ... zehn gingen vom Platz, nahmen ihr Arbeitszeug und stapften durch die weiche Erde dem Tal zu. Die letzten fünfzig standen noch immer unbewegt vor der großen Baracke, als Meerholdt an Vrana vorbei um die Maschinengewehre schritt und den Arbeitern zur Baustelle nachging. Er blickte sich nicht um, aber er hörte hinter sich Schritte, viele Schritte, wie den Marschtritt einer Kolonne. Hauptmann Vrana stand allein auf dem Platz und sah verblüfft in die Lagergasse. Hinter Meerholdt her marschierten die letzten fünfzig Rebellen zu der Baustelle, die Spaten und Hacken geschultert. Es fehlte nur noch, daß sie sangen ...

»Abbauen!« schrie Vrana seine Soldaten an und trat gegen den Lauf des einen Maschinengewehrs. »Der Dienst laut Dienstplan geht weiter!«

Wütend ging er in seine Wachbaracke und trank ein großes Glas Slibowitz.

Vom Fenster der Kantine Bonellis aus hatte Jossip die unblutige Niederschlagung der Revolte mit angesehen. Jetzt trank er mit bebenden Händen sein Glas Bier und verließ das Lager.

Er ist stärker als ich, dachte er haßerfüllt. Er hat mich geschlagen, dieser fremde Teufel, dieses Weißgesicht mit dem Madonnenblick! Sie arbeiten weiter ... und wenn ich zehn umbringen würde, sie arbeiten weiter!

Langsam ging er die Dorfstraße hinab, den Kopf gesenkt. Er dachte an seinen eingeschlossenen See, eine Waffe, die ihm niemand aus der Hand schlagen konnte. Auch Meerholdt nicht ...

In diesen aufregenden Tagen hatte Rosa eine Entdekkung gemacht. Der Verdacht, der auf ihr lastete, hatte sich als haltlos erwiesen, selbst das strenge Belgrad sah ein, daß ein Mädchen wie Rosa einer solchen Grausamkeit, wie sie Elena Osik zum Opfer gefallen sein mußte, nicht fähig war. Doch das Verschwinden Elenas hatte einen seelischen Graben zwischen Ralf und Rosa ausgeworfen ... sie sahen sich jeden Tag, aber sie sprachen nur wenig miteinander, sie küßten sich flüchtig, und die träumerischen Nächte, in denen sie sich sonst in den Armen lagen und glaubten, daß Zabari das Paradies sei, waren Erinnerungen, von denen sie zehrten.

Der Schatten Elenas stand zwischen ihnen. Ihr furchtbares Schicksal bedrückte sie, sie wurden nicht glücklich, wenn sie sich liebten, denn immer meinten sie, aus dem Nebenzimmer, das sie bewohnt hatte, ihren Schrei zu hören. Den Schrei, den sie in jener Nacht überhörten, weil sie sich in den Armen lagen und die Nacht und die Welt untergingen in einem heißen Flüstern dummer und doch berauschender Liebesworte.

Ralf Meerholdt hatte sich mehr denn je in seine Arbeit gestürzt ... Rosa holte sein Abendessen wie bisher, sie umsorgte ihn, als sei sie mit ihm schon jahrelang verheiratet - aber wenn die Nacht kam, ging sie. Stundenlang lag sie dann wach auf ihrem Graslager in der Hütte, starrte an die rohe Balkendecke und weinte in das zottelige Schafsfell hinein, mit dem sie sich zudeckte.

Nach der Arbeit bei Meerholdt hackte sie wieder Holz und begleitete den Vater in den Wald, wo sie die Reisigberge der gefällten Bäume zusammenbanden und mit einem Ochsenfuhrwerk nach Hause schleppten.

Fedor Suhaja und Marina sagten nichts zu der Liebe Rosas - sie nahmen sie hin wie ein Naturereignis, wie Schnee und Wind, Sonne und Nacht. Sie fürchteten nur die Rache Jossips - das getötete Lamm vor ihrer Tür war nicht vergessen, wenn sie sich auch sicherer fühlten, seitdem sie wußten, daß Jossip sogar in die Dienste Meerholdts getreten war, um Elena Osik zu suchen.

»Vielleicht hat er auf Rosa verzichtet«, sagte Fedor einmal zu Marina, und schnitt sich Tabak für seine Pfeife. »Aber solange er nicht kommt und einen Hammel von mir holt, um den getöteten damit zurückzunehmen, habe ich keine Ruhe.«

Doch Jossip kam nicht.

Eines Abends, als Rosa im Bergwald Holz zusammenschichtete, sah sie, daß der Boden neben dem aufragenden Felsen feucht war und ein kleines Rinnsal zwischen dem zerklüfteten Plateau versickerte. Es war der gleiche kleine Bach, den Jossip entdeckt und der ihn zu dem eingeschlossenen See geführt hatte.

Verwundert ging Rosa dem Bache nach. Er war neu ... das sah sie. Sie kannte jedes Wasser um Zabari herum, auch jene Bäche und Fälle, die in der Zeit der Schneeschmelze entstehen und im Frühjahr, wenn aller Schnee von den Felsen geflossen war, ebenso schnell wieder eine steinige Rinne wurden wie vordem. Doch dieser Bach lief ... er hatte Wasser, immer neues Wasser, und längst war kein Schnee mehr auf den Bergen!

Am Fuße des großen Felsens, der Hand, die Zabari schützte, blieb sie stehen und sah dem dünnen Wasserfaden nach, der aus einer Spalte herausrann.

Eine neue Quelle ... neues Wasser für Zabari, für die Felder, die Wiesen, die Herden. Wasser - der Inbegriff allen Lebens ...

Als Rosa bei Meerholdt anklopfte, umfing er sie, glücklich, daß sie gekommen war. Er führte sie in sein Zimmer und drückte sie auf einen Stuhl.

»Es ist gut, daß du kommst«, sagte er. »Wir müssen miteinander sprechen ... In diesen Tagen hat sich so vieles geändert, so ungeheuer Schreckliches hat sich ereignet, daß ich Zabari verlassen werde ...«

Sie sah ihn an, mit großen, wehmutsvollen Augen. Aber sie sagte nichts. Sie sah ihn nur an wie ein schönes Bild, das weggetragen werden soll.

»Ich werde zuerst nach Belgrad gehen und dann zurück nach Deutschland. Ich kann hier nicht weiterleben.«

»Wegen Elena?« fragte sie.

»Auch wegen Elena. Ich fühle mich mitschuldig an ihrem Tod.«

»Sie ist freiwillig nach Zabari gekommen, und sie ist freiwillig geblieben! Sie hat dich geliebt!« In ihren Augen blitzte es auf. »Oh - ich hasse sie ... ich gönne ihr den Tod!«

»Rosa!« rief Meerholdt entsetzt.

Sie schüttelte wild die langen Haare. »Niemand liebt dich so wie ich! Niemand!« Sie sprang auf, warf sich an ihn und umklammerte seinen Hals. Ihr Körper drängte sich an ihn, sie war wie eine Katze und krallte sich an ihm fest. »Wenn du gehst, gehe ich mit! Es gibt keinen Ort auf dieser Welt, an dem ich nicht mit dir leben könnte! Sag', daß du mich mitnimmst. Sag', daß du nicht allein gehst ... Ich sterbe, wenn du fort bist. Du bist mein Atem, mein Blut, mein Herz ... du bist alles ... alles.«

Er drückte sie an sich, überwältigt von ihrem Ausbruch. Seit jenem Tage, an dem er wußte, daß er Rosa liebte, als er sich klar geworden war über seine Gefühle und sich nicht mehr wunderte, daß er bei allem Denken, bei aller Arbeit, bei jeder Handlung immer nur in der Mehrzahl dachte: Nützt es Rosa und mir ... wird es Rosa Freude machen ... was wird Rosa dazu sagen ... ob es Rosa recht ist ... immer Dinge, die eine tiefe Gemeinsamkeit besaßen ... seit jenem Tage hatte er oft an die Zukunft gedacht und an die große Frage, ob Rosa wirklich ihr Land verlassen und mit ihm nach Deutschland gehen würde.

Man kann einen Baum umpflanzen, wenn er jung ist. Doch immer bleibt es ein Wagnis: Wächst er an oder geht er zugrunde am fremden Boden, an der fremden Luft, den fremden Winden und Regen?! Und man hofft und ist glücklich, wenn die ersten jungen Triebe erscheinen und aus ihm die neue Heimat hervorbricht, der Lebenswille in der Fremde! Ein Mensch? Ist ein Mensch ein Baum, eine Pflanze, ein Tier, das man exportieren kann? Als in Deutschland die Landarbeiter knapp wurden, warb man Italiener an. Sie kamen auf die großen Höfe Niedersachsens und Westfalens ... und sie vergingen vor Heimweh, lösten die Verträge und zogen zurück in das Elend ihrer Heimat. Lieber in Hütten leben, aber die Sonne Italiens sehen, den Wein an den Hängen, das blaue Meer mit den Delphinen, den Eselskarren, der knarrend über die staubige Straße holpert und das Obst aus den Gärten zu den Märkten bringt. Und Zeit haben, viel Zeit ... Gott schuf die Welt, damit man sie erlebt, nicht, damit man sie durchrast. Und so kamen sie zurück aus dem kalten Deutschland und von den vollen Schüsseln mit Bratkartoffeln und Schinken und Quark ... und sie aßen in der Heimat vor Glück weinend wieder ihre Handvoll Spaghetti mit der Tomatensoße oder dem zerriebenen Parmesan. Sie alle kamen zurück in das Elend, um zu Hause zu sein ... die Ungarn, die Algerier, die Griechen, die Spanier, die

Portugiesen und die Jugoslawen ... Ein Mensch ist kein Baum, und das beste Wasser der Fremde ist nicht das schlechte Wasser der Heimat, der fruchtbarste Boden im Norden ist nicht der steinige der südlichen Berge ... und auf dem selbstgerupften und getrockneten Gras unter einem Lammfell schläft es sich herrlicher als im weichsten Daunenbett unter dem Sternenhimmel des Nordens.

»Du wirst Heimweh haben«, sagte er leise.

»Du wirst es mir wegnehmen, wenn du mich küßt.«

»Du kennst unser Land nicht. Der Deutsche fühlt sich in der ganzen Welt wohl ... aber wenige nur in Deutschland. Große Unruhe wird in dein Leben kommen.«

»Du wirst mir in deinen Armen Ruhe geben ...«

Er nickte. Über ihren Kopf hinweg blickte er aus dem Fenster auf die Baustellen, auf das wimmelnde Leben, das seinem Befehle gehorchte. »Ich werde mit Fedor und Marina sprechen«, sagte er.

Mit einem glücklichen Lächeln küßte sie ihn ...

Wenig später gingen sie den Berghang hinauf zu dem geheimnisvollen Bach, der aus dem Felsen kam. Rosa stieg voran ... sie hatte den Rock gerafft und stützte sich auf einen dicken Stock. Meerholdt folgte ihr, eine Tasche mit Meßinstrumenten und kleinen Behältern für Gesteinsproben in der Hand. Sie kletterten den Hang hinauf, ließen den Wald links liegen und wandten sich gleich dem Felsen zu, aus dem der Wasserlauf hervorsickerte.

Vom Felsen aus, hinter einem Stein liegend, beobachtete sie Jossip.

Er lag schon seit einer Stunde hinter dem Stein und hatte gesehen, daß Rosa zu Meerholdt ins Haus lief. Ein Sturm von Eifersucht und neuem Haß überwältigte ihn und machte ihn fast sinnlos vor Wut.

Daß sie zusammen in den Wald gingen, betäubte ihn. Er dachte wie ein Tier: Auch die Bären, die Katzen und die Hunde gehen in den Wald, sich zu paaren. Sie verkriechen sich in den Büschen und schreien vor Gier. Daß Meerholdt eine Tasche trug, sah er nicht in seiner seelischen Auflösung. Er sah sie nur in den Wald gehen, das letzte Stück sogar umschlungen und miteinander lachend. Ein glückliches Paar.

Sein Zorn gebar die grauenhaftesten Bilder. Nicht nur Meerholdt sollte sterben, auch Rosa, die läufige Hündin, auch Zabari, das Dorf, das durch die Fremden entehrte und zerstörte Dorf, auch Fedor und Marina, die Herden und die ganze Natur! Alles, alles sollte vernichtet werden! Er wollte seinen Gott befreien, seinen schrecklichen Rachegott, der geheimnisvoll in der Felswand verborgen lag. Mit Wasser wollte er seine Seele reinigen, mit einem Meer, das alle Ufer überspülte und alles mit sich wegriß in einen einzigen Untergang, Der Felsen sollte aufreißen ... es würde ein Donnern geben, ein krachendes Bersten und ein Rauschen, als sei der Himmel auf die Erde gefallen. Ein Jüngstes Gericht von Jossip, dem Schäfer. Eine Rache, in der sich Mensch und Natur verbanden und ihre Gesichter umformten.

Er drückte die Stirn an den kalten Stein, verbarg das Gesicht an der Erde und weinte vor Wut. Er sah nicht mehr, daß Rosa und Ralf Meerholdt in einer Felsspalte verschwanden und an dem zerklüfteten Fuß des Berges standen, aus dem das Wasser hervorkam.

»Hier ist es«, sagte Rosa und bückte sich, »Ich weiß, daß es voriges Jahr noch nicht da war.«

Meerholdt steckte die Hand in den rissigen Felsen und fühlte, wie das Wasser eiskalt und kristallklar durch einen stetigen Druck nach außen gestoßen wurde.

»Irrst du dich auch nicht?« fragte er zweifelnd.

»Nein. Ich kenne jeden Bach um Zabari herum.«

»Es ist keine Quelle.« Meerholdt erhob sich von den Knien und begann mit einem spitzen Hammer den Felsriß zu vergrößern. »Eine Quelle kann doch nicht plötzlich entstehen ... wenn das Wasser sich einen neuen Weg suchte, muß es vorher doch woanders zu Tage getreten sein.« Der Riß war jetzt etwas breiter, er konnte den Arm hineinstecken und spürte den ständigen Fluß des Rinnsals. »Es muß ein Bach sein, der irgendwo in den Felsen tritt und sich hier seinen Austritt suchte«, sagte er. »Ein kleiner Bach.«

Er wollte sich schon abwenden und wieder gehen, als er ein wenig weiter von der Felsspalte entfernt einige verkohlte Holzstücke sah. Sie lagen zwischen den Steinen und wären nicht aufgefallen, wenn nicht der Mondschein gerade diese Partie durch eine Waldlichtung beschienen und in helles Licht getaucht hätte.

Meerholdt hob die verkohlten Stücke auf und betrachtete sie genau. Sie sahen aus wie verbrannte Stiele ... sie waren rund und genau so dick, daß man sie mit der Hand umfassen konnte.

Die Fackeln fielen ihm ein ... die Fackeln, die Drago Sopje und andere Arbeiter des Nachts am Waldrand und in den Felsen gesehen hatten, die Fackeln, die die erste Unruhe unter die Leute brachten und die geistergläubigen Jugoslawen erregten.

Gespenster hinterlassen keine Spuren, am allerwenigsten verkohlte Fackelstiele. Ein Mensch geisterte hier also herum, und er mußte einen tiefen Grund haben, gerade diese Gegend des Nachts zu besuchen.

Meerholdt kniff die Augen zusammen. Die Quelle? War es die Quelle? Verbarg sich mehr hinter ihr? Er steckte die verkohlten Stiele in die Aktentasche und ging zu der Felsspalte zurück.

Das Wasser rann ... unaufhörlich ... still ... eiskalt und glasklar ... so, als ranne aus einem Eimer durch ein winziges Loch ein dünner Wasserstrahl.

Aus einem Eimer ... aus einem Felsen ... aus einem riesigen Trichter ... einem eingeschlossenen See.

Ralf Meerholdt faßte sich an die Stirn und lehnte sich gegen den Felsen. Mein Gott, durchfuhr es ihn, wenn dies war ist! Wenn dieser Felsen hohl ist und einen See verbirgt! Hier läge eine Kraft von mehreren Talsperren, hier könnte er Naturgewalten freimachen, die sich mit elektrischer Erzeugung bis Sarajewo bemerkbar machten! Hier könnte er Turbinen treiben lassen, die ganz Montenegro mit Strom versorgten ... ein unerschöpfliches Reservoir, dessen Wasser dann weitergeleitet wurde in den Stausee unterhalb Zabaris.

Meerholdt schloß die Augen vor Erschütterung. Er sah schon die Wirklichkeit: Riesige Rohrleitungen, die das Wasser aus den Felsen in die Turbinenhäuser leiteten, die den Wasserdruck noch mehr komprimierten und die Turbinen rotieren ließen. Turbinen, die dort auf dem Hang stehen würden ... Haus an Haus ... und von ihnen ausgehend die Stahltürme der Überlandleitungen, singend und brummend voll Strom ... kilometerweit über Felsen und Schluchten, Berge und Ebenen ... bis nach Sarajewo, Titograd und Novi Pazar. Von dem Hang aus, aus den Turbinen geschleudert, würde das Wasser dann in den Stausee laufen, in das bis zum Rand gefüllte Tal, und dort würde es wieder in die Turbinen stoßen, die unten, unterhalb der hohen Mauer und des Erdwalles auf der Betonsohle standen ... Strom für Belgrad, Titovo Uzice und Mostar. Rohre, in der Sonne blinkend wie die Pipeline vom Persischen Golf nach Haifa; Rohre, die eine Welt veränderten und das Wasser, das Millionen Kilowatt in die Leitungen preßte, auf die dürren Felder der armen Bauern leiteten und einen Garten entstehen ließen, wo vorher Stein und Sand das Gesicht der Landschaft bestimmten.

Die Hand Rosas, die sich auf seine Schulter legte, riß ihn aus seinen Träumen. Er wischte sich über die Augen und blickte auf den kleinen Wasserstrahl zu seinen Füßen.

»Wenn es wahr ist, Rosa«, sagte er stockend, »wenn ich recht behalte mit meinen phantastischen Gedanken, dann hast du heute eine neue Welt entdeckt.«

Sie schüttelte den Kopf. »Ich verstehe dich nicht.«

Er nickte. »Wie kannst du das auch?« Er atmete tief auf. »Ich kann es ja selbst kaum verstehen. Ich kann es noch gar nicht glauben! Es ist zu phantastisch, um wahr zu sein. Die Vernunft sträubt sich dagegen, solche Träume als wahr anzusehen. Aber ist es wahr, gibt es wirklich das, was ich hier hinter dem Felsen vermute ...« er legte die Hände an den Felsen ... »um-arme ich hier die Kraft, die noch kein Mensch gebändigt hat, dann wird man in zehn Jahren Montenegro nicht wiedererkennen.«

»Es ist mehr als eine Quelle?«

»Viel mehr, Rosa ... ungeheuer viel mehr. Weißt du, was ein Ozean ist?«

»Nein.«

»Er ist ein großes Meer ... ein Meer, größer als Länder und Kontinente ... ein Meer, über das du wochenlang fährst, ohne ein Ufer zu sehen.« Er klopfte an den Felsen. »Hier drin, in dem Felsen, Rosa, liegt ein Ozean im Vergleich zu einer Quelle, wie wir dachten. Ein See, ein unterirdischer, eingeschlossener See.«

Rosas Gesicht wurde bleich, »Ein See über Zabari?« sagte sie leise. Ihre Stimme schwankte. »Wenn der Felsen bricht, sind wir alle vernichtet ...«

Einen Augenblick hielt Meerholdt den Atem an. Rosa sprach aus, was außerhalb seiner bisherigen Gedanken lag. Jetzt gewann es Gestalt, jetzt wurde es eine Gefahr, eine riesengroße, allmächtige, überwältigende Gefahr.

Die Fackeln! Der Mann mit den Fackeln kannte den See! Er hatte den Stein auf ihn geworfen, er hatte Elena Osik getötet ... er würde auch den Felsen sprengen und die Natur ersaufen lassen in einer neuen Sintflut! Die Natur, Zabari, das Bauwerk, die tausend Arbeiter, ihn und Rosa ...

»Wir müssen sofort zurück!« Meerholdt nahm Rosas Hand und rannte mit ihr aus den Felsen dem Walde zu. Hier sah Jossip sie wieder ... er sah sie den Hang hinab laufen, Hand in Hand, wie Kinder. Er ahnte nicht, welche schrecklichen Gedanken sie so beflügelten ... er sah sie nur zusammen aus dem Wald kommen, zwei Menschen, die sich an ihm versündigten, an Jossip, der einen Anspruch auf Rosa hatte, weil sie ihm in der Wiege nach altem Gesetz versprochen war.

Er erhob sich und ballte die Faust. Drohend hob er sie und schwang sie durch die Nacht. »Ich vernichte euch!« sagte er leise. »Ich ertränke euch wie die Ratten! Euch alle. Alle!«

Meerholdt und Rosa rannten in das Lager. Keuchend riß er die Tür seines Zimmers auf und stürzte auf das Telefon.

»Belgrad!« schrie er. »Geben Sie mir sofort Belgrad. 5 67 98. Blitzgespräch!«

Er sank auf einen Stuhl und wischte sich mit dem Ärmel den Schweiß von der Stirn. Sein Herz schlug wild gegen seine Rippen.

Eine Stimme schnarrte im Apparat, Meerholdt beugte sich vor. »Ich brauche den Minister!« schrie er. »Sofort! Ob er schläft, ist mir ganz gleich. Wecken Sie ihn! Es ist dringend. Es geht um Millionen ...«

Drei Minuten später sprach er mit dem Minister ...

Pietro Bonelli hatte Urlaub bekommen.

Die Schweigsamkeit Katjas hatte an seinen Nerven gezehrt, und er war solange jammernd um Meerholdt herumgestrichen und hatte des Abends traurige Lieder zur Laute gesungen, bis sich Ralf erweichen ließ und sagte: »Hau ab, du Jammerlappen! Aber wehe dir, wenn du Katja nicht heiratest.«

Nun war Bonelli in Sarajewo und ließ sich von einem Barbier rasieren und frisieren. Der Barbier hatte seinen »Salon« nahe dem Krankenhaus und war ein Orientale, ein Serbe mohammedanischen Glaubens.

Barbiere sind schwatzhaft. Das gehört zum Geschäft ... ein stummer Barbier wäre wie Sekt ohne Perlen oder eine Frau ohne Raffinesse. Nachdem er mit Bonelli über das Wetter geplaudert hatte, über Sarajewo und den Mord an Erzherzog Ferdinand, von dem der Fremdenverkehr Sarajewos noch heute zehrt, über die neue Brücke, die man über die Bosna schlagen wollte und über die Soldaten, die in Sarajewo alle Mädchen verrückt machten, sagte er etwas, was Bonelli fast aus dem Barbierstuhl trieb.

»Und nebenan, Herr ... nebenan, im Krankenhaus ... Oh!« Er verdrehte die Augen und schnalzte mit der Zunge.

»Da ist ein Mädchen ... was sage ich, Mädchen ... eine Wildkatze, eine Pantherin, eine Houri aus dem siebten Himmel Allahs! Sie putzt dort ... ein schwarzer Teufel, Herr! Allah hat mir vier Frauen erlaubt ... ich werde sparen ... 10 000 Dinare und mehr, und mir dieses Kätzchen fangen!« Der Barbier schnalzte wieder mit der Zunge. »Katja heißt sie ...«

»Ka ... Katja ...« stöhnte Bonelli. Er wagte nicht, sich zu bewegen, denn der Barbier hatte seine Nase gefaßt und rasierte ihn unter dem Kinn.

»Katja! Oh! Ich schlafe keine Nacht, seitdem ich sie gesehen habe! Ab und zu kauft sie bei mir ein ... ein Fläschchen mit Riechwasser, Lippenstift, Puder, Creme ... oh, ich könnte ihr die Füßchen küssen, wenn sie kommt. Ich bin ihr Sklave, ihr Hündchen, ihr Läuschen ...«

Bonelli seufzte und schloß die Augen. »Und das Kätzchen liebt dich auch?« fragte er mühsam.

Der Barbier stellte sich in Positur, Bonelli sah es im Spiegel ... er zwirbelte seinen dicken Schnurrbart. »Kann man mir widerstehen?« sagte er stolz. »Allah hat mir alle Männlichkeit gegeben, die er bei der Erschaffung der Welt zu verteilen hatte! Ich werde das Berglöwchen noch erobern ...«

Bonelli litt Höllenqualen, ehe er den Salon verließ und Kennif - so hieß der feurige Barbier - sogar noch 20 Dinare Trinkgeld gab. »Auf Wiedersehen, Herr Graf!« schrie ihm Kennif nach. »Allah halte schützend seine Hand über Euch!«

»Katja«, dachte Bonelli. Außerhalb der Rasiermesser Kennifs kehrte in ihm die Wut zurück. Katja, du Aas! Nach Sarajewo gehen und die Männer verrückt machen! Und der arme Pietro muß in der Wildnis leben, unter tausend weibertollen Arbeitern und einem Mörder, der nachts blutige Unterwäsche im Lager verteilt! Schöne Blicke nach den Soldaten werfen und mit dem Hintern wackeln, den Lidern klappern und mit dem rotgemalten Mäulchen plappern ... Madonna mia - das hört auf! Das hat Pietro Bonelli nicht verdient. Der liebe, der treue Bonelli!

Er ging geradewegs zum Krankenhaus und wurde am Eingang vom Pförtner aufgehalten.

Pförtner sind in der ganzen Welt gleich. Sie sind berufsmäßig neugierig und, wenn sie alles wissen, abweisend. So wurde auch Bonelli von dem Pförtner angehalten und an der Tür festgenagelt.

»Wohin?« fragte der lange, dürre Bosniake. Er hatte einen weißen Kittel an und wirkte wie ein Arzt. Darauf war er besonders stolz, vor allem, wenn Bauern kamen und ihn unwissend mit »Herr Doktor« anredeten. Ein Bauer, der ihn sogar »Herr Professor« nannte, bekam eine Zigarre von ihm ... es war der bisherige Höhepunkt seines Lebens.

Um so mehr war er enttäuscht, entsetzt und wütend, daß der weltgewandte Bonelli in ihm den Portier erkannte und ihn anschrie:

»Das geht dich einen Dreck an, du Idiot!«

Der Portier erstarrte. »Raus!« sagte er laut.

Bonelli zog die Augenbrauen zusammen. »Ich bin der Verlobte von Katja Dobor«, meinte er etwas freundlicher.

Wieder musterte ihn der Pförtner, diesmal mit einem diskreten Kopfschütteln. »Du?« sagte er gedehnt. »Ich hätte der Katja einen besseren Geschmack zugetraut.«

»Vielleicht so ein in der Mangel langgezogenes Handtuch wie dich, was?« Bonelli schäumte. Erst der Barbier, jetzt der Idiot von Portier. O Katja, Katja ... Bonelli seufzte und beherrschte sich. »Kann ich vorbei?« fragte er. Seine Stimme war rauh vor Erregung.

»Der Chefarzt wird dich hinauswerfen.«

»Ich werde ihn nicht stören ... ich will zu Katja.«

»Eben deshalb.« Der Pförtner grinste. »Er liebt nämlich Katja ...«

Bonelli schwankte. »Ich werde heimlich die Treppen hinaufsteigen, an seinem Zimmer vorbeirennen.«

»Dann trifft dich der Stationsarzt. Er stellt Katja seit zwei Monaten nach ...«

Als ein gebrochener Mann schlich Bonelli wie ein Verbrecher ins Krankenhaus und suchte Katja auf Station III.

Vor einer Glastür blieb er stehen.

In Goldbuchstaben stand darauf: Station III.

Und darunter: Männer-Station.

Bonelli schluchzte und trat die Tür auf. Über den Gang kam ihm Katja entgegen ... in einem weißen Kittel, auf den gedauerwellten Locken ein weißes Häubchen, in seidenen Strümpfen und hohen Pumps, mit einem hellrot geschminkten Mündchen und ein wenig Rouge auf den braunen Wangen.

Carissima - welche Wonne, sie zu sehen. Bonelli hob beide Arme und schrie:

»Madonna! Katja! Süßes! Pietro ist da!«

Was Katja in der Hand trug, sah Bonelli nicht. Er hörte es nur klirren, als es zu Boden fiel, und am Zerschellen vernahm er, daß es etwas Gläsernes gewesen sein mußte. Dann lagen sie sich in den Armen, küßten sich, drückten sich und sagten so viel dumme Worte, daß keiner den anderen verstand, und man sich nur einig war, wenn man sich küßte.

So traf sie der Stationsarzt. Er tippte Pietro auf die Schulter. Bonelli sah zur Seite, bemerkte einen weißen

Kittel, dachte, es sei der Portier und schrie: »Geh weg, du Mißgeburt!«

Als er seinen Irrtum bemerkte, war es bereits zu spät. Zwei stämmige Krankenwärter, wie Klötze aus Eichen geschnitzt, faßten ihn und warfen ihn auf die Treppe. Es ging schnell, als habe man es geübt.

»Heute abend im Café Mostar!« schrie Bonelli noch, dann rollte er glücklich die Treppe hinab, vor die Füße des Portiers.

»Chefarzt?« fragte dieser voll Mitleid.

»Stationsarzt!« Bonelli erhob sich und rückte seinen Rock gerade. »Aber sie hat mich geküßt!«

»Katja?«

»Ja.«

»Dann sind Sie wirklich der richtige Bräutigam?«

»Ja.« Bonelli hob stolz seine Brust. »Ich kann für mich in Anspruch nehmen, die schönste Frau Sarajewos zu besitzen.«

Mit stampfenden Schritten verließ er das Krankenhaus. Der Bosniake sah ihm lange nach, wie er durch den Staub der Straße marschierte, von Kennif, dem Barbier, ehrfürchtig gegrüßt wurde und dann im Gewimmel des Marktes und des Bazars verschwand.

»Die Katja«, sagte er. »Es ist doch merkwürdig, daß die schönsten Frauen die blödesten Männer haben!«

Womit er etwas aussprach, was täglich Tausende von Männern denken ...

Am Abend trafen sich Katja und Bonelli im Café Mostar. Katja Dobor hatte drei Koffer bei sich und sah sehr unglücklich aus.

»Sie haben mich rausgeworfen«, sagte sie. »Sie meinten, sie könnten kein Mädchen beschäftigen, das einen Flegel als Mann hat.«

Bonelli hatte drei Martell getrunken und war sehr mutig. »Ich breche den Ärzten die Knochen!« sagte er selbstbewußt. »Und im übrigen braucht meine zukünftige Frau nicht zu arbeiten! Bonelli hat Geld genug! Wir werden nach Capri ziehen und eine Cafeteria aufmachen. Mit Wein, Musik, Lampions, Gondelfahrten und einer Küche ... Katja ... sie wird in einem Jahr in der ganzen Welt berühmt sein!«

Sie glaubte es ihm. Ihr Gesicht hellte sich wieder auf. »Wie lange bleibst du in Sarajewo?« fragte sie, indem sie den Kaffee trank.

»Drei Tage nur, angelo mio ... dann fahren wir zurück nach Zabari.«

»Ich auch? Ich wollte mir hier eine neue Stelle suchen. Ich muß noch Geld verdienen für deine - wie hieß das?«

»Cafeteria! Aber das ist doch Dummheit, Katja. Wenn die Sperre in Zabari fertig ist, läuft mein Vertrag ab. Dann fahren wir in einem schönen Zug nach Triest, von Triest nach Rom, von Rom nach Capri. Du wirst sie alle übertreffen ... die Amerikanerinnen, die schlanken Engländerinnen, die schmalhüftigen Griechinnen, die grazilen Französinnen und die Deutschen, die gleich, wenn sie ins Lokal kommen, rufen: Herr Ober - ein Pils! Oder: Herr Ober - ein Schnitzel mit Bratkartoffeln! Katja - sie werden dich bewundern und dich umschwärmen wie die Motten das Licht. Und ich werde stolz sein und mich in deiner Schönheit sonnen.«

Was er sagte, glaubte er selbst nicht. Schon der Gedanke, daß die Gäste seines Lokals Katja ansahen, erzeugte in ihm die Übelkeit der Eifersucht, Aber er spielte den Großzügigen und glänzte vor Katja wie ein Pfau, der sein glitzerndes Rad schlägt und nach dem Weibchen gurrt.

Drei Tage wohnten sie in einem kleinen Hotel nahe der Bosna. Sie sahen aus dem Fenster auf den Fluß und die Bogenbrücken, auf die Moscheen des islamischen Teiles der Stadt und den Bazar mit den bunten Wimpeln. Unter ihrem Fenster, am Ufer der Bosna, knieten jeden Morgen die Waschfrauen und schlugen mit Holzklatschen den Schmutz aus der Wäsche, die sie nachher im fließenden Wasser spülten. Ein Limonadenverkäufer rief sein süßes Getränk aus ... Brezelbäcker und Silberhändler standen an den Ecken und stürzten sich auf die Fremden. Ein Bettler saß vom frühen Morgen bis zum späten Abend gegenüber dem Hotel auf der Erde und hatte seinen Mund weit offen. Man sah seinen zahnlosen Gaumen, besät mit Geschwüren. Wovon er lebte, wie er essen konnte, das wußte niemand und sah keiner. Aber er lebte und saß auf der Erde. Wie sagte doch Kennif? Allah ist groß! Nur der Mensch erkennt es nicht ...

Es waren drei Tage aus dem Märchenbuch von 1001 Nacht.

Pietro Bonelli war nach diesen drei Tagen überzeugt, daß er ein Glückspilz sei, und daß es überhaupt keinen Menschen auf der Welt gäbe, der sich mit seinem Glück messen konnte.

»Onassis hat Millionen«, sagte er einmal zu Katja. »Rockefeller hat Milliarden, den Aga Khan beten einige Millionen als Halbgott an ... sie alle sind arm gegen mich! Denn nur Pietro Bonelli hat das Glück, von dir geliebt zu werden ...«

Am vierten Tag fuhren sie zurück nach Zabari ... die elgante, kokett gewordene Katja Dobor und der vor Stolz wie ein englischer Kröpfer einherstolzierende Bonelli.

Ihr Einzug in das Dorf war überwältigend. Schon die Fahrer der Transportkolonne, mit der sie zurückfuhren, schnalzten mit der Zunge und sagten: »Na, Puppe!«, was Bonelli bereits sehr mißfiel ... im Dorf rotteten sich die Bauernburschen zusammen und stierten Katja wie einem Weltwunder nach, als sie trippelnd und hüftenschwenkend in Bonnelis Küchenbaracke verschwand. Josef Lukacz kratzte sich den Kopf - es war das Pech Bonellis, daß er gerade aus Plewlja gekommen war, um einen defekten Betonmischer abzuholen.

»Katja«, sagte Lukacz entgeistert. »Es ist, als ob der Mond plötzlich heller ist als die Sonne ...«

Um so dunkler wurde es bei Pietro Bonelli. Während sich in seiner Kantine die Arbeiter stauten und die Theke belagerten, hinter der Katja bediente, während es unterirdische Tritte gegen Schienbeine gab und Kämpfe um den Platz vor Katjas Ausschnitt (ein Kleid, das sie sich nach einem Pariser Modenblatt selbst genäht hatte), erlitt Bonelli einen Rückfall in die düstere Zeit der ersten Wochen von Zabari.

Er holte aus dem Magazin gerade einige Flaschen Slibowitz und einige Dosen Würstchen, als wieder aus der dunklen Ecke eine Faust hervorschnellte und Bonellis linkes Auge traf. Brüllend warf er die Flaschen und die Würstchendosen hin ... aber der Täter war schon in der Nacht verschwunden, schemenhaft und katzengleich.

Bonelli schrie und kreischte. Er tanzte wie ein Irrer auf dem Hof herum und brüllte Flüche, die auf keinem Index stehen, da sich der Index schämen würde, sie aufzunehmen.

Trotz sofortiger Kühlung mit Alkohol, trotz Borwasser und absoluter Ruhe ... das linke Auge wurde blau und bildete die freudige Sensation von Zabari. Selbst Meerholdt kam in das Zimmer Bonellis und drückte ihm sein Beileid aus. Katja saß neben ihm auf dem Bett und kühlte das Auge mit feuchter Watte.

»Es war wieder Josef!« schrie Bonelli und war nur mit Mühe im Bett zu halten. »Ich kenne diesen Hieb! Morgen bringe ich ihn um ...«

Am nächsten Tag war Lukacz schon wieder in Plewlja und betrank sich vor Kummer und Wonne. Für Josef aber kamen andere Konkurrenten, diesesmal sogar aus den Reihen von Bonellis Landsleuten. Sie brachten Katja ein Mandolinenständchen, und Mario, der singende Holzfäller, schluchzte eine Arie aus La Bohème und lockte damit Katja im Nachthemd an das Fenster.

Bonelli biß in die Kopfkissen und verfluchte den Einfall, Katja aus Sarajewo wieder nach Zabari gebracht zu haben. Dann fiel ihm der Chefarzt ein, der Stationsarzt, der Barbier Kennif, und er setzte sich seufzend ins Bett und kraulte sich den Kopf.

»Wen Gott strafen will, dem gibt er eine schöne Frau«, sagte er. Dann nahm er einen Eimer Wasser und schüttete ihn über den singenden Mario ... kurz vor dem hohen C, das dadurch kläglich mißlang. »Diabolo!« schrie er aus dem Fenster. »Das nächstemal schieße ich!«

Er riß Katja zurück und schloß das Fenster mit einem Knall. »Im Sommer heiraten wir!« sagte er energisch. »Und dann kaufe ich mir ein Maschinengewehr und schieße auf jeden, der dich nur ansieht!«

Katja Dobor lächelte still.

»Er hat eine so schöne Stimme«, sagte sie.

»Wer?«

»Mario ...«

Wie ein Irrer zertrümmerte Bonelli zwei Stühle, ehe er stöhnend ins Bett sank.

Wie sagten doch die Chinesen: Eine kleine hübsche Eselin ist teurer als ein starkes häßliches Kamel ...

5

Aus Belgrad war eine kleine Studienkommission nach Zabari gekommen. Es waren drei Herren vom Staatlichen Geologischen Institut. Sie hatten die Aufgabe festzustellen, ob wirklich in dem großen Felsen über dem Dorf ein See eingeschlossen sei.

Hauptmann Vrana hatte neben dem Austritt des

Wassers eine Gruppe Soldaten stationiert. In Zelten wohnten sie am Waldrand und bewachten Tag und Nacht die Umgebung des geheimnisvollen Baches. Niemand durfte sich dem Felsen nähern - in seiner rigorosen Art hatte Vrana befohlen, auf jeden zu schießen, der sich in der Umgebung der »Quelle« - wie er den Wasseraustritt nannte - bewegte. Nur Jossip machte eine Ausnahme ... er mußte seine Herde in den Bergen hüten und konnte ungehindert in seinem Gebiet umherstreichen.

»Jossip ist ein guter Trottel«, sagte Vrana zu seinen Unteroffizieren. »Er kann jederzeit passieren. Aber bei jedem anderen dreimal Halt rufen und dann sofort schießen. Befehl aus Belgrad!«

So sah Jossip aus der Nähe, wie die drei Geologen aus Belgrad Gesteinsproben entnahmen, wie sie den Berg vermaßen und in den Felsen herumkletterten, um irgendwo einen Eingang zu dem unterirdischen See zu finden.

Sie suchten vergebens, denn Jossip hatte die Felsspalte, die in den Berg führte, mit dicken Steinen geschlossen. Sie sah genau so zerklüftet aus wie alle anderen Felspartien, und keiner ahnte, daß hinter ihr sich ein gewaltiges Reich der Natur öffnete, das bisher nur eines Menschen Fuß betreten hatte. Ein Mensch, der sein Geheimnis verteidigte, um schreckliche Rache an den Menschen zu nehmen.

Daß Rosa - ohne es zu wissen - den See, seinen See an Meerholdt verraten hatte, erschütterte Jossip mehr als alles andere. Die Geologen konnte er irreführen, auch Meerholdt suchte vergebens einen Zugang ... Rosa konnte er nicht betrügen. Sie war ein Kind der Berge, sie würde die Spalte finden und mit ihr das letzte, das schreckliche Mittel seiner Rache an Meerholdt.

Jossip wußte, daß ihm nur wenig Zeit blieb, sein Dorf zu vernichten. Schon hatte man aus Belgrad Spezialbohrgeräte angefordert ... große Lastwagen brachten stählerne Gerüste, die man am Fuße des Felsen aufbaute, Ölbohrtürmen gleich. Eine starke elektrische Leitung und ein dickes Rohr wurden vom Tal aus den Hang hinaufgelegt, ein Überlaufbecken aus Beton wurde gemauert, eine Baracke entstand am Waldrand.

Die Technik kam in sein Reich!

Jossip stand bei den Arbeitern, als sich die ersten Bohrer in das Gestein fraßen. Knirschend, durch fließendes Wasser gekühlt, drangen die armdicken Stahlstangen in das Innere des Berges vor.

Jossip lächelte. Sie bohrten an der falschen Stelle. Der See lag seitlicher, mehr zum Steilhang hin ... hier trennte ihn nur eine dünne Wand. Wenn man den Steilhang aufsprengte, würde der See mit einem einzigen Schrei ins Tal auf Zabari stürzen ... hier, wo sie bohrten, fraß sich das Metall tief in den Felsen hinein, unter dem See hindurch. Hier war nur Stein, jahrmillionen alter Stein.

»Geh weg, du Affe!« schrie einer der Arbeiter. Er hockte auf dem Bohrturm, schwitzend und mit Fett beschmiert, und setzte mit drei anderen Arbeitern die Bohrverlängerungen an.

»Wieviel Meter?« fragte Meerholdt. Er hatte eine Zeichnung in der Hand, die nach den Vermessungen der Geologen angefertigt war.

»Sechszehn Meter.« Der Geologe zuckte mit den Schultern. »Noch immer Gestein. Ich rechne mit mindestens vierzig Meter Wanddicke.«

Jossip nahm seinen Lammfellmantel und ging den Bergpfad hinauf, vorbei an den Soldaten und Hauptmann Vrana, der in der Sonne lag und sich bräunen ließ.

»Was sucht ihr hier?« fragte er. Die Soldaten lachten.

»Einen dicken Stock, um dir den Arsch zu verhauen!«

Selbst Hauptmann Vrana lachte, als Jossip beleidigt weiterging.

Ich habe wenig Zeit, dachte Jossip bei jedem Schritt. Morgen bohren sie woanders ... dann um den Berg herum ... einmal werden sie an den Steilhang kommen und den See entdecken. Und Rosa wird ihnen helfen ... sie wird die Stelle finden, die in den Berg führt, sie wird sie wittern wie ein Wild, das sich die Höhlen sucht, um sich in ihnen vor der Kälte der Nacht zu verkriechen. Ich habe wirklich wenig Zeit ...

An diesem Abend saß Jossip im Garten der Suhajas unter einem Strauch und wartete auf Rosa.

Er kaute an einem Stück Maisfladen und dachte an Elena Osik. Sie lebte seit einigen Tagen völlig allein in der verborgenen Hütte ... er hatte nie die Zeit gefunden, nach ihr zu sehen. Seitdem sie am Felsen bohrten, war es auch zu gefährlich geworden, denn wie leicht konnte ihn einer der Soldaten beobachten und den Weg zu dem versteckten Plateau finden.

Elena hatte genug zu essen. Auch Kleider hatte ihr

Jossip besorgt, ihre eigenen Kleider. Er war in einer Nacht in die Baracke eingebrochen und hatte den Koffer geöffnet, der noch immer in der Ecke ihres Zimmers stand. Aus ihm nahm er alles mit, was nach seiner Ansicht für Elena wichtig war. Dann verschloß er den Koffer wieder und wartete tagelang darauf, daß man den Einbruch entdeckte. Aber niemand merkte es, keiner beachtete den Koffer mit den aufgebrochenen und nur notdürftig wieder zugedrückten Schlössern.

»Sie sind dumm, deine Freunde«, sagte er zu Elena, als er ihr die Sachen auf den Tisch warf. »Sie haben dich schon vergessen ...«

Elena musterte die Sachen, die Jossip mitgebracht hatte. Zwei Kleider, Unterwäsche, Strümpfe, zwei Paar Schuhe, einen dünnen Sommermantel.

»Wo ist der Hüfthalter?« fragte sie.

»Was?« fragte Jossip erstaunt zurück.

»Womit soll ich meine Strümpfe festhalten?« sagte sie wütend. »Du bist doch ein Idiot!«

»Nimm zwei Nägel und nagele sie fest«, schrie Jossip. »Oder binde sie fest ... wir haben Leinenband genug hier.«

Er aß aus einer aufgeschnittenen Büchse Cornedbeef mit dem Messer das Fleisch und schnalzte mit der Zunge.

»Es schmeckt besser als Hammelbraten«, stellte er fest. »Aber das ändert nicht, daß ich dich töten werde.«

Elena zog sich um ... als sie ihr Kleid wieder übergeworfen hatte, trat sie an den Tisch heran.

»Was soll das alles, Jossip?« sagte sie. »Wenn du mich töten wolltest, hättest du es längst getan. Statt dessen brichst du ein, holst meine Kleider, schleppst einen Sack Lebensmittel in die Berge und spielst hier nur mit dem Mund den wilden Mann. Was hast du vor?«

»Nichts«, antwortete Jossip langsam.

»Du hast eine Gemeinheit vor. Ich fühle es.«

»Dann frag' nicht ...«.

»Du willst Ralf unschädlich machen ...«

»Ich will ihn vernichten!«

»Indem du mich hier versteckst?«

Er schüttelte den Kopf. »Das war falsch. Ich gebe es zu. Ich hatte einen anderen Plan ... aber er hat ihn mir zerstört. Er war stärker als ich! Du könntest jetzt frei sein, wenn du nicht wüßtest, wer ich bin! Ich habe jetzt eine stärkere Waffe gegen ihn. Eine Waffe, die mir Gott selbst gegeben hat!«

»Du spinnst, Jossip!« Elena setzte sich auf die Tischkante und zog Jossip die Büchse mit dem Fleisch fort. »Laß uns vernünftig sprechen, du Scheusal! Laß mich 'raus aus deiner dreckigen Hütte, und ich verspreche dir, niemandem zu sagen, daß du es warst! Ich werde sagen, es war ein Unbekannter, den ich nie gesehen habe!«

Jossip schüttelte den Kopf. Er wischte sich den fettigen Mund mit dem Ärmel seiner Jacke ab. »Das Wort einer Frau ist hohl wie ein alter Baum ... der erste Sturm wirft ihn um!« Er sah sie groß an. »Sie werden dich verhören, Tag und Nacht, und du wirst die Wahrheit sagen. Nein – du wirst frei sein, wenn ich Rache genommen habe. Dann wirst du das letzte, große Grauen erleben, ehe du zurück nach Zagreb gehst. Du wirst die Welt nicht wiedererkennen ... du wirst um sie weinen ...«

»Die Welt! Weißt du überhaupt, was die Welt ist, Jossip?«

Er nickte. »Meine Berge - sonst nichts. Was hinter und vor ihnen liegt, sind Länder, Meere und Völker, die mir so fremd sind wie die Sterne, so gleichgültig wie das Gesicht des Mondes! Sie gehen mich nichts an, und sie kümmern sich nicht um mich. Aber meine Berge, meine Weiden, meine Täler und Schluchten ... das ist eine Welt, die ich sehe, die ich kenne, die ich liebe, in der ich geboren bin und in der ich sterben werde! Und diese Welt werde ich vernichten ...«

»Dann vernichtest du auch dich, Jossip!«

»Ich weiß. Aber es wird eine große Vernichtung werden. Eine herrliche Vernichtung. Es wird sich lohnen, mit ihr unterzugehen!« Seine Augen leuchteten auf ... es war ein fast irres Feuer, das ihn ergriff. Er beugte sich über den Tisch vor und sah Elena ins Gesicht. Sein Mund war verzerrt. »Ich kann nicht leben ohne Rosa ... und Rosa wird mit vernichtet werden. Auch dein Ralf ... die tausend Arbeiter ... das ganze Dorf ... das ganze Vieh ... die Wälder, die Berge, die Tiere ...« Er keuchte vor Erregung. »Ich werde nichts zurücklassen. Nichts!«

Elena erhob sich vom Tisch. »Du bist wirklich verrückt«, sagte sie stockend. Sein flackernder Blick erzeugte Angst in ihr.

Er schloß die Augen und lehnte sich zurück.

»Sie haben mich dazu gemacht ...« sagte er leise.

»Sie wollten es nicht anders ... Sie haben mir Rosa genommen ...« –

An dieses Gespräch dachte Jossip, als er im Garten der Suhajas saß und auf Rosa wartete. Als er sie kommen sah, erhob er sich und kam ihr entgegen. An den offenen Ställen für die Schafe trafen sie sich.

»Was willst du hier, Jossip?« fragte sie. Sie ging an ihm vorbei, aber er hielt sie am Ärmel fest.

»Ich muß dir etwas zeigen, Rosa. Ich habe in den Bergen etwas entdeckt, etwas Wunderbares, Rosa. Ein Märchenreich ... ein Palast der Feen und Kobolde ...«

Rosa drehte sich um. »Du träumst, Jossip.«

»Nein, nein, Rosa! Gestern nacht suchte ich ein Schaf. Es war ausgebrochen und irrte in den Felsen umher. Ich folgte ihm, und plötzlich stand ich vor einer Höhle. Es war, als habe sich der Felsen geöffnet, als habe eine Zauberhand den Berg geteilt. Zitternd stand das Schaf davor. Ich band es an und ging ganz langsam in die Höhle, Schritt für Schritt, mit den Händen mich an den Wänden vorwärts tastend. Und plötzlich öffnete sich der Gang zu einer weiten Halle, und es glitzerte in ihr wie von unzähligen Diamanten ... Dicke Säulen wuchsen vom Boden an die Decke, und von der Decke hingen breite Falten glitzernden Gesteins. Ich hatte eine Fackel mit und ließ den Schein kreisen ... da war es, als stünde ich in dem unterirdischen Palast eines Geisterkönigs: Die Decke war aus Diamanten, die Wände aus Kristall, und der Boden schimmerte wie Gold im Licht meiner Fackel. Und von weit her ... ganz leise, aber deutlich zu hören, rauschte es im Berg, als stürzte ein silbernes Wasser über viele, viele Treppen ...«

Rosa hatte mit staunenden Augen zugehört. Ihre Brust hob und senkte sich schneller, eine innere Erregung hatte sie erfaßt.

»Ein unterirdisches Wasser?« fragte sie leise. »Es rauschte in dem Felsen?«

»Und die Halle war wie voll Gold.« Er faßte wieder ihren Arm. »Komm, Rosa ... ich will sie dir zeigen ...«

»Es war wirklich Wasser?«

»Ich glaube es! Ein unterirdischer Fluß.«

Rosa erfüllte die Entdeckung Jossips mit Glück. Sie glaubte, es sei der unterirdische See, den Meerholdt seit Wochen suchte, nach dem sie seit Tagen bohrten und dessen kleinen Abfluß sie am Fuße des Felsens entdeckt hatte.

»Gehen wir sofort, Jossip!« sagte sie eifrig.

Er nickte. »Am besten steigen wir durch den Wald ... ich will nicht, daß die Arbeiter am Berg uns sehen. Es soll ein Geheimnis bleiben, das nur du und ich kennen.«

Sie gingen durch die hereinbrechende Nacht aus dem hinteren Garten heraus und stiegen den steilen Felspfad empor, der um den Wald herumführte und dann durch diesen hindurch bis zu dem Berg, der über Zabari stand. Während des Aufstiegs sprachen sie nichts ... Jossip ging voran ... Rosa folgte ihm. Im Wald ließ Jossip sie vorgehen ... Während sie sich zwischen den Stämmen und Büschen hindurchwand, beobachtete er ihren Körper, ihre flinken Beine, die Schultern, den Hals und den Kopf mit den langen, schwarzen Haaren. Ein heißes Rieseln durchströmte seinen Körper ... er atmete schwer und spürte, wie sein Kopf brannte und das Blut in seinen Schläfen klopfte.

In einer Lichtung hielt Jossip Rosa am Arm fest. Seine Augen brannten vor Leidenschaft.

»Ruh dich ein wenig aus«, sagte er heiser. »Du bist müde von dem schnellen Laufen.«

Sie schüttelte den Kopf. »Aber nein, Jossip!« Sie lachte leise. »Wie oft bin ich durch den Wald gelaufen.«

Er setzte sich auf den Boden und breitete seinen Mantel neben sich aus. »Komm - der Gang durch die große Höhle ist schwer. Ruhe dich aus ...«

Gehorsam setzte sie sich an seine Seite und schlang die Arme um die angezogenen Knie. Sie schaute empor ... durch die Wipfel der Bäume leuchteten die Sterne, der Mond stand am Rande des Felsens und beschien die Lichtung. Er machte Jossips Gesicht bleich und das Gras silbern.

»Wie ruhig es ist«, sagte sie.

»Sie arbeiten heute nicht im Tal.« Seine Stimme wurde dunkler. »Die Fremden werden uns alles nehmen ... sogar die Stille!«

»Aber sie geben uns Reichtum -«

»Und nehmen uns das Glück!«

Jossip betrachtete Rosa von der Seite. Ihre Lippen waren ein wenig geöffnet, das schmale Gesicht war gerötet. Wie ein Schleier umgab ihr langes Haar ihre Schultern und die vollen Brüste. Ihre Hüften waren schmal, und die Beine, die unter dem

Kleid hervorsahen, waren braun und glänzten im Mondschein.

Eine Königin, dachte Jossip. Meine Königin ... Nur mein, mein ... mein.

Er spreizte die Finger und drückte sie an seine Seite. Dann schnellte er plötzlich vor, warf sich auf Rosa, schleuderte sie nach hinten auf den Boden und lag auf ihr, ein wildes, keuchendes Tier. Ihr Schrei gellte durch die Stille des Waldes ... da preßte er seine Lippen auf ihren offenen Mund, spürte, daß sie ihn biß und daß sein Blut über seinen Hals lief. Das machte ihn irrsinnig, blind und taub ... er drückte den sich aufbäumenden Körper wieder auf den Boden und preßte sie mit seinem Gewicht in das Gras ...

Ralf Meerholdt hatte einen kleinen Umweg gemacht, als er als letzter die Bohrstelle am Felsen verließ. Die Arbeiter standen schon bei Bonellis Kantine an und holten sich ihr Abendessen, die Geologen und Techniker saßen in der großen »Chefbaracke«, nur die Soldaten unter Führung eines Unteroffiziers waren zur Wache aufgezogen und pendelten an dem Felsen hin und her.

Den Umweg hatte Meerholdt nur aus einer Laune heraus gemacht. Er wollte den großen Komplex des Baues noch einmal von oben ansehen, vom Hang des Berges aus. Ein gewisser Stolz trieb ihn dazu, ab und zu allein auf einer Höhe zu stehen und sein Werk zu überblicken, die wachsende Staumauer, die Brücken, das Turbinenhaus, die neue Straße nach Zabari, diese ganze Umwandlung eines Landstrichs nach seinen Plänen und seinem Willen.

Er war oberhalb der Schneise in den Wald gestiegen und war dabei, nach dem abgeholzten Hang hinabzugehen, als er zwei Menschen durch den Wald den Berg hinaufsteigen sah. Sie umgingen seitlich die Wachen Hauptmann Vranas und kletterten den Hang in einem Bogen hinan. Es waren ein Mann und eine Frau. Meerholdt blieb stehen und stellte sich hinter einen Baum. Um diese Stunde durfte sich niemand in den Wald wagen. In ganz Zabari wußte man, daß die Wachen sofort schossen, wenn sie eine Bewegung in der Nähe des Felsens sahen. Um so unverständlicher war der Aufstieg der beiden Personen. Waren es Fremde, die nichts von den Ereignissen wußten? Fremde in Zabari? Das gab es nicht - hier wurde jeder gesehen, der über die Straße in das Dorf kam.

Meerholdt drückte sich an den Stamm und sah den beiden entgegen. Das Mondlicht brach jetzt durch den Wald, es versilberte das Gras und tauchte die beiden Gestalten in eine fahle Helle.

Lange Haare ... das war das erste, was Meerholdt sah. Er wischte sich über die Augen, als könne es eine Vision sein, eine überhitzte Phantasie. Aber das Bild blieb: Rosa stieg in der Nacht den Bergwald hinauf, an der Seite eines Mannes!

Das Herz Meerholdts schlug wild. Er spürte plötzlich eine Übelkeit und ein Würgen im Hals. Dann sah er den Mann - sein Gesicht lag im Mondschein. Jossip! Der Schäfer Jossip. Was wollte Jossip mit Rosa in den Felsen?

Daß es Jossip war und kein anderer, beruhigte Meerholdt ein wenig. Vielleicht suchten sie ein Schaf, das Rosa entlaufen war? Es gab keinen anderen in Zabari, der besser die Tücken der Schluchten kannte als Jossip.

Auf der Lichtung blieb Jossip stehen ... zwanzig Meter von Meerholdts Versteck entfernt. Er setzte sich und breitete seinen Mantel auf dem Boden aus. Er sprach mit Rosa ... Meerholdt hörte den Klang seiner dunklen Stimme, aber er konnte die Worte nicht verstehen. Er sah, wie sich auch Rosa setzte und die Arme um die Knie schlang. Ihre langen Haare berührten jetzt fast die Erde. Ein Bild fiel ihm ein, das er als Kind in seinem Märchenbuch immer betrachtet hatte, weil es so voll Schönheit und Sanftheit war ... die Genoveva im Wald. Sie besaß lange, bis auf den Boden reichende blonde Haare ... das hatte ihn damals als Kind begeistert, es war für ihn der Inbegriff des Schönen geworden. Und jetzt, dreißig Jahre später, saß dieses Wunderbild vor ihm, nur waren die Haare schwarz, und der Wald war dunkel und in seiner Schweigsamkeit feindlich.

Ein Schrei riß Meerholdt aus seinen Erinnerungen. Er sah, wie sich Jossip über Rosa warf, wie er sie auf den Boden preßte und küßte. Er sah sie ringen ... Jossips Hand riß das Kleid Rosas über der Brust auf, wie ein Tier warf er sich immer wieder auf sie.

In Meerholdt brach ein Vulkan auf. Er stürzte über die Lichtung, er flog fast auf die Ringenden zu ... als er über eine hervorstehende Wurzel stolperte, schnellte er sich im Fallen noch vor und prallte auf Jossip, der sich herumdrehte. Er umklammerte mit vorzuckenden

Händen seinen Hals, das Gewicht seines Körpers warf sie ins Gras, seitlich von Rosa, die sich mit einem lauten Schrei zur Seite wälzte.

»Du Hund!« keuchte Meerholdt. »Du verfluchter, hinterlistiger Hund!«

Er hob seine Faust und schlug in das braune Gesicht ... einmal ... zweimal. .. dann trat ihn Jossip in den Bauch und warf ihn ab.

Fast gleichzeitig standen sie wieder ... nach vorn geduckt und bereit zum Sprung. Aus Jossips Nase und Mund lief Blut ... er leckte es mit der Zunge ab, und der Geschmack seines Blutes machte ihn irr.

Meerholdt spreizte die Finger. »Du hast also Elena getötet?!« sagte er heiser. »Du hast den Stein auf mich geworfen!«

»Ja!« Jossip zitterte vor Wut. »Und ich werde dich jetzt töten! Wir sind allein ... und wenn du um Hilfe schreist - die Soldaten kommen zu spät!«

Er griff in den Rock und hatte plötzlich ein langes Schurmesser in der Hand, haarscharf und leicht gebogen. Mit ihm schnitt er die Wolle seiner Schafe ab und schabte die abgezogenen Felle sauber, ehe sie gegerbt wurden.

Rosa schrie auf und warf sich zwischen Meerholdt und Jossip, aber ein Fußtritt Jossips schleuderte sie zur Seite auf den Boden. Wimmernd blieb sie liegen und bedeckte die Augen mit den Händen.

»Du ekelhaftes Schwein!« sagte Meerholdt keuchend. Er wußte, daß Jossip ihm das Messer in den Rücken stoßen würde, sekundenschnell, wenn er sich bückte, um Rosa zu helfen.

Er sah Jossip in die Augen. Ein alter Satz seines Judolehrers kam ihm in dieser Stunde höchster Gefahr in den Sinn: Sieh dem Gegner in die Augen. An ihnen kannst du ablesen, was er vorhat und wo er dich angreifen will.

Jossips Augen waren starr, fast leblos. Das Auge eines Bären, gleichbleibend, ausdruckslos. Und plötzlich schnellte Jossip vor, das Messer hoch erhoben, und warf sich auf Meerholdt. Im Niederschleudern hielt dieser den Arm mit dem Messer fest, mit der rechten Hand schlug er Jossip flach gegen den Hals, während er mit der linken den Arm mit dem Messer zur Seite riß und mit dem Knie den herumwirbelnden Körper zur Erde warf.

Das Messer flog Jossip aus der Hand, er stöhnte auf und sprang wieder auf die Beine. Meerholdt stand dicht vor ihm, jeder spürte den Atem des anderen auf seinem Gesicht.

»Jetzt sind wir gleich!« sagte Meerholdt. »Wir haben nur unsere Hände ...«

Rosa hatte sich aufgerichtet ... sie sah das Messer auf der Erde liegen und kroch auf allen vieren zu ihm hin. Mit letzter Kraft warf sie es weit weg in den Wald hinein und sank dann wieder zusammen, sich die Seite haltend, in die Jossip sie getreten hatte.

Sie standen sich gegenüber und beobachteten sich. Sie wußten, daß es jetzt nicht mehr um dieses Mädchen ging ... sie standen für zwei Welten, und es gab kein Zurück mehr, kein Ausweichen, keine Kompromisse. So, wie Völker und Weltanschauungen aufeinanderprallten, wie Religionen sich über Jahrhunderte bekriegten, wie Kontinente sich aufrieben und die Götter der Technik sich gegenseitig vernichteten, wie Atome im All Welten schufen und in den Retorten gezüchtet wurden, Welten zu zerstören, der ewige Kampf der Natur um Dasein und Fortbestehen war in diesem Augenblick - auf kleinstem Raum zusammengeballt - das Gegensätzliche zwischen Meerholdt und Jossip.

Es gab nur einen Überlebenden - sie wußten es! Und sie sahen sich an, mit starren, verschleierten Augen und sammelten die Kraft zum letzten Aufeinanderprall.

»Was hast du mit Elena gemacht?« keuchte Meerholdt.

Über Jossips Gesicht zog ein Grinsen. »Ich habe sie getötet. Langsam, ganz langsam getötet. Aber vorher habe ich sie ge-habt wie ein Bär die Bärin ... zweimal - dreimal - eine ganze Nacht ... und sie hat geschrien und um Gnade gefleht, und ich habe sie gequält und nach dem letztenmal getötet. Ganz langsam ... mit dem Messer ... Ich hätte sie zerschneiden können ... das schöne, weiße Fleisch.«

»Du Bestie!« Vor Meerholdts Augen flimmerte es, das Entsetzen vor diesem Menschen nahm ihm fast den Atem. »Du Saustück!«

Er sprach deutsch, und Jossip verstand ihn nicht und grinste. Mit diesem Grinsen schnellte er vor und sprang Meerholdt wie ein Panther an. Sein ganzer Körper flog durch die Luft und krachte gegen den Deutschen.

Aber wo er hingriff, war die Faust Meerholdts. Sie hatten sich umklammert und rangen mit keuchenden Lungen. Sie rollten über den Boden den abschüssigen

Hang hinab bis vor ein kleines Plateau, hinter dem der Wald zum Felsen hin steil abfiel und in einer kleinen Senke endete.

Jossip war stark, stärker als Meerholdt. Die Kraft der Natur war in ihm, die unverbrauchte Gewalt eines Menschen, der Jahr um Jahr gegen Schnee und Sonne kämpfte und nicht unterlegen war. Der die Berge besiegte und die Schluchten, den Hunger und den Durst. Ein Mann, der einen Stier an dcn Hörnern zu Boden riß und mit einem Hammerschlag ein Rind tötete.

Aber er war unbeweglicher, steifer, erdschwerer als Meerholdt. Er konnte den Judogriffen nicht ausweichen ... er lief in sie hinein und stöhnte und schrie vor Wut, wenn er wie ein Ball durch die Luft flog und auf den Boden krachte. Doch immer wieder stürmte er heran, den Kopf gesenkt wie ein angreifender Stier, und jeder Schlag, der Meerholdt traf, jede Umklamme-rung nahm dem Deutschen die Luft und machte ihn unterlegen.

Am Rande des steil abfallenden Hanges standen sie sich wieder gegenüber. Sie blickten in die Tiefe, und jeder wußte, was der andere dachte. Sie sprachen kein Wort mehr ... ihre schweißüberströmten Körper in den zerrissenen Kleidern bebten vor Anstrengung. Noch einmal stürzten sie aufeinander ... Jossips Hände griffen in die Luft, Meerholdt hatte ihn unterlaufen und schleuderte ihn jetzt mit letzter Kraft zur Seite über den Rand des Hanges hinaus,

Dann war Leere um Jossip ... er fiel, er spürte einen Aufprall, seine Hände krallten sich in den Boden, aber sein schwerer Körper rollte und wirbelte den steilen Hang hinab, eine Lawine von Steinen und Kies hinter sich herziehend. Staub nahm ihm den Atem und erstickte ihn fast ... immer und immer wieder griffen seine blutigen Hände um sich, krallten sich fest und wurden wieder losgerissen von dem eigenen Gewicht. Sein Körper wurde aufgeschlagen ... die Schulter klaffte auf ... die Beine brannten ... da fanden seine Hände Halt an einem Busch, der auf dem Steilhang wuchs und seinen Sturz aufhielt. Er klammerte sich an den Zweigen fest, warf sich in das Gestrüpp und schloß die Augen.

So lag er, ein zerschellter Körper, die ganze Nacht hindurch und weinte vor Zorn ...

Meerholdt hatte den Körper Jossips fallen sehen ... er hörte, wie er hinabrollte, wie Steine und Sand ihm folgten und die Lawine sich entfernte. Es schauderte ihn, hinabzublicken und seinen Sieg zu betrachten. Schwankend ging er ein paar Schritte auf Rosa zu, die noch immer auf der Erde lag und sich die Seite hielt. Aber er erreichte sie nicht mehr ... er sah erstaunt, wie seine Knie einknickten, wie die Beine einfach versagten und seinem Willen nicht mehr gehorchten. Mit einem Ächzen fiel er ins Gras und sah noch, wie eine Wolke sich über den Mond schob. Mit dieser Wolke verließen ihn die Sinne. Er lag im Gras wie ein Toter ...

In der gleichen Nacht noch wurde Jossip gesucht. Hauptmann Vrana selbst leitete die Streifen ... das gesamte Militär war aufgeboten und durchkämmte die Felsen und Schluchten.

Sie fanden Jossip nicht. Sie entdeckten auch nicht seine Hütte. Mit dem Augenblick, in dem ihn Meerholdt den Hang hinabwarf, war er verschwunden. Die besten Kletterer der Gebirgsjäger fanden zwar den Busch, an den er sich angeklammert hatte ... die Steine waren um ihn herum mit Blut verschmiert, auch an dem Astwerk klebte Blut. Von da ab hörte jede Spur auf.

Rosa hatte man in Ralfs Haus getragen. Ein Arzt, der sofort aus Titograd geholt wurde und in der nächsten Nacht mit einem Sonderwagen eintraf, untersuchte sie eingehend.

Er blieb lange in dem Zimmer hinter dem Zeichenraum, das Meerholdt als Krankenstube eingerichtet hatte. Es roch nach Karbol und Äther, als sich die Tür öffnete und der weiße Kittel des Arztes im Licht der starken Lampen leuchtete.

Meerholdt hatte die ganze Zeit über in einem Sessel gehockt und auf die Uhr gesehen. Zehn Minuten ... zwanzig ... eine halbe Stunde ... Die Angst schnürte ihm die Kehle zu. Durch die dünne Tür hörte er das Klappern von Instrumenten und das leise Stöhnen Rosas.

Hauptmann Vrana schob ihm einen Kognak zu, er schüttelte den Kopf und stützte ihn dann in die Hände.

Vierzig Minuten ... Er erhob sich und wanderte unruhig in der großen Stube hin und her. Jossip hat sie zu Tode getreten, durchfuhr es ihn. Er hat sie innerlich so verletzt, daß sie stirbt ... Er schloß die Augen und drückte die heiße Stirn gegen das kühle Fensterglas. Das Gefühl, ein Stück seines Lebens läge sterbend nebenan im Zimmer, überwältigte ihn. Wie tief ich ihr verbunden bin, dachte er glücklich. Wie gemeinsam wir schon empfinden, wie eng verwachsen unsere Seelen sind.

Jetzt öffnete sich die Tür, und der Arzt erschien. Meerholdt fuhr herum ... in seinen Augen stand die große Frage. Doch über seine Lippen kam kein Ton ... er spürte, wie die Angst vor einem Nein ihm die Kehle zuschnürte.

»Oberhalb des linken Beckens hat sie eine schwere Prellung.« Der Arzt zog sich einen Stuhl heran und setzte sich. »Ein Bluterguß hat sich gebildet, der sich nach innen fortsetzt. Wir müssen abwarten, wie er sich verhält. Schlimmer scheint mir, daß die beiden unteren Rippen angeknickt sind. Sie muß einen fürchterlichen Tritt bekommen haben.« Der Arzt nahm eine Zigarette, die Hauptmann Vrana ihm hinreichte, und rauchte sie mit hastigen Zügen an. »Außerdem hat sie einen Nervenschock bekommen ... Ihre tiefe Ohnmacht wird noch anhalten.«

Meerholdt atmete auf. »Es besteht keine Lebensgefahr?« fragte er leise.

Der Arzt schüttelte den Kopf. »Akute nicht. Noch wissen wir nicht, wie sich das Herz verhält, wenn die Ohnmacht länger dauert. Sie hat ein starkes Herz ... aber gerade ein Herz ist unberechenbar! Wir werden ihr Kräftigungsmittel und Kreislaufanreger geben müssen.«

»Und die angeknickten Rippen?«

»Sie muß absolute Ruhe haben! Ich habe eine Bandage angelegt. Am besten wäre es, wenn sie nach dem Erwachen aus der Ohnmacht nach Titograd oder Sarajewo in eine Klinik käme, wo man sie durchleuchten kann.«

»Ich werde sofort einen Krankenwagen aus Sarajewo anfordern«, versicherte Hauptmann Vrana.

Der Arzt erhob sich. »Das ist im Augenblick alles, was ich tun kann. Haben Sie ein Mädchen, das die Patientin pflegen kann?«

»Ja.« Meerholdt dachte an Katja Dobor, die draußen vor dem Haus stand und weinte. Bonelli hatte sie umfaßt und kämpfte ebenfalls mit den Tränen.

»Jossip«, sagte er und schüttelte wieder den Kopf. »Und Elena Osik hat er auch umgebracht! Mamma mia - die Welt ist nicht wert, daß die Sonne sie bescheint!«

Der Arzt kam mit Meerholdt und Vrana aus dem Haus. Katja und Bonelli schoben sich nach vorn.

»Wird sie weiterleben?« stammelte Bonelli. Er versuchte, hart zu sein, aber beim Anblick des Arztes begann er zu schluchzen. Meerholdt legte den Arm um seine Schulter.

»Wir hoffen es, Pietro. Wir wollen Gott darum bitten. Katja soll sie pflegen.«

Katja Dobor ging weinend in das Haus. Der Arzt blieb noch ein paar Tage im Lager, er wollte den Abtransport Rosas überwachen. Hauptmann Vrana setzte seine Suche nach Jossip fort.

In seiner Hütte hockte Fedor Suhaja am Herd und schnitt den Blatt-Tabak zu langen, dünnen Streifen. Ein Tonbecher mit Schafsmilch stand neben ihm, denn das Schneiden des trockenen Tabaks dörrte die Kehle aus und kitzelte im Hals.

»Es war Jossip«, sagte er. »Er hat das fremde Mädchen getötet und wollte Rosa töten. Sein Fluch hängt noch über uns ...«

Marina seufzte. »Wenn sie doch wegginge ...«

»Wer?«

»Rosa! Mit dem Herrn! Sie gehört nicht mehr nach Zabari. Sie ist eine Fremde geworden ...«

»Dummheit!« Fedor legte das Messer hin. »Hast du Angst vor Jossip?«

Marina nickte. »Große Angst, Fedor.«

Der Alte erhob sich. Er nahm seinen Umhang von der Wand, steckte das Messer ein und nahm in Beil aus der Ecke, wo das Brennholz gestapelt lag. Marina sah ihm mit weiten Augen zu.

»Wo willst du hin, Fedorjesch?«

»In den Wald!« Der Alte stopfte sich eine Handvoll Tabak in die Tasche und nahm seine Pfeife vom Tisch. »Ich werde Jossip finden!«

»Mit dem Beil?«

»Mit dem Beil, Marinja. Solange er lebt, werden wir Angst haben. Er hat mir das tote Schaf vor die Tür gelegt – es wird nicht Ruhe sein in Zabari, bis er daneben liegt!« Fedors Augen waren dunkel, als er die zitternde Marina ansah. »Er wollte Rosa töten ... meine Rosanja ... mein Mädchen ... Ich habe einen Grund, in die Berge zu gehen!«

Er ging durch den Garten davon. Ein großer, tappender Bär. Marina sah ihm nach, ihre Augen leuchteten. Fedorjesch ... dachte sie. Er ist wie früher. Er ist ein Held! Er fürchtet auch Jossip nicht! Gott schütze Fedorjesch.

Sie schlurfte in die Ecke und fiel vor einem alten Ikon auf die Knie. Ein Perlenkranz hing um das verstaubte Bild, eine ausgebrannte Öllampe davor.

Der alte Bär tappte durch den Wald.

Sein Umhang wehte im Nachtwind. Er stieg den Hang hinauf ... er umging den Felsen, er kletterte durch eine von der Schneeschmelze ausgewaschene Schlucht ... in der Hand blinkte das kurze Beil.

So erblickte ihn Jossip, der zwischen zerklüfteten Felsen lag. Würgende Angst sprang in ihm empor, als er den Alten sah.

Es war, als steige der Tod zu ihm empor. Da flüchtete er in panischer Furcht und rannte durch die Felsen und lief, vor Schmerzen leise wimmernd, tiefer in die unbekannten Schluchten, in denen die Schwärze der Nacht stand wie eine Wand, die nicht zu durchbrechen war.

Fedor folgte ihm. Langsam, tappend, das Beil in der Hand. Einmal blieb er stehen und zündete sich seine Pfeife an. Ganz ruhig, mit fast behutsamen Händen.

Von Grauen gepackt, rannte Jossip weiter in die Felsen ...

Nach zwei Stunden löste Meerholdt Katja in der Nachtwache bei Rosa ab.

Er saß auf dem Stuhl neben dem Bett und hatte ihre schlaffe, schmale Hand in die seine genommen. Ihr bleiches Gesicht, umrahmt von dem langen Haar, lag tief in den Kissen. Die Decke war von ihrer Brust geglitten ... er zog sie höher und beugte sich dabei über sie und küßte sie zart auf die zusammengepreßten Lippen.

Ihr Atem war leise, kaum vernehmbar. In langen Abständen kamen die Atemzüge. Auf dem Tischchen neben dem Bett lag die abgebrochene Ampulle der Spritze, die der Arzt ihr gegeben hatte. Ralf nahm das Glasröhrchen und las die Aufschrift. Es war ein ihm unbekanntes Medikament ... ein russisches Herzmittel, wie er an den kyrillischen Buchstaben erkannte, die neben dem englischen Namen in das Glas gebrannt waren.

Die Tür öffnete sich leise. Hauptmann Vrana kam herein. Er ging auf Zehenspitzen und setzte sich neben Meerholdt.

»Nichts«, sagte er. »Gar nichts! Der Kerl ist wie vom Erdboden verschluckt. Aber wir bekommen ihn - der alte Suhaja jagt ihn wie ein Wild.«

»Fedor?« Meerholdt faßte sich an den Kopf. »Schikken Sie sofort ein paar Mann zu seinem Schutz los! Jossip erschlägt ihn mit einem einzigen Fausthieb!«

Vrana lächelte wissend. »Jeden von uns, Herr Meerholdt. Aber nicht den alten Fedor. Kennen Sie die Geschichte von den beiden Elefanten, den Einzelgängern, die sich in der Savanne trafen? Der uralte Riese sah den jungen und sie stürzten aufeinander. Auch wenn der junge stärker war ... der Ruf des Alten lahmte ihn. Jeder kannte ihn in der Savanne, jeder fürchtete ihn. Und nun stand er da und griff an. Da flüchtete der junge Riese und kam nie wieder in die Nähe des greisen Herrschers.«

Meerholdt winkte ab. »Das sind Geschichten. Jagdgeschichten, die keiner beweisen kann. Ihr Vergleich ist treffend ... aber Jossip fürchtet niemanden ... am wenigsten den alten Fedor.«

»Warten wir es ab!« Vrana sah auf die schlafende Rosa und erhob sich. »Es ist besser, Fedor erschlägt ihn, als wenn ich Jossip in die Hände bekomme. Ich würde ihn aufhängen, an den nächsten Baum! Aber vorher würde er spüren müssen, was es heißt, Schmerzen zu erleiden.«

Meerholdt sah Vrana groß an. »Ihr seid grausam, ihr Slawen«, sagte er leise. Vrana hob entschuldigend die Schultern. »Der Mensch ist es, Herr Meerholdt. Der Mensch! Nur überdecken die einen es mit Bildung oder auch nur Zivilisation, die anderen leben nach dem Naturgesetz des ›Auge um Auge, Zahn um Zahn‹. Ich wage nicht, zu kritisieren und zu sagen, welche Methode die bessere ist - der höfliche Mord oder der einfache! Die gesetzlich verankerte Rache am Täter mit Gaskammern, elektrischem Stuhl, Fallbeil und Henken - oder die vogelfreie Gerechtigkeit, in der der Mensch die Außenseiter seines Geschlechtes ausmerzt wie ein Tierrudel seine Abtrünnigen. Im Grunde sind sie gleich, die Methoden der Strafe - sie dienen dem Frieden auf der Welt!«

Meerholdt sah auf Rosa. Sie hatte sich bewegt, aber es war nur eine Reflexbewegung. Sie erwachte nicht.

»Sie müssen es wissen, Vrana«, sagte er. »Ich werde es nie lernen, in eurer Mentalität zu denken.«

Leise verließ Hauptmann Vrana wieder das Zimmer und schloß hinter sich die Tür. Auf dem Flur traf er Bonelli, der Katja nicht allein ließ.

»Was macht sie?« fragte er leise.

»Sie schläft!«

Bonelli wischte sich über die Stirn. »Ich werde den Ingenieur ablösen.«

»Tun Sie das nicht, Pietro.« Vrana grinste breit. »Wenn Rosa aufwacht und sieht als erstes Ihr blaues Auge, bekommt sie einen Herzschlag.«

Beleidigt wandte sich Bonelli ab und ging in das Zimmer Katjas.

Am Morgen kam Fedor Suhaja nach Zabari zurück.

Er hängte seinen Umhang an den Nagel, warf das Beil in die Ecke neben das Holz, hockte sich an den Herd und setzte seine Arbeit, das Tabakschneiden, fort. Marina schlich um ihn herum und kochte erst eine Suppe und einen Kräutertee, ehe sie fragte.

»Ist er tot?«

»Nein.«

»Du hast ihn nicht gefunden?«

»Nein!«

Marina seufzte. »Dann geht die Angst weiter. Immer diese Angst. Ich werde nicht mehr schlafen können.«

Fedor legte das Messer hin, er stierte vor sich in das Feuer auf dem Herd.

»Ich werde diese Nacht wieder hinausgehen ... jede Nacht, bis ich ihn finde! Am Tage verkriecht er sich, aber in der Nacht muß er hinaus. Wie der Bär ans Wasser, so wird er im Dunkeln sein Essen suchen. Dabei finde ich ihn ... ich werde nicht müde werden, Marinja ...«

Hauptmann Vrana hatte Fedor Suhaja zurückkommen

sehen. An seiner Haltung las er, daß auch er vergeblich gesucht hatte. Er hielt eine Besprechung mit seinen Unteroffizieren ab und erklärte noch einmal die Karte der Umgebung, die man damals bei der Suche nach Elena Osik durch Hubschrauber angefertigt hatte.

»Irgendwo muß das Schwein liegen«, sagte er. »Er ist verwundet! Jemand, der den Steilhang hinabstürzt, kann nicht mehr kilometerweit laufen!! Er muß also hier in der nächsten Umgebung sein! Er hat einen Schlupfwinkel, den wir noch nicht kennen. Solange Jossip lebt, wird er eine ständige Gefahr für uns alle sein!«

»Es gibt kaum noch einen Stein, den wir nicht untersucht haben«, meinte einer der Unteroffiziere.

»Dann wart ihr Idioten und habt geschlafen!« Vrana stampfte wütend auf. »Vor unseren Augen hat er Elena umgebracht, und später haben wir ihn angestellt, damit er uns suchen hilft!«

Wenn Hauptmann Vrana an diese Tage dachte, wurde ihm immer schlecht. Das Spiel, das Jossip damals mit ihm getrieben hatte, die Lächerlichkeit, der er dann ausgesetzt war, die Blindheit, die damals alle erfaßte und gerade dem vertrauen ließ, den sie suchten, erzeugte in ihm jenen geheimnisvollen Willen zur Grausamkeit, den Slawen und Asiaten gemeinsam haben.

»Er ist in unserer Nähe!« brüllte er. »Ich spüre es ... es ist, als stände er hinter mir, und ich fühlte seinen Blick! Ist dieser Schäfer denn klüger und stärker als hundert Soldaten des Marschalls?! Ich lasse euch in ein Straflager versetzen, wenn ihr Jossip nicht findet!«

Die Unteroffiziere sahen zu Boden. Straflager ... es

gibt bei den östlichen Völkern kein Wort, das grausamer ist als Straflager. Baracken in einem Steinbruch ... irgendwo an der dalmatinischen Küste, abgelegen von den Plätzen, an denen sich die Reichen der Welt sonnen und die weißen Segel über das tintenblaue Wasser schweben. Ein Steinbruch unter praller Sonne ... Arbeiter mit nacktem Oberkörper, mit Spitzhacke und Schaufeln ... Vier Mann schieben eine Lore ... der Steinstaub hüllt sie ein ... Auf einem Platz stehen hundert Mann und zerstückeln den Stein mit schweren Hämmern. Krach! geht es. Krach! Krach! Mit hundert Hämmern immer nur krach! Zehntausendmal am Tag ... hunderttausendmal in der Woche ... von hundert Hämmern - krach! Und am Abend gibt es eine dünne Suppe und Maisbrot. Gelbes Brot, hart wie der Stein, den man zerklopft. Man muß es in die Suppe tunken, um es essen zu können. Und dann wird es weich, schwammig, klebrig wie Leim und füllt den Mund aus mit einer ekligen gelben Masse.

Straflager ...

Die Unteroffiziere grüßten stramm, als Hauptmann Vrana wegging. Sie sahen sich gegenseitig an und riefen dann ihre Gruppen zusammen.

»In drei Tagen habt ihr Jossip, ihr Rindviecher!« schrien sie. »Ihr kommt alle ins Straflager, wenn ihr Jossip nicht findet!«

Auch hier verbreitete die Aussicht auf die Steinbrüche Entsetzen und Verzweiflung. Die Folge der Kopflosigkeit war, daß einer der Geologen, der am Tage den Felsen von der anderen Seite untersuchte, von einem der Soldaten als vermeintlicher Jossip angeschossen wurde.

Hauptmann Vrana tobte. »Bleiben Sie am besten gleich im Lager, Doktor«, sagte er zu dem Arzt, der in Meerholdts Zeichenraum auf einem der Tische die Kugel aus dem Oberschenkel des Geologen herausoperierte. »Wenn das so weitergeht, haben Sie bald alle Hände voll zu tun!«

»Ich würde ihren Helden Platzpatronen geben«, meinte der Arzt sarkastisch.

Hauptmann Vrana winkte wütend ab. »In drei Tagen, wenn sie Jossip nicht gefunden haben, wird es ganz ohne Pulver knallen. Dann scheißen sich hundert Mann aus Angst in die Hosen ...«

Rosa war noch immer nicht erwacht. Sie blieb in ihrer tiefen Ohnmacht, auch am zweiten Tag, und bekam Vitamininjektionen und Kreislaufmittel verabreicht.

Abwechselnd wachten Meerholdt, Katja und auch Bonelli am Bett Rosas ...

Zweimal waren Fedor und Marina, ihre Eltern, da, und Ma-rina segnete Rosa und betete eine Stunde lang, auf den Knien liegend.

Der Bluterguß in der Hüfte schwoll an, das Hüftgelenk verdickte sich. Der Arzt wiegte den Kopf und kaute an der Unterlippe.

»Wir müssen sie bald nach Sarajewo bringen. Vielleicht müssen wir sie operieren, wenn sie kein steifes Bein behalten soll. Wir wissen ja noch nicht einmal, ob von dem Hüftknochen etwas abgesplittert ist.«

»Wir fahren sie in vier Tagen zum Röntgen fort.«

Meerholdt sagte es so bestimmt, daß der Arzt erstaunt aufblickte.

»Auch dann, wenn sie noch ohne Besinnung ist?«

»Auch dann!«

Der Arzt zuckte mit den Schultern. Es ist ein verdammt holpriger Weg! Ich würde es noch nicht wagen. Warten wir ab, was in vier Tagen ist ...«

Der Bau an der Talsperre ging unterdessen in der bisherigen Reibungslosigkeit weiter. Die beiden Techniker leiteten jetzt den Bau, Vorarbeiter Drago Sopje war zum Bauführer befördert worden und hatte die Kolonnen unter sich. Die Brücken wuchsen weiter, die Straße wurde durch Felssprengungen verbreitert, im Tal, unterhalb der Staumauer, die immer mehr unter den Verschalungen hervorwuchs, wurde das Turbinenhaus errichtet ... große Hallen mit gläsernen Wänden und dicken Betonböden, auf denen einmal die rauschenden, sich drehenden Ungetüme stehen würden.

Meerholdt ging nicht mehr aus seiner Konstruktionsbaracke hinaus. Er saß entweder bei Rosa am Bett oder schlief unruhig im Nebenzimmer, aß, was Bonelli ihm vorsetzte, und stärkte sich mit Tokajer und starkem Kaffee.

»Sie sind unvernünftig«, ermahnte ihn der Arzt. »Sie liegen garantiert unter der Erde, wenn Rosa geheilt entlassen wird! Was haben Sie damit gewonnen? Seien Sie doch vernünftig ... Sie können das Schicksal nicht durch Asketentum und Drogenfresserei zwingen!«

Am dritten Tage, kurz vor Einbruch der Dunkelheit, erwachte Rosa aus ihrer tiefen Bewußtlosigkeit. Sie schlug die Augen auf und sah Katja, die neben ihr saß und an einer Decke stickte.

»Katjascha ...«, sagte sie leise.

Katja ließ die Decke fallen und sank auf die Knie. Sie nahm die Hände Rosas und küßte sie. »Du bist wach«, stammelte sie, »Du bist zu uns zurückgekommen ... O Rosanja ... Gott ist doch gnädig ...«

Meerholdt stürzte ins Zimmer. Ihm folgte Bonelli, sein Gesicht glänzte. »Mädchen!« rief er laut. »Wir haben gesiegt! Du bist wach! Heule wird der Chianti über die Straßen fließen ...«

Der Arzt kam und warf alle aus dem Zimmer. »Raus!« schimpfte er. »Ihr macht sie verrückt mit eurem Geschrei! Still sollt ihr sein!!« Dann hörte er das Herz ab und nickte zufrieden. »Es geht ja wieder, Rosa«, sagte er erfreut. »In ein paar Tagen kommst du nach Sarajewo, und in drei Wochen merkst du nichts mehr von all dem.«

Rosa schloß die Augen. Sie atmete schneller und kratzte mit den Fingern nervös über die Decke.

»Was ist mit Jossip?« fragte sie.

»Danach sollst du nicht fragen. Du sollst überhaupt nicht daran denken.« Der Arzt setzte sich auf das Bett und nahm ihre schlaffe Hand. »Du mußt denken, daß alles ein Traum war, ein böser, wilder Traum. Und nun bist du erwacht, die Sonne scheint, die Blumen duften, von den Bergen stürzt das Wasser ins Tal, die Schafe weiden auf den Wiesen, und alles riecht nach Wald und Erde. Das ist das Leben, Rosa ... du siehst es jetzt. Warum an diesen Traum denken ... Sieh doch aus dem Fenster. Dort, der

Wald ... wie wunderbar steigt er den Berg hinauf. Als Kind hast du oft hinter einem Stamm gesessen und hast drei kleine Bären belauscht, die in der Sonne spielten. Und im Winter hocktest du am Fenster der Hütte und sahst aus dem Wald die Wölfe kommen, hungrig, heulend, und dein Vater ging hinaus mit den anderen Bauern und tötete sie mit Äxten und langen, spitzen Gabeln. Wie wunderbar ist doch das Leben ...«

Rosa nickte schwach. Sie drückte die Hand des Arztes.

»Danke«, sagte sie leise. »Danke, Doktor ...« Sie wandte den Kopf ab und seufzte. »Hat er ihn getötet ...«

Der Arzt schob die Unterlippe vor. »Nein! Er lebt! Aber er wurde sehr verletzt. Wir suchen ihn seit Tagen.«

»Er hat eine Höhle, in der er sich versteckt.«

»Ich werde es sofort Herrn Meerholdt sagen.« Der Arzt erhob sich. »Und du mußt ganz ruhig bleiben und ein wenig essen. Nach dem Essen schläfst du wieder ein bißchen.«

Er nahm aus seiner Tasche eine Spritze, setzte die Nadel ein und zog aus einer kleinen Flasche eine wasserhelle Flüssigkeit auf. Dann beugte er sich über sie, reinigte eine kleine Stelle des Unterarmes mit einem Wattebausch und Alkohol und injizierte das Mittel. Rosa zuckte bei dem Einstich zusammen, aber als sie den Kopf umwandte, war die Nadel schon wieder heraus.

»Es beruhigt die Nerven«, sagte der Arzt. »Du mußt ganz, ganz ruhig werden ...«

Sie nickte und begann schon zu schlafen, als der Arzt

das Zimmer verließ. Meerholdt, der an ihm vorbei zu Rosa wollte, hielt er fest.

»Bleiben Sie hier! Sie schläft jetzt ... es ist keine Bewußtlosigkeit mehr, sondern eine Art Heilschlaf. Bei großen seelischen Schocks machen wir das jetzt öfter ... eine Ausschaltung der Nerven bis auf ein Mindestmaß der Funktionen und damit eine vollkommene Beruhigung des Körpers und dessen, was der Laie Seele nennt. Stören Sie sie nicht.« Der Arzt sah sich um. »Wo kann ich Hauptmann Vrana erreichen?«

»Ich nehme an, bei der Wache am Berg.« Meerholdt musterte den Arzt. »Warum, Doktor?«

»Rosa hat verraten, daß er in einer Höhle lebt!«

»In einer Höhle?« Meerholdt faßte den Arzt am Arm. »Kommen Sie - ich gehe mit! Wenn es eine Höhle ist, dann kann es nur die sein, die wir suchen ... die Höhle mit dem eingeschlossenen See!« Meerholdts Augen wurden starr. »Mein Gott«, stöhnte er. »Wenn Jossip die dünnste Stelle des Felsens weiß und sprengt sie auf ... Wir würden alle in Sekundenschnelle ertrinken!«

Der Arzt erbleichte. »Sie malen den Teufel an die Wand.«

»Ich brauche ihn nicht zu malen! Er ist da! Kommen Sie schnell!«

Sie rannten aus dem Haus und durch das Lager. Am Ausgang zum Wald trafen sie Hauptmann Vrana. Er machte eine Art Strafexerzieren mit dem Soldaten, der den Geologen angeschossen hatte. Hin und her jagte er den Armen durch eine Zementgrube, bis die Uniform nur noch eine dicke, langsam erstarrende Zementschicht war. »In einer Stunde trittst du mit sauberer Uniform und gereinigten Waffen wieder an!« brüllte er, als er die Männer auf sich zulaufen sah. »Hau ab, du Vollidiot!«

Der Soldat rannte zum Zeltlager, einen nassen Zementstreifen hinter sich herziehend.

Hauptmann Vrana war mit sich sehr zufrieden ...

Jossip lag in seiner Hütte und stöhnte.

Er hatte sein Lager direkt an der Tür aufgeschlagen, die er mit zwei schräggestellten Balken doppelt gesichert hatte. Neben ihm lagen eine Axt, ein langes Schurmesser, eine Peitsche und eine Mistgabel mit spitzen Zinken.

Elena Osik saß am Tisch und aß. Sie schielte auf den stöhnenden Jossip und schüttelte den Kopf.

»Was du machst, ist Wahnsinn, Jossip! Du verreckst hier wie ein Tier! Deine Wunden müssen verbunden werden! Du bekommst den Starrkrampf ... sie sind ja voller Schmutz! Du mußt ins Tal zu einem Arzt!«

»Im Tal hängen sie mich auf!« Jossip richtete sich mit schmerzverzerrtem Gesicht empor. Er schab sich auf die Knie und lehnte den Kopf erschöpft gegen die Türbalken. »Fedor jagt mich wie einen wildernden Hund. Er hat ein Beil bei sich ... Ich habe Angst ...«

»Du hast Angst?« Elena erhob sich, aber Jossip ergriff die Peitsche und das Messer.

»Bleib sitzen! Erst, wenn ich tot bin, ist die Tür frei! Und ich sterbe so schnell nicht!«

»In spätestens zwei Tagen hast du den schönsten Wundbrand! Du bist irrsinnig in deiner Wut.«

»Sie sollen mich holen!« Jossip zog sich an den Querbalken empor ... schwankend stand er an der Tür.

Seine Schulterwunde war verharscht ... seine aufgeschlagenen Knie und der linke Oberschenkel waren große Wunden, aus denen Blutserum und Eiter floß. Mit Blättern und einem Wurzelbrei hatte er versucht, das Blut zu stillen, aber die Wunden waren zu groß und tief. Die Mittel der Natur versagten ... in Jossip brach auch diese Welt zusammen - selbst die Natur verließ ihn und stieß ihn zurück in das Elend. Die Natur, die er retten wollte - seine letzte, große Geliebte. »Ich warte, bis er kommt! Und er wird kommen ... ich weiß es ... Mit ihm zusammen gehe ich in die Hölle!«

Elena wußte, wen Jossip mit »er« meinte. Und sie wußte, daß Meerholdt mit seinen Leuten die Berge absuchte und einmal auch das Geheimnis Jossips entdecken würde. Dann gab es keine Gnade mehr, dann verhüllte Gott sein Haupt und weinte über die Menschen.

»Wenn du mich gehen läßt, will ich Ralf bitten, dich leben zu lassen. Du hast keinen Menschen getötet - warum sollten sie dich töten? Sie glauben, du habest mich umgebracht, aber wenn ich gesund zurückkomme, werden sie dir nichts tun!«

Jossip lächelte grausam. Er lehnte sich an die Tür und umklammerte Halt suchend die Balken. »Sie sollen mich nicht sehen«, sagte er leise. »Und ich werde auch dich nicht töten, nicht Meerholdt, nicht Rosa, nicht den Hund Vrana ... Ich werde sie alle töten! Alle!« schrie er wild. »Ich habe eine Waffe, die sie nicht besiegen!

Ich habe einen Gott in der Hand! Von einem Atemzug zum anderen werden sie sterben ... sie werden sehen, wie sich der Himmel verdunkelt, und ehe sie schreien können, sind sie vernichtet. Nur die Natur wird schreien, mein Gott wird schreien: Rache! Rache! Und ich werde lachen und meine Wunden in ihrem Untergang kühlen ...«

Elena starrte Jossip wie etwas Grauenerregendes an. Sie wich zu ihrem Lager zurück und setzte sich an den Ofen auf das Stroh.

»Warum willst du das?« fragte sie stockend.

Jossip lehnte den Kopf an die Tür. »Sie haben mir die Heimat genommen, die Liebe, den Glauben, den Himmel und die Erde! Was bin ich denn noch? Bin ich noch Jossip, der Schäfer?! Meine Weiden werden zu Äckern ... meine Täler werden Seen ... mein Dorf wird eine Stadt ... meine Berge werden zerstückelt ... meine Pfade auseinandergerissen zu Straßen. Mein Land blutet, und mein Herz blutet ... Ist das nicht genug, alles zu vernichten?! Wie schön war das Leben, bevor sie nach Zabari kamen. Die Zeit schreckte uns nicht ... wie Jahrhunderte vor uns weidete das Vieh in den Bergen. Ich hätte Rosa bekommen, und unsere Kinder hätten die Herden vermehrt und wären ausgezogen in andere Täler und hätten sich Frauen genommen ... ein Geschlecht der Petaki! Was bin ich jetzt?« Er ballte die Fäuste. »Ich muß sie vernichten!«

Er stieß sich von der Tür ab und schwankte durch den Raum, das Messer und die Peitsche in den Händen. Mißtrauisch sah er sich nach Elena um.

»Versuche nicht zu flüchten! Auch wenn ich lahm

bin - meine Peitsche erreicht dich. Und auch das Messer!«

Er wankte zum Tisch, setzte sich und begann, seine eitrigen Wunden mit Wasser auszuwaschen. Dann legte er wieder einen Brei aus Blättern und Wurzeln auf seine Wunden und umwickelte sie mit Leinenstreifen. Dann wankte er wieder zur Tür zurück, legte sich auf das Stroh, das er davorgeschüttet hatte.

»Ich hätte dich für vernünftiger gehalten, Jossip«, versuchte Elena noch einmal ein Gespräch.

Jossip antwortete nicht. Er nahm seine Peitsche und schlug zu ihr hin. Die Spitze der Lederschnur traf ihre Schulter ... sie zuckte zusammen und kroch weiter in die Ecke.

Du Satan, dachte sie. Man sollte kein Mitleid haben! Man sollte dich verrecken lassen. Aber sie schwieg.

Selbst als Jossip schlief, wagte sie nicht, aufzustehen und an ihn heranzutreten. Sie wußte, daß er wie ein Wild schlief, jeden Augenblick aufwachend und sich verteidigend.

In den Bergen suchten die Gebirgsjäger Hauptmann Vranas. Sie fanden die Hütte nicht, und die Unteroffiziere schrien und tobten.

Straflager ... Steinbruch und Hitze ... Hauptmann Vrana stellte bereits die Liste zusammen.

Am Abend saßen die Soldaten in ihren Zelten und weinten vor Angst.

Die Bohrarbeiten am Felsen waren an der ersten Stelle eingestellt worden. Nach zweihundertundzehn Metern hartem Gestein gaben die Geologen es auf, hier nach einem eingeschlossenen See zu suchen. Man verlegte die Bohrstelle auf die andere Seite des Felsens ... hier war es noch sinnloser, denn - der See lag oberhalb des Teiles, in den sich die Bohrstangen einfraßen. Sie unterbohrten den See und trafen nur auf Gestein. Dreißig ... vierzig ... siebzig Meter ... Die Geologen verzweifelten. Selbst Meerholdt glaubte nicht mehr an seinen großen Gedanken, nur die Erzählung Rosas hielt ihn aufrecht, der Bericht von Jossips Höhle, mit dem er sie in den Wald gelockt hatte. Und das Rinnsal aus dem Felsen war ebenfalls nicht fortzudenken ... als man an dieser Stelle bohrte, vergrößerte sich zwar der Wasserstrahl, aber man traf auf kein Becken, das das Wasser mit einem gewaltigen Strahl durch den Hohlbohrer drückte wie einen Geiser.

Eines Tages erschien völlig überraschend und unangemeldet ein großer, chromblitzender Wagen in Zabari: Stanis Osik.

Nach dem völligen Zusammenbruch und einer Zeit fast paranoischer Lethargie war in ihm wieder ein Funken Lebenswille erwacht. Die Geschäfte eines Leiters der staatlichen Bauten hatte er noch nicht wieder übernommen, aber nachdem man ihm mitgeteilt hatte, daß der Mörder Elenas bekannt sei, hielt es ihn nicht länger in seiner weißen Zagreber Villa.

»Ich werde Jossip eigenhändig erwürgen!« hatte er zum Abschied zu seinem Chauffeur gesagt.

Es war niemand, der an der Ausführung dieser Tat zweifelte.

Nun war er wieder in Zabari, etwas dünner geworden, weißer im Haar und herzkranker denn je. Er bezog Elenas Zimmer in Meerholdts Baracke, und er war es, der den aufgebrochenen Koffer entdeckte.

»Sie lebt!« schrie er durch die Baracke. Er gebärdete sich wie ein Irrer ... er schleppte den zerbrochenen Koffer herum, zeigte ihn Hauptmann Vrana, fiel Meerholdt weinend um den Hals und wurde von dem Arzt mit einer starken Dosis Herztropfen auf den Beinen gehalten.

Der Koffer wurde untersucht. Das Rätsel um Elena verstärkte sich. Stanis Osik war nicht abzubringen von seiner Theorie, die er sofort entwickelt hatte.

»Ein Toter braucht keine Kleider, keine Wäsche! Wenn sie ermordet wurde, warum hat der Mörder später ihre Kleider geholt?! Warum setzte er sich der großen Gefahr aus, die dieser Einbruch mit sich brachte? Nein, nein, meine Herren - Elena wird von Jossip irgendwo gefangengehalten! Es zeugt von Ihrer Idiotie, daß Sie sie bisher noch nicht gefunden haben!« Dabei sah er Hauptmann Vrana an. Dieser wurde rot und verließ sofort das Zimmer.

»Aber das Blut!« wandte Meerholdt ein. »Die blutige Wäsche. Die Laboruntersuchungen haben ergeben, daß es Elenas Blut war. Einwandfrei!«

»Jossip hat sie verletzt. Sie hat sich gewehrt, meine Elenaschka. Oh, sie ist ein tapferes Mädchen!« Osik atmete schwer. »Schlagen Sie Plakate an, Meerholdt. 100 000 Dinare Belohnung dem, der mir Elena oder Jossip findet!«

Hauptmann Vrana kam wieder herein, er hatte draußen seinen Unteroffizieren nur vier Worte gesagt.

»Übermorgen geht es ab!« Das genügte. Er hörte noch den letzten Satz Osiks, als er eintrat.

»Für 100 000 Dinare bekommen Sie keine Röntgenaugen, Herr Osik! Wir haben nach den besten Karten die Berge durchgekämmt ... das Versteck Jossips haben wir nicht gefunden! Wissen Sie, was es heißt, diese Schluchten und Spalten, Zerklüftungen und Plateaus, diese Höhlen und ausgewaschenen Buchten zu untersuchen? Es ist ein Labyrinth, in dem sich keiner auskennt! Es wird nie möglich sein, die schwarzen Berge bis ins einzelne zu erforschen! Es sei denn, man hat Jahre zur Verfügung ... nicht Tage oder sogar nur Stunden wie wir.«

Stanis Osik kaute an der Unterlippe. »Setzen Sie die Bauern ein, Vrana.«

»Seit dem Überfall auf Rosa durchzieht der alte Fedor Suhaja jede Nacht die Berge und sucht Jossip. Wenn er am Abend aufbricht, in seinem langen Umhang, das Beil in der Hand, denke ich immer an ein Bild aus irgendeiner griechischen Tragödie. Glauben Sie mir, daß der alte Suhaja die Berge kennt ... seit über sechzig Jahren durchstreift er sie. Auch er findet Jossip nicht.«

Stanis Osik rauchte eine seiner dicken Zigarren an. Der Arzt wollte sie ihm wegnehmen, aber Osik schlug ihm auf die Hand. »Lassen Sie das, Doktor. Ich weiß, daß ich ein Wrack bin ... aber das Wrack soll wenigstens noch qualmen, wenn es schon nicht mehr fahren kann! Wenigstens nach außen hin lassen Sie mich den starken Mann spielen!« Er lächelte und wandte sich dann wieder an Meerholdt und Hauptmann Vrana. »Machen wir es anders. Ich kann mich entsinnen, daß die Deutschen uns Partisanen in den Bergen nicht ausräuchern konnten ... sie fuhren deshalb mit großen Lautsprechern durchs Gebirge und forderten uns auf, uns freiwillig zu ergeben. Sie sicherten uns das Leben zu und volle Freiheit. Wäre das nicht ein Weg? Wir fahren mit drei Lautsprechern in die Felsen und bitten Jossip, Elena herauszugeben. Ich wäre sogar bereit, ihm die 100 000 Dinare zu geben!«

»Verrückt!« Vrana schüttelte wild den Kopf. »An einem Strick ziehe ich ihn hoch! 100 000 Dinare für einen Verbrecher und Saboteur!«

»Reden Sie bei mir nicht mit der Terminologie volkseigener Staaten! Ich will mein Kind wiederhaben, wenn es lebt! Dafür verspreche ich ihm 100 000 Dinare!«

»Und ich hänge ihn auf!« sagte Vrana störrisch.

»Das werden Sie nicht! Wenn ich Jossip mein Wort gebe, müssen Sie mich schon neben ihm aufhängen! Was hat er denn gemacht? Meerholdt lebt, Rosa lebt, Elena wird auch leben!«

»Für Entführung gibt es in Amerika die Todesstrafe!«

»Amerika!« Osik lächelte breit. »Sie, Hauptmann Vrana, als Repräsentant einer sozialistischen Regierung, als Offizier eines ›freien Volkes‹, führen das Beispiel eines verruchten kapitalistischen Staates an?! Sie stellen ein System, das wir bisher immer verbrecherisch nannten, als Vorbild dar? Aber Herr Hauptmann - was soll ich von Ihrer Linientreue denken?!«

Vrana sah zu Boden. Er war blutrot geworden und zuckte mit den Augenlidern.

»Bieten Sie ihm das Drecksgeld«, sagte er wütend. »Und wenn er es genommen hat, werden wir ihn den ordentlichen Gerichten übergeben. Wegen Körperverletzung und versuchter Notzucht!«

»Das steht Ihnen frei! Aber Sie hängen ihn nicht auf!«

Vrana lächelte breit. »Es wäre besser, er hängt, Herr Osik. Wissen Sie, was drei Jahre Steinbruch bedeuten?«

Stanis Osik wandte sich ab. »Ich danke Gott, daß ich noch nicht so völlig materialisiert bin wie Sie. Meerholdt - gehen wir und montieren wir ein paar Lautsprecher ab.«

Am Abend fuhren drei Jeeps in die Schluchten und vier Männer trugen Lautsprecher an den Rand des Waldes. Von allen Seiten schallte es bald durch den stillen Abend, immer und immer wieder ... 100 000 Dinare ... Straffreiheit ... Für Elenas Rückgabe freies Geleit für Jossip Petaki.

Jossip lag an der Tür und hörte die Worte aus dem Lautsprecher. Auch Elena saß aufrecht an der Wand und lauschte auf die Sätze.

»Mein Vater sucht mich! Hörst du ... dir wird nichts geschehen, wenn du mich freiläßt!«

Jossip lehnte sich gegen die Tür. »Ich glaube es nicht.«

»Mein Vater hat noch nie sein Wort gebrochen!«

»Aber die anderen. Hauptmann Vrana ...« Jossip nickte, er kannte seine Landsleute. »Und Fedor wird sich rächen ... Jede Nacht streift er durch den Wald. Ich habe ihn gestern gesehen, als ich Wasser holte.«

»Mein Vater und auch ich werden mit Vrana und Fedor sprechen.« Elenas Stimme wurde eindringlich. »Wir werden dich in die Stadt schaffen zu einem Arzt ... Du wirst ein reicher Mann sein, mit 100 000 Dinaren! Die ganze Welt steht dir offen, Jossip ...«

»Meine Welt ist hier«, sagte er dumpf. »Ich will nicht hinaus aus den Bergen!«

»Du wirst elend sterben, Jossip! Deine Beine werden schon gelähmt ... du hast den Wundbrand! Ein Arzt kann dich noch retten! Du bist ja wahnsinnig, dieses Angebot zurückzuweisen!«

Jossip schüttelte den Kopf. »Sie wollen mich töten! Sie locken mich heraus ... und dann töten sie mich! Kein Tier, nichts auf der Welt ist gemeiner als der Mensch! Ein Löwe brüllt und peitscht mit dem Schwanz die Erde und du weißt - jetzt springt er dich an! Ein Wolf heult und hetzt dich zu Tode ... eine Schlange richtet sich auf, ihre Zunge züngelt, und sie stößt vor und schlägt ihren Giftzahn in dein Fleisch. Bei allen weißt du - jetzt tötet es dich! Jetzt gibt es kein Zurück ... nur der Mensch lächelt, verspricht, gibt dir die Hand der Freundschaft, und mit dieser Hand zieht er dich zu sich heran und erwürgt dich! Mit einem Lächeln ... mit einer Zufriedenheit, die keiner unter dem Himmel kennt ... mit einer Selbstverständlichkeit, daß Gott tot sein muß, weil er zu allem schweigt!«

Die Lautsprecher tönten immer noch ... einmal nah ... dann wieder weiter ... sie sprachen die halbe

Nacht hindurch, und Jossip saß lauschend an der Tür und lächelte.

»Sie wollen mich überlisten«, sagte er störrisch. »Sie wollen mich hervorlocken!«

Elena war am Ende ihrer Kräfte. Die nahen Stimmen ihrer Befreiung und die Unmöglichkeit, sie in diesen Schlupfwinkel zu führen, brachten sie an den Rand ihrer Fassung. Jossip bemerkte es, und er legte sich die Peitsche und das lange Messer zurecht.

»Rühr dich nicht«, sagte er stöhnend vor Schmerzen. In seinen Beinen begann das Blut zu klopfen, die Knie waren dick angeschwollen und stachen wie mit tausend Nadeln. »Auch wenn du schreist, töte ich dich!«

So ging die Nacht herum mit hoffendem Wachen und einer immer größer werdenden und das Herz fast abschnürenden Enttäuschung. Die Lautsprecher entfernten sich immer mehr ... die Stimmen, die durch die nächtlichen Berge dröhnten, wurden schwächer und waren später nur noch ein Echo von weit entfernten Tälern. Sie gingen unter in der Einsamkeit.

Jossip saß an der Tür und lachte. Er war zufrieden. Triumphierend sah er die weinende Elena an.

»Jossip ist nicht so dumm, wie es deine Freunde annehmen! Er ist nicht in die Falle gelaufen!«

»Sie haben es ehrlich gemeint!« Elena sank auf das Strohlager zurück und deckte sich mit den Fellen zu. »Wenn sie dich jetzt bekommen, kennen sie keine Gnade mehr!«

»Ich werde sie alle vernichten, bevor sie mich sehen!« sagte er störrisch. »Nur ich weiß, wie man die Natur aus ihren Fesseln befreit!«

Elena drehte sich zu der rohen Holzwand. Zu oft hatte sie diese irren Reden gehört, um weiter darauf zu achten. Daß man sie suchte, beruhigte sie. Einmal würden sie auch diese verborgene Hütte entdecken ... vielleicht konnte sie in ein paar Tagen selbst das Haus verlassen, über den ohnmächtigen Jossip steigend, den seine eiternden Wunden zersetzten.

Sie schielte zu ihm hinüber. Er lag an der Tür, gekrümmt, mit den Händen den Verband aus Blätter- und Wurzelbrei gegen die Knie drückend. Die große Wunde an der Schulter war gerötet und brandig ... sie hatte es am Vormittag gesehen, als er sie auswusch. Nur ein paar Tage noch, dachte sie, und er wird zusammenbrechen. Auch seine Kraft ist einmal zu Ende, jeder Mensch, auch Jossip, hat eine Grenze, an der jede Duldung aufhört und der Zusammenbruch erfolgt.

Gegen Morgen verließ Jossip die Hütte. Er schloß sie wieder ab und wälzte mit verzerrtem Gesicht und lautem Stöhnen die Steine vor die Tür. Durch die Ritzen an den Fensterläden sah Elena, wie er ins Tal hinabschwankte, sich an den Felsen vorwärtstastend, als sei er schon blind vor Schmerzen.

Aus dem Tal stieg der Frühnebel und ließ die Sonne in einem milchigen Brei schwimmen. Ein Adler kehrte aus dem Wald zurück, er schwebte lautlos durch die Nebelschwaden zu seinem Horst.

An einem Bach sank Jossip nieder und hielt die Knie in das kalte, fließende Wasser. Er wimmerte vor Schmerzen und starrte in die Sonne, als könne sie ihm helfen.

Stanis Osik saß in der großen Konstruktionsbaracke und trank eine Tasse starken Tee. Hauptmann Vrana lehnte am Fenster und rauchte unruhig. Meerholdt ging im Zimmer auf und ab.

»Ein Fiasko«, sagte er erregt. »Ein völliges Fiasko! Unsere Lautsprecheraktion ist verpufft!«

»Ich habe es gleich gesagt! Mit solchen Dingen kann man Jossip nicht beikommen! Versprechungen und dergleichen ziehen nur bei zivilisierten Menschen - sie glauben das! Jossip ist ein Stück Wild - und Wild wittert immer die Gefahr!« Hauptmann Vrana lachte. »Das ist der Segen der Zivilisation - sie macht den Menschen zu gutgläubigen Trotteln und erstickt ihren Instinkt. Eine Zeitung schreibt was, ein Radio bellt etwas heraus, ein Staatsmann, ein Politiker, ein Redner, ein Philosoph sagt irgend etwas - - - und der gebildete Mensch glaubt es! Er zieht dem Wort nach wie einem Magnet ... der Fuchs aber zieht der Füchsin nur nach, wenn sie heiß ist - ich finde das natürlicher! Und Jossip ist ein Fuchs, für ihn sind Worte nur Schall. Er weiß, was ihn erwartet!«

»Ich habe ihm Straffreiheit zugesichert.«

Vrana hob beide Hände. »Zugesichert! Was ist eine Zusicherung? Er wird nicht von Staatswegen bestraft - aber wer kann verhindern, daß zweihundert Arbeiter Jossip aus Ihrem Zimmer herausreißen und einfach lynchen? Können Sie das verhindern?«

»Das ist doch Dummheit.« Osik schob die Teetasse fort. »Keiner hätte ihn gelyncht!«

»Wissen Sie das so genau?« Vrana lächelte hämisch.

Meerholdt fuhr herum. »Wenn Sie so reden, Herr

Hauptmann, dann haben Sie hier Ihre Hand im Spiel. Dann haben Sie schon zweihundert Mann organisiert, welche die sogenannte ›Volksmeinung‹ darstellen und einen legalisierten Mord begehen!«

»Mord? Mein bester Herr Meerholdt - Sie verkennen die Wut der Volksseele! Ich bin nur ihr Fürsprecher, weiter nichts.«

»Sie sind Soldat! Offizier!«

»Aber doch immerhin ein Kind dieses Volkes!«

Stanis Osik sprang auf. »Lassen Sie diese albernen Phrasen weg, Vrana! Sie haben einen Verrat geplant ... fast kann man Jossip bewundern, daß er Sie so gut durchschaute und in seinem Fuchsbau blieb! Aber das Los meiner Tochter ist dadurch nicht gemindert worden, im Gegenteil - jetzt wird Jossip sie besonders scharf bewachen! Er weiß jetzt, daß wir nicht an ihren Tod glauben! Ein Toter ist eine reale Sache ... er schweigt vor allem! Aber ein Entführter kann ausbrechen, er kann sich bemerkbar machen, er ist eine Gefahr! Glauben Sie, daß Elena zart behandelt wird? Ich nicht! Und darum ist Ihre Einstellung eine Gemeinheit!«

Er brüllte plötzlich. Hauptmann Vrana wurde blaß.

»Ich verwahre mich dagegen! Ich bin Offizier!«

»Ein Dreckskerl sind sie!« schrie Osik. »Ein Misthund! Ein Scheißhaufen!«

»Herr Osik!« Vrana trat ein paar Schritte vor. »Ich werde das nach Belgrad melden! Ich werde um die Erlaubnis bitten, mich mit Ihnen duellieren zu dürfen!«

»Einen Scheißdreck dürfen Sie!« Osik hieb mit der

Faust auf den Tisch. Die Teetasse sprang empor und klirrte zu Boden. Pietro Bonelli steckte den Kopf durch die Tür; als er sah, welche Luft im Zimmer herrschte, verzog er sich schnell. »Melden Sie es nach Belgrad! Ich werde auch etwas melden! Ich werde mit Marschall Tito selbst sprechen und vorschlagen, daß Ihnen eine ganze Kompanie in den Hintern tritt, ehe man Sie auf die Straße wirft!« Er schob Vrana, der etwas antworten wollte, mit einer Armbewegung zur Seite, und trat an das Fenster. »Dort oben, in den Felsen, dort muß Jossip sein! Mein Gott - es sollte doch nicht so schwer sein, auf einem so kleinen Raum ein Versteck zu finden!«

»Die schwarzen Berge sind ein einziges Labyrinth.« Meer-holdt beugte sich wieder über die Karte. »Sehen Sie bloß diese Luftaufnahmen an! Zerklüftet wie ein Mondgebirge! Wir brauchen Jahre, um einen Flecken von einem Quadratkilometer bis ins einzelne zu untersuchen!«

Stanis Osik schnaufte. Er wischte sich mit seiner schwammigen Hand über die Augen. »Ich werde selbst mit Jossip reden!«

Vrana lächelte maliziös. »Sie?«

»Ja. Ich. Ich werde allein mit einem Lautsprecher in den Berg gehen und mit ihm reden! Und keiner folgt mir! Und wenn Sie, Vrana, eine Dummheit machen und Ihre Dreckskerle herumpostieren oder sogar selbst in die Nähe kommen, knalle ich Sie ab! Und ich werde es in Belgrad verantworten können!«

Hauptmann Vrana schwieg. Er kannte den langen Arm Osiks bei Marschall Tito, er wußte, daß Osik

Recht bekam, wenn er wollte, er wußte, daß er nur ein Stück Dreck war, das in einer Hauptmannsuniform steckte und Befehle entgegennahm.

Ralf Meerholdt sah von der Karte auf.

»Darf ich Sie begleiten, Herr Osik?«

»Auch Sie nicht, Meerholdt! Keiner!«

»Jossip ist zu allem fähig. Er könnte Sie überwältigen.«

»Was hätte er davon?«

»Was hatte er davon, als er Elena entführte? Als er ihren Tod vortäuschte - wir wollen hoffen, daß er vorgetäuscht ist!«

»Das kann ich Ihnen sagen: Er wollte die Arbeit am Stauwerk stoppen! Er wollte Unruhe in die Leute bringen! Er wollte auf kalte Art sabotieren! Ist es ihm nicht gelungen?! Hatten Sie nicht einen Aufstand im Lager?! Stockte der Bau nicht fast zwei Wochen lang, bis auf die notwendigsten Arbeiten? Jetzt hat er sein Pulver verschossen - er weiß es! Sein Plan zieht nicht mehr - - und er behält Elena nur aus eigener Sicherheit. Sie soll ihn nicht verraten ... vor allem nicht seinen Schlupfwinkel! Kann man es ihm verübeln? Er mißtraut allen!«

»Weil er selbst ein Schwein ist!« Vranas Stimme war heiser vor Wut.

»Weil er S i e kennt!« Osik wandte sich ab. »Heute abend steige ich auf! Meerholdt, Sie fahren mir den Lautsprecher bis zum Waldrand und verschwinden dann. Und Ihre komischen Typen, Hauptmann Vrana, die Sie da oben zur Bewachung des Felsens und der dusseligen Quelle postiert haben, ziehen Sie zurück!

Überhaupt das Bächlein ... Meerholdt, ich hätte nicht solch einen Wind darum gemacht! Die Bohrungen haben ergeben, daß sich unmöglich ein eingeschlossener See im Felsen befinden kann. Unmöglich! Überall nur Stein! Wer weiß, wo das Wässerlein herkommt ... ich ziehe auch die Bohrkolonnen heute noch zurück! Sie kosten nur ein Schweinegeld und nützen doch nichts! Ich kann sie für einen Tunnelbau bei Sjenica besser gebrauchen!«

»Wie Sie wollen, Herr Osik.« Ralf Meerholdt zuckte mit den Schultern. »Ich könnte immer noch schwören, daß dieses Wasser nur ein Abfluß eines großen Sees ist! Trotz der mißlungenen Bohrungen!«

»Schwören Sie nicht! Das klingt so bestimmt ... und dabei haben Sie nur eine Vermutung, die sich auf keinerlei Tatsachen stützt als auf ein dummes Gefühl! Wenn ich nach meinem Gefühl gegangen wäre, würde ich heute Besitzer eines Harems von 4000 Frauen sein, aber nicht einer Baufirma! Gefühle, die Geld kosten, sind Luxus!«

Ralf Meerholdt schwieg. Was sollte er auch dagegen sagen? Osik zu überzeugen von einer Sache, von der er von Beginn an nicht übezeugt war, schien aussichtslos. Er hatte das schon einmal erlebt, damals, in Zagreb, als er bei dem Bau einer Brücke behauptete, der Unterboden des einen Pfeilers sei Fließsand und würde in ein paar Jahren abrutschen und die Brücke auseinanderreißen. Osik hatte gelacht und sich an die Stirn getippt! »Der Boden ist Fels, Meerholdt!« Die Brücke wurde gebaut ... und schon nach sechs Monaten rutschte der Pfeiler um zehn Zentimeter nach unten und die Brücke stand schräg. Osik schrie damals und ließ sich dazu hinreißen, den Statiker, der die Berechnungen gemacht hatte, in den Hintern zu treten. Diese Art von Gefühlsausbruch ist in slawischen Ländern weit verbreitet, und man mißt ihr nicht die hochbeleidigende Wirkung bei wie in unseren Gegenden. Er ist mehr der Ausdruck eines kräftigen Mißfallens und eines Tadels, für den es noch keine Wortbezeichnung gibt als eben die Demonstrierung des Tritts. Damals hatte Meerholdt jedenfalls recht behalten und stieg sehr im Ansehen Osiks.

War es heute anders? Osik verneinte den See ... Meerholdt spürte seine Anwesenheit fast körperlich. Aber er schwieg ... man soll nie zuviel sagen, auch, wenn es wahr ist, dachte er. Es gab ein chinesisches Sprichwort, das er nie vergessen hatte: Ein Esel schreit, ein Kamel brüllt ... aber der Tiger ist lautlos, wenn er seine Beute sieht ...

Stanis Osik stand noch immer am Fenster und schaute hinauf in den Bergwald und auf den großen Felsen. Seitdem es für ihn gewiß war, daß Elena noch lebte, hatte sich seine Lethargie in eine Betriebsamkeit verwandelt, die der Arzt verbrecherisch gegenüber dem kranken Herzen nannte. Es gab auf einmal nichts mehr, was Osik nicht in die Hand nahm ... die Befreiung Elenas war nur eines der Dinge, um die er sich kümmerte. Er war auf den Bauten, er inspizierte die Lager, er kontrollierte die Materialnachschübe, er verglich die Arbeitsblätter der Kolonnen mit der Abrechnung, er sah sogar in Bonellis Kantine und Küche hinein und erlebte hier einen kleinen Schock.

Bonelli, kein Angestellter Osiks, sondern ein Kantinenpächter auf eigene Rechnung, betrachtete den schnüffelnden Osik mit schiefem Kopf. Er wurde unruhig, als Osik eine Flasche Slibowitz aus der Kühltheke nahm und sich ein großes Glas einschüttete.

Osik trank es in einem Zug leer, stutzte, nahm die Flasche wieder aus dem Kühlloch der Theke, las die Aufschrift, schüttelte den Kopf, goß sich noch ein Glas ein und trank es. Dann stellte er die Flasche mit einem Krach auf den Tisch.

»Was ist das?!« fragte er laut.

Bonelli schwitzte und kam langsam näher.

»Slibowitz.«

»Das hier?« Osik zeigte auf die Flasche.

»Ja. Es steht ja drauf!«

»Was drauf steht, braucht noch lange nicht das zu sein, was drin ist!«

Osik schnaufte wieder. »Und Slibowitz ist nicht drin!«

»Sie müssen's ja wissen.« Bonelli grinste frech. »Ich habe es als Slibowitz in Sarajewo selbst eingekauft.«

»Wo?« wollte Osik wissen. Bonelli zuckte mit Armen, Schultern und Beinen.

»Den Laden kenne ich nicht mehr! Ich bin ja fremd in Sara-jewo. Es war ein kleiner Laden ...«

»Dann fahren wir zusammen nach Sarajewo, und du zeigst mir den Verbrecher! Das ist Wasser mit Alkoholgeschmack ...« Osik goß sich noch einmal ein Glas voll und kippte es hinunter. Er schüttelte sich. »Bei allen Ikonen - das ist eine Sauerei! Und du verkaufst es den Arbeitern als echten Slibowitz?!«

»Es steht ja auf der Flasche«, beharrte Bonelli eisern.

Er grinste frech, aber es war ihm nicht wohl in seiner Haut. Kommandieren konnte ihn Osik nicht ... dazu war er sein freier Mann. Aber er konnte den Arbeitern sagen: Trinkt keinen Tropfen mehr bei Bonelli! Der Kerl betrügt euch! Wen ich ab heute bei Bonelli sehe, dem kündige ich! Und dann war Bonellis Kantine nur noch einen Haufen Dreck wert, und er konnte Zabari auf dem schnellsten Wege verlassen, ehe man ihm beide Augen auf einmal blau schlug. Es war eine sehr dumme Situation für Bonelli.

Stanis Osik setzte sich vor die Theke.

»Was hast du außer Slibowitz?« fragte er.

»Tiroler Wein ...« stotterte Bonelli.

»Weiter!«

»Anisette, ... Pfefferminz ... einen Anis ... Cinzano ... Aperitif ... Kognak ...« Bonelli schwitzte ehrlich und wischte sich mit dem Ärmel über die Stirn. »Und so weiter ...«

»Und alles ist so ein Mist wie dein Slibowitz?« Osik trommelte mit den dicken Fingern auf die Tischplatte. »Gib mir einen Kognak ...«

Bonelli seufzte: Er griff unter die Theke und goß seinen geliebten Napoleon ein ... den Privatkognak, der rein war wie kein anderer. Diesen brachte er Osik.

Stanis roch am Glas ... er sah Bonelli an ... er roch noch einmal und trank dann den Kognak mit kleinen, genießerischen Zügen.

»Hm!« machte er. »Woher, du alter Gauner?«

»Direkt aus Frankreich!«

»Und was kostet ein Glas?«

Bonelli sah an die Decke. »Herr Osik - - - gibt es einen hier in Zabari, der einen solchen Tropfen zu würdigen weiß? Nur drei, Herr Osik! Sie, Herr Meerholdt und ich! Darum ist der Kognak unverkäuflich!«

»Und was kriegen meine Arbeiter?«

»Eine Spezialmarke! Wollen Sie sie probieren?«

»Der Himmel bewahre mich davor! Ich habe von deinem Spezial-Slibowitz genug!« Osik sah Bonelli aus seinen kleinen Augen an. »Wieviel Prozent Wasser setzt du zu?«

Bonelli kaute an der Oberlippe. »Ich verstehe nicht ...«

»Wieviel Wasser?« brüllte Osik.

»Auf sechs Flaschen eine ganze Flasche!«

Stanis Osik hieb sich auf die Schenkel. »Du Erzgauner! Du Höllenhund!«

Bonelli hob wieder die Hände. »Ich tue es nur aus gesundheitlichen Rücksichten. Alkohol in starkem Maße erregt die Sinne! Alkohol macht süchtig ... Alkohol hebt den Drang nach den Frauen ...«

»Halt's Maul«, sagte Osik grob.

»Und wir haben keine Frauen hier! Wir leben wie auf einer Insel. Darum dachte ich: Mische ein wenig Wasser in den scharfen Schnaps ... das tut den Armen gut! Wasser schadet nicht, Wasser beruhigt. Ich habe es nur aus Menschenfreundlichkeit getan ... aus purer Nächstenliebe! Ich habe mit ihnen gefühlt und kenne ihre Nöte! Glauben Sie mir ...«

Stanis Osik erhob sich. Er betrachtete Bonelli wie ein ausgestelltes Gemälde. »So etwas wie dich müßte man in

Spiritus legen und für alle Zeiten aufheben!« sagte er. »Eine solche Ansammlung von Frechheit und Schlauheit haut einen glatt um!« Er faßte Bonelli an den Rockaufschlägen und zog ihn zu sich heran. »Ab morgen bekomme ich täglich eine Flasche Napoleon, verstanden?!«

»Sehr gut, Herr Osik!«

»Und deine Spezialmischungen behältst du bei!«

»Jawohl, Herr Osik!« schrie Bonelli. Er strahlte.

»Aber –« Osik hob die Hand. »Du verkaufst sie ab heute zum halben Preis ...«

Bonelli warf die Flasche Slibowitz gegen die Wand, als Osik die Kantine verlassen hatte, und fluchte wie ein piemontesischer Eseltreiber. Dann kletterte er auf einen Stuhl und änderte auf der Preistafel, die über der Theke hing, die Preise um. Und jedesmal, wenn er einen alten Preis durchstrich und einen neuen dahinter setzte, seufzte er tief auf und bestätigte sich immer wieder, daß er ein schweres Schicksal habe.

Der Zustand Rosas besserte sich Zusehens. Der Bluterguß war zurückgegangen, die Rippen schmerzten nicht mehr . . der Arzt hielt es nicht für nötig, sie nach Sarajewo zu bringen und zu röntgen. »Wir haben es schlimmer gesehen, als es ist«, sagte er zu Meerholdt nach der letzten Untersuchung. »Es ist das alte Lied ... Katzen sind zäh!« Dabei lächelte er zufrieden und zwinkerte Meerholdt zu. »In zwei Tagen darf sie sogar aufstehen ... die frische Bergluft wird ihr gut tun und sie kräftigen. Nur –« Der Arzt hob den Zeigefinger wie ein Lehrer – »keine Aufregungen! Auch nicht -« er hüstelte - »in der Liebe! Schonung, mein Bester. Vollkommene Schonung. Das muß man den Männern sagen, sonst vergessen sie, daß sie in erster Linie Beschützer, und dann erst Liebhaber sein sollen! Ihre Seele ist kränker als ihr Körper ... ihre Nerven haben einen Stoß bekommen, und nun schwingen sie noch nach. Erst, wenn sie ganz zur Ruhe gekommen sind, können Sie mit Rosa wieder Turteltäubehen spielen!«

Meerholdt fand die Ausdrucksweise des Arztes ein wenig zu kraß, aber er lächelte und gab ihm die Hand.

»Ehrenwort, Sie Pillendreher - ich werde Rosa wie ein rohes Ei behandeln.«

»So wieder auch nicht! Gerade Liebe heilt die Nerven vorzüglich. Ein Küßchen, ein bißchen Streicheln, Schmusen - wie man so sagt - das hilft ungemein! Gerade bei Frauen!«

Meerholdt nickte. »Auch das werde ich tun, Doktor. Darf ich ihr wenigstens sagen, daß ich sie heiraten will?«

»Selbst damit würde ich warten, Herr Meerholdt. Gerade diese Aussicht würde in ihr einen Sturm entfachen. Und alles, was stürmt, alles, was sie erregt - ob es das Schlechte oder das Schöne ist - wollen wir vermeiden.« Der Arzt rollte seinen weißen Mantel zusammen und steckte ihn in die Aktentasche. »Ich würde vorschlagen, ein paar Wochen abzuwarten und dann mit Rosa an das Meer zu fahren. Nach Dubrovnik oder Split oder auf die Insel Hvar. Dort hat sie die kräftige, salzige Meerluft und wird völlig gesunden. Und dort

– eigentlich sehr romantisch, Herr Meerholdt – unter Palmen, am weißen Strand und blauen Meer, können Sie ihr sagen, was Sie vorhaben.«

»In ein paar Wochen ...« Ralf Meerholdt sah zu Boden. »Wer weiß, was in wenigen Tagen ist ... was morgen ist! Ich habe ein ganz dummes Gefühl, Doktor! Ich habe das immer gehabt, wenn etwas in der Luft lag. Damals, im Krieg, träumte ich im Bunker – es war bei Orel – daß ich eine Puppe sei und man meinen linken Arm abschraubt. Ein verrückter Traum. Drei Tage später wurde ich verwundet, als wir eine russische Stellung stürmten ... am linken Arm! Auch jetzt habe ich eine Unruhe in mir ... ich ahne eine Gefahr, ohne sagen zu können, was es ist und woher sie kommt!«

Der Arzt nickte. »Sie sind überreizt, Herr Meerholdt. Die letzten Wochen und Tage waren auch für Sie eine Nervenprobe! Das geht nicht spurlos vorbei. Man steigert sich dann in eine Psychose hinein und glaubt am Ende selbst daran. Auch Sie sollten so bald als möglich Urlaub machen ... an das Meer mit Rosa, wie ich schon sagte. Sie haben es beide nötig!«

Meerholdt nickte und lächelte schwach. »Wie schön ist es, Arzt zu sein! Man hat dann für alles eine medizinische Erklärung und eine Therapie bei der Hand. Psychose ... Nervenknacks ... neurovegetative Störungen ... Therapie: viel Ruhe, keine Aufregung, gutes Essen, viel Gehirnnahrung ... Medikamente mit Glutamin ... Nein, nein, Doktor – so einfach ist das nicht in Zabari! Hier geht es um eine Naturauseinandersetzung, die man medizinisch nicht angeben kann. Vielleicht philosophisch ... aber das wäre ein Gebiet, das jenseits aller Realität liegt! Hier aber ist Realität! Wenn Sie sich umblicken, Doktor, dann sehen Sie es plötzlich, vorausgesetzt, daß Sie einen Blick für diese Dinge haben: Die Felsen, der Wald, das Tal, die Schluchten, die Bäche, die Menschen, die Tiere, die Erde und der Himmel ... alles, was Sie hier sehen, ist gegen uns feindlich eingestellt! Wir sind in eine jahrtausendealte Ordnung eingebrochen und wollen sie in zwei Jahren umstellen nach einem nüchternen Bauplan, der hier in meinem Gehirn entstanden ist. Im Gehirn eines einzigen Menschen! Wir werfen alles um, was Jahrtausende bestanden hat ... wir lenken die Bäche neu, wir sprengen in die Felsen Straßen, wir leiten Wasser in unfruchtbare Gebiete, wir schaffen künstliche Seen und zwängen das Wasser ein, um mit seiner Kraft Strom zu erzeugen ... Strom, der Werke speist, Licht gibt und Energie entlädt, die diese ganze Landschaft neu bildet und formt! Landschaft und Mensch! Wir nennen es in den Konstruktionsbüros ein ›Projekt‹ – es ist in Wahrheit ein unerbittlicher Kampf gegen die Natur.« Meerholdt atmete tief auf. »Und in diesem Kampf – das spüre ich – steht eine Wende bevor! Ich spüre es förmlich körperlich, Doktor.«

»Sprechen Sie mal mit Osik darüber«, sagte der Arzt beeindruckt.

»Osik!« Meerholdt winkte ab. »Ich habe es versucht. Er nennt es Hirngespinste! Er ist ein Rechner – aber er hat kein Gefühl für die Dinge, die ihn umgeben. Es heißt, jeder Mensch ist ein Sender und Empfänger ... er hat ein Strahlungsfeld, das ihn umgibt.« Meerholdt lachte gequält. »Um es banal zu sagen: Bisher habe ich gesendet ... meinen Willen ausgesendet ... jetzt empfange ich plötzlich, und es ist eine starke Strahlung, von der ich nur nicht weiß, woher sie kommt!«

Der Arzt sah Meerholdt eine Weile schweigend an. Dann gab er ihm die Hand. »Nehmen Sie es mir nicht übel, Herr Meerholdt, aber als Mediziner muß ich Ihnen sagen, daß dies Auswirkungen eines überbelasteten und nicht zur Ruhe gekommenen Nervensystems sind. Spannen Sie aus, erholen Sie sich ... ich garantiere, daß Ihnen dann diese ›Gefahrstrahlen‹, um einmal im spiritistischen Jargon zu sprechen, nicht mehr zu nahe kommen.«

Nachdenklich sah Meerholdt auf die Tür, die sich hinter dem Arzt schloß. Ausspannen ... am Meer liegen und den weißen, pulverfeinen Sand durch die Finger rinnen lassen ... das Rauschen des Meeres um sich und das Fächeln der niedrigen Palmen im warmen Wind, der herüber kommt von der Küste Afrikas ... der Wind der weiten Sahara ...

Meerholdt schüttelte den Kopf. Unmöglich, das Werk zu verlassen! Noch ein Jahr - vielleicht noch ein halbes dazu ... dann stand der Damm, dann donnerten die Turbinen, dann surrte der Strom von Zabari über das Land der schwarzen Berge. Vielleicht war dann etwas Zeit, sich auszuruhen und das Leben für ein paar Wochen zu genießen ... ein paar Wochen nur, bis zur nächsten Einsamkeit, zum nächsten Bau. Dann würde Rosa seine Frau sein, er würde ein gemütliches Heim haben, und er würde wissen, wozu er sich in die Arbeit stürzte und für wen er das Geld auf der Bank von Belgrad deponierte.

Rosa ... ein Haus ... Kinder ... ein Garten, in dem sie spielen konnten, ein Planschbecken ... Er würde Rosen pflanzen und sich ein Gewächshaus anlegen ... viel Rasen sollte um das Haus sein ... viel Wiese, auf der man tollen konnte mit den Kindern ...

Meerholdt lächelte verträumt. Wie weit das noch alles lag, wie phantastisch ...

Er öffnete die Tür von Rosas Zimmer und ging hinein.

Die Einzelaktion Stanis Osiks in der Nacht war nur ein halber Erfolg. Immerhin - sie war ein Erfolg!

Osik hatte mit Jossip gesprochen!

Als Meerholdt das Mikrophon, die Kabel, den Verstärker und den Lautsprecher am Waldrand aufgebaut hatte und Osik verließ, wartete Stanis noch eine halbe Stunde, ehe er zu sprechen begann. Er hatte eine geladene Pistole neben sich liegen und beobachtete seine Umgebung mit einem starken Nachtglas.

Nichts rührte sich. Die vollkommene Stille umgab ihn. Nur der Mond zauberte Schatten und Lichtbündel zwischen die Bäume und verstärkte den Eindruck, daß die Berge Montenegros wirklich schwarz sind.

Stanis Osik zitterte ein wenig. Die Aufregung war stärker, als er sich eingestand. Er atmete hastig, ehe er das Mikrophon einschaltete und sich räusperte.

»Jossip!« sagte er. Seine Stimme hallte durch den Lautsprecher weit in die Berge hinein. Stanis Osik lauschte ihr und dem Echo, das zweifach zurückgeworfen wurde. »Jossip Petaki ... hier spricht Stanis Osik! Der Vater Elenas. Ich bin allein, ganz allein am Rande des Waldes! Ich gebe dir mein Wort, daß ich allein bin und daß keiner im Umkreis von 500 Metern bei mir ist. Ich möchte dich sprechen, Jossip - ohne Hinterlist, ohne, daß dir etwas geschieht!«

Jossip lag wieder am Bach und kühlte seine Kniewunden, als er die Stimme Osiks hörte. Er zuckte auf, ergriff seine Axt und kroch dem Felswege zu, der den Wald von dem Berg trennte. Dort lag er zwischen den Steinen und lauschte. Er sah Osik am Waldrand sitzen, allein, vor sich den Lautsprecher, das Mikrophon in der Hand.

Jossip wartete.

In der Hütte erreichte die Stimme Osiks Elena, die am Herd stand und kochte. Sie zuckte zusammen, als sie die Worte hörte, und ließ den Topf fallen, den sie in der Hand hielt.

»Vater ...«, stammelte sie. »Vater ...« Dann schrie sie auf, stürzte auf die Tür zu, rüttelte an ihr und schrie, schrie ... »Vater! Hilf mir! Vater!! Hilfe Hilfe!!« Sie schlug mit beiden Fäusten gegen den Balken, sie trat dagegen, sie rannte in sinnloser Verzweiflung mit der Schulter gegen die dicken Bohlen, bis der ganze Körper schmerzte und sie wimmernd an der Tür auf die Knie fiel. »Mein Gott!« stammelte sie. »Hilf mir doch! Mein Vater ist hier ... mein Vater!«

Jossip lag auf der Erde und lauschte. Stanis Osik sprach weiter.

»Ich habe dir gestern 100 000 Dinare geboten, wenn du Elena freigibst. Du sollst sie auch heute noch haben.

Du brauchst sie nicht selbst zu bringen ... laß sie frei laufen, und sie wird nicht verraten, wo dein Versteck ist! Die 100 000 Dinare lege ich dir hier an den Waldrand hin ... du kannst sie nehmen und wegziehen und ein schönes Leben führen. Niemand wird dich suchen. Hörst du mich, Jossip?«

Jossip kniff die Augen zusammen. Er richtete sich hinter einem dicken Stein auf und lehnte sich dagegen. Stanis Osik hielt den Atem an ... er starrte in die Dunkelheit und die hellen Flecken, die der Mondschein auf den Boden zauberte. Sein Herz schlug wie eine Trommel ... er preßte die Hand auf die Brust und ächzte.

Plötzlich fuhr er empor ... er umklammerte das Mikrophon und stieß mit dem Kopf nach vorn.

Eine Stimme ... eine Stimme aus den Felsen ... dünn, wie weit weg ... aber vernehmbar und deutlich.

»Ich brauche dein Geld nicht, Osik! Ich habe Elena nicht mitgenommen, um Geld zu bekommen!«

Osik spürte, wie kalter Schweiß über seinen Körper rann. Er stöhnte leise. »Aber sie lebt?« fragte er durch das Mikrophon.

»Sie lebt, und es geht ihr gut.«

»Das ist schön, Jossip.« Stanis Osik traten die Tränen in die Augen. »Warum gibst du sie nicht heraus?«

»Ich habe meine Gründe. Osik. Ich hasse dich nicht ... ich hasse auch Elena nicht, obgleich sie Rosa schlug. Meine Rosa, Osik! Ich hätte sie töten müssen dieser Schläge wegen ...«

»Sie tat es aus Eifersucht, Jossip. Verstehst du das nicht? Gerade du nicht?«

Jossip schwieg. Er lehnte hinter seinem großen Stein und wischte sich über die Stirn. Gerade du ... sagte er. Gerade du ... Eifersucht ... sie macht wahnsinnig, sie macht toll, sie läßt den Menschen zum Mörder werden ... Jossip nickte.

»Geh weg aus Zabari, Osik«, rief er zurück. »Geh sofort weg! Es wird Schreckliches geschehen ... darum geh, Osik!«

»Nicht ohne Elena.«

»Ich verspreche dir, sie dir wiederzubringen! Sie und du und ich ... wir werden die einzigen sein, die Zabari wiedersehen. Ich muß sie hierbehalten, um ihr Leben zu retten ... geht sie mit dir nach Zabari, wird auch sie getötet werden ... Ich bringe dir Elena gesund nach Sarajewo! Warte dort auf mich!«

Stanis Osik erhob sich und wollte der Stimme entgegenkommen. Jossip sah es und schrie.

»Bleib stehen, oder ich muß mich wehren!«

Osik blieb stehen, das Mikrophon in der Hand.

»Laß uns vernünftig sprechen, Jossip! Brauchst du etwas?«

»Verbandstoff und Mittel gegen Fieber und Wundbrand.«

Osik hob beide Hände. »Sei kein Idiot, Jossip! Das kannst du nicht selber heilen! Wenn du verwundet bist, mußt du zu einem Arzt!«

»In Zabari hängen sie mich auf! Lieber sterbe ich in meinen Bergen wie ein Stück Wild.«

»Ich werde dir die Sachen bringen.« Osik ging zurück zu seinem Klappsruhl und setzte sich. »Ich lege dir alles auf den Weg dort. Noch etwas?«

»Ja.« Jossips Augen leuchteten. Verbände, dachte er. Fiebermittel, Kühlung des Wundbrandes! Ich bin gerettet ... ich habe mein Leben wieder ... Eine tiefe, fast hündische Dankbarkeit Osik gegenüber stieg in ihm empor. »Verlaß sofort Zabari, Stanis. Ich bitte dich darum. Hörst du ... ich bitte dich! Ich schwöre dir bei Gott, daß Elena nichts geschieht!«

»Dann laß sie frei!«

»Sie würde mich verraten!«

»Nein. Wir werden morgen früh abreisen, wenn du Elena freigibst.«

Jossip schwieg. Er zögerte. Osik zitterte, wie ein Schüttelfrost überkam es ihn. Jetzt entscheidet es sich ... jetzt wird er antworten ... Osik drückte die Hand gegen das Herz. Er glaubte, zu ersticken.

Jossip schüttelte langsam den Kopf.

»Es geht nicht. Stanis. Ich habe Angst vor der Schwäche der Menschen.«

Stanis Osik hörte, wie Steine zu Tal rollten, wie in der Ferne ein Schritt durch die stille Nacht knirschte. Jossip ging. »Bleib!« schrie Osik grell. »Führ mich zu Elena ... laß sie mich sehen ... nur einmal sehen ... einmal sprechen! Ich verrate dich nicht ...«

Seine Stimme verlor sich in den Bergen ... das Echo warf seine Stimme zurück ... sie überschlug sich ein paarmal.

Er lauschte. Die vollkommene Stille war wieder um ihn. Der Mond wanderte ... die hellen Flecken auf dem Boden verschoben sich.

Jossip schwieg.

Da klappte Osik weinend seinen Stuhl zusammen und stieg hinunter ins Tal.

Dort, wo die Lichtung begann, wo die Holzfällerkommandos der Bautrupps das Bauholz schlugen, erwarteten ihn Meerholdt, der Arzt und Hauptmann Vrana.

Vrana rannte unruhig hin und her. Er stürzte auf Osik zu, als er aus der Dunkelheit des Waldes hervortrat, und fuchtelte mit beiden Armen durch die Luft.

»Haben Sie ihn erreicht?«

Osik nickte. »Ich habe ihn gesprochen.«

»Was?« Ralf Meerholdt fuhr sich mit dem Finger in den Kragen, als sei er plötzlich zu eng geworden. »Sie haben ihn gesprochen?«

»Ja.«

»Und Elena?«

»Sie lebt ...«

»Sie lebt!« Hauptmann Vrana tobte. »Und Sie sind noch immer dafür, daß man diesen Kerl leben läßt und nicht ausräuchert?!«

»Ja. Er hat versprochen, Elena gesund zurückzubringen, wenn –«, er stockte und sah die drei groß und mit entsetzten Augen an – »wenn Sie und alle hier, alle in Zabari getötet sind!«

Hauptmann Vrana biß sich auf die Lippen. »Er ist verrückt geworden.«

Osik wandte sich an den Arzt. Er sah ihm ins bleiche Gesicht und zuckte mit den Schultern. »Ich weiß nicht, was er vorhat! Aber es muß Irrsinn sein, denn solch ein Plan ist undurchführbar. Aber ich brauche Medikamente. Doktor ... ich brauche einige Binden, Schmerztabletten, Penicillinsalben, Wunddesinfektionsmittel ...«

»Und Zyankali!« sagte Vrana giftig.

»Ich habe Jossip versprochen, es ihm hinaufzuschikken.«

Vrana schlug sich an die Stirn. »Versprochen! Einem Verbrecher versprochen! Krepieren soll er wie ein toller Hund! Doktor, wenn Sie die Mittel herausgeben, legen Sie ein paar Pillen Gift bei! Schreiben Sie drauf: zum Schlafen! Es ist keine Lüge ... er wird danach schlafen!«

Stanis Osik sah Meerholdt hilfesuchend an. Die Unterredung mit Jossip hatte in ihm allen Widerstand gebrochen.

»Sorgen Sie dafür, Meerholdt, daß die Dinge an den Waldrand kommen, heute nacht noch! Er soll sehen, daß ich mein Wort halte. Dann wird er auch seines halten.«

»Die Spekulation auf die Verbrecherehre!« Hauptmann Vrana lachte höhnisch.

»Sie werden es hinauftragen, Meerholdt?« Osik beachtete Vrana nicht.

»Ja.« Meerholdt zögerte, aber dann sagte er es doch. »Ich hätte auch noch eine Bitte, Herr Osik.«

»Ja - und?«

»Lassen Sie ab morgen wieder den Felsen bewachen ... ich ahne, was Jossip vorhat!«

»Wie Sie wollen - mir ist alles gleichgültig! Elena lebt ... das ist mir mehr wert als hundert Staatsbauten.« -

Als Jossip in seine verborgene Hütte zurückkam, unter dem Arm ein Paket mit Verbandszeug und Medikamenten, fand er Elena ohnmächtig an der Tür liegen. Sie hielt ein kleines Beil in der Hand, mit dem sie versucht hatte, die Tür aufzuschlagen. Er schüttelte den Kopf, nahm den schmalen Körper wie ein Kind auf die Arme und trug sie zurück zu dem Strohlager. Dann wickelte er das Paket aus, schluckte zwei Schmerztabletten und wusch seine Kniewunden und die Schulter mit Watte und einer Desinfektionslösung aus. Darauf legte er die Verbände an, nachdem er Penicillinpuder in die Wunden gestreut hatte. Die Knie verband er gut ... aber bei der großen Schulterwunde stöhnte er oft und hielt die Verbandrolle mit den Zähnen fest, um die Mullstreifen fest um den Körper ziehen zu können.

Zwei Tage später durfte Rosa zum erstenmal aufstehen. Am Arm Meerholdts ging sie in die Sonne und wanderte ganz langsam über die Dorfstraße zu ihrem Haus. Fedor und Marina kamen ihr entgegen ... der Alte küßte sie auf die Stirn, und Marina weinte vor Freude und machte vor Meerholdt einen tiefen Knicks.

»Nur eine halbe Stunde«, hatte der Arzt gesagt. Meerholdt hielt sich streng daran und führte Rosa nach Ablauf der Zeit wieder zurück. Er schob ihr einen Sessel in die Sonne am Fenster, umwickelte ihre Beine mit einer Decke und setzte sich zu ihr. Bonelli und Katja brachten Früchte und Obstsaft und erzählten, daß sie bald heiraten wollten. Sobald die Mauer stand und ein großer Teil der Arbeiter wegzog, wollte auch Pietro Bonelli zurück nach Italien und Katja mitnehmen. Die Kolonnen, die später das Turbinenhaus ausbauten, kamen mit einer kleinen Kantine aus, deren Führung unter der Würde Bonellis war.

»Ich habe schon einmal Könige bedient!« renommierte er. »In Griechenland habe ich die Majestäten bewirtet, als wir einen Kanal bauten. Kinder - diesen Tag vergesse ich nie. ›Bonelli‹, sagte die Königin Friederike zu mir, ›Bonelli, Ihr Steak ist ein Gedicht!‹ - ›Majestät‹, habe ich da geantwortet, ›das ist nur der Prolog ... wenn Sie den kommenden Braten probieren, wird es wie eine Hymne sein!‹«

Katja war stolz auf ihren Pietro und himmelte ihn an. Josef Lukacz hatte sie seit dem letzten blauen Auge Bonellis nur einmal wieder gesprochen. Sie war am nächsten Morgen zum Materiallager gegangen, hatte sich Lukacz vor die Tür holen lassen und dort, vor allen Leuten, vor den sich biegenden Arbeitern, hatte sie sich auf die Zehenspitzen gestellt und Josef vier kräftige Ohrfeigen gegeben. Lukacz ließ es mit sich geschehen ... wie ein geprügelter Hund schlich er in die Materialhalle zurück und fuhr am Mittag mit dem nächsten Wagen nach Plewlja. Er kam von da ab nicht wieder, sondern fuhr die Kolonne zwischen Plewlja und Niksic.

Rosa saß in der Sonne und war glücklich. Sie hielt die Hand Ralfs fest und hatte den Kopf an seine Schulter gelehnt. Ihre langen Haare hingen über die Sessellehne bis fast auf den Boden.

»Bald ist es Sommer«, sagte sie. »Nun bist du schon ein Jahr bei uns. Ein ganzes Jahr ... Es ist so schnell vergangen.«

Er legte den Arm um ihre Schulter und drückte sie

an sich. »Weißt du noch, wie ich zum erstenmal nach Zabari kam? Mit dem zerbrochenen Wagen, den sie später abschleppten und reparierten?«

»Du kamst damals in das Zimmer und hast mich nicht gesehen«, sagte sie. Sie lächelte vor sich hin. »Ich stand am Herd, und du warst so müde. Oh, ich weiß es noch ganz genau. Du hattest keinen Hut und keine Mütze auf ... deine blonden Haare leuchteten im Schein des Feuers. Und am anderen Morgen hast du dich draußen am Brunnen gewaschen ... und wieder leuchteten deine Haare wie Gold in der Sonne. Schon damals habe ich dich geliebt ...«

Sie drehte den Kopf zu ihm hin und strich mit den Fingerspitzen zärtlich über seine Augen.

»Sag ... wann hast du gemerkt, daß du mich liebst?«

Ralf zögerte. Wann war das, fragte er sich. Als er das zweitemal nach Zabari kam, dachte er, mit dem Willen, Elena zu lieben, bis er Rosa am Wege stehen sah, mit dem großen Strauß Blumen am Arm, hinter dem sie ihr Gesicht verbarg. Damals küßte er sie ... doch wußte er damals schon, daß er sie so lieben würde, wie es heute selbstverständlich war?

»Ich weiß es nicht«, sagte er ehrlich. »Es war plötzlich da ...

Ich spürte, daß deine Nähe mich glücklich machte, daß deine Stimme, deine Augen, deine Haare, dein Körper, daß alles an dir und aus dir mir fehlte, wenn ich es einen Tag entbehren mußte. Vielleicht war es da, Rosa.«

Sie nickte. »Wie lange bleibst du?« fragte sie leise. Er sah erstaunt auf.

»Warum fragst du? Bestimmt noch ein Jahr ...«

»Ein Jahr noch ...« Sie schloß die Augen. »Ich will dieses Jahr erleben wie keines vor ihm. Es wird das letzte glückliche Jahr sein ...«

Er schüttelte den Kopf und drückte sie wieder an sich. »Es werden viele Jahre kommen, Rosa. Viele, viele Jahre des Glücks. Wir werden heiraten ...«

Da weinte sie vor Freude wie ein Kind ...

6

Einen Tag später - am frühen Morgen - entdeckte der Vorarbeiter und Schichtführer Drago Sopje einen Einbruch.

Die Hinterwand des Magazins war aufgesagt worden, ein paar Bretter waren gelöst, und der Dieb war in das Lager eingestiegen. Keiner hatte ihn gesehen, niemand hatte etwas gehört ... der Einbruch mußte in den frühen Morgenstunden geschehen sein, als die Nachtschicht noch draußen arbeitete und die Frühschicht noch selig schlief.

Ralf Meerholdt und Stanis Osik besichtigten die Einbruchstelle und das Magazin.

»Es ist nichts gestohlen worden«, sagte Drago achselzuckend. »Die wertvollsten Sachen sind noch da. Nur drei dumme Sprengladungen fehlen und zweihundert Meter Zündschnur.«

»Was?!« schrie Meerholdt. »Zündschnur und Sprengladungen?!« Sein Gesicht war vor Entsetzen verzerrt, verständnislos sah ihn Osik an.

»Da will einer ein Feuerwerk machen ...«, sagte er scherzhaft. Weiter kam er nicht, denn Meerholdt rannte wie gehetzt aus dem Magazin und stürzte in die Konstruktionsbaracke.

Sekunden später heulten die Alarmsirenen über Zabari. Aber nicht nur sie ... auch die Katastrophenhörner gellten durch das Land, auf- und abschwellend, die Luft mit schauerlichem Geheul erfüllend.

Räumung der Bauten! hieß das. Sofortige Arbeitsniederlegung. Räumung des Dorfes ... des Tales ... alle Menschen weg aus Zabari ...

Stanis Osik kam in das Zimmer. Er schwitzte und war ebenfalls bleich geworden.

»Sind Sie wahnsinnig geworden, Meerholdt?!« schrie er. »Was soll der Unsinn?! Die Bauten werden ja geräumt!«

Von draußen hörte man das Trappeln tausender Füße ... die Arbeiter liefen zu ihren Baracken und rissen das Wertvollste aus den Spinden und Betten. Der Katastrophentrupp versammelte sich auf dem Lagerplatz ... im Dorf wurde das Vieh bereits aus den Ställen auf die Dorfstraße getrieben.

»Retten Sie alles, was Sie können, Osik!« schrie Meerholdt den Direktor an. »Organisieren Sie den Abzug der Bauern! Lassen Sie sofort das Zeltlager der Soldaten räumen ... sie sollen den Abtransport des Viehs und der Bevölkerung leiten! Alle Arbeiter sofort auf die umgrenzenden Höhen! In spätestens einer Stunde darf kein Mensch, kein Tier mehr im Tal von Zabari sein!«

Osik fuhr sich mit beiden Händen an den Kopf. »Sie sind irr, Meerholdt!« brüllte er. »Was soll das?!«

»Retten Sie Ihr Leben! Ich habe keine Zeit zum Reden!«

Er stieß Osik zur Seite und rannte hinaus. Im Laufen nahm er seinen Revolver aus der Tasche, entsicherte ihn und keuchte den Berg hinauf, dem Wald entgegen.

Bauern kamen ihm entgegen, schnatternd ... eine Schafherde wurde in die Berge getrieben ... vierhundert Arbeiter auf Lastwagen fuhren bereits in die Felsenstraße hinein, während Vrana mit seiner Truppe den Ordnungsdienst aufrecht hielt. Keiner fragte mehr ... noch immer gellten die Sirenen ... es war, als habe sich ein Schrei gelöst, der in tausend Kehlen schlief ...

Bonelli rannte jammernd herum und verlud Schnaps und Eß-waren auf ein kleines Auto. Katja schleppte Kisten herbei und stapelte die Waren auf dem Wagen.

»Was ist los?« schrie Bonelli. »Was soll das denn?! Wer weiß denn, was los ist?!«

Keiner wußte es ... aber alle liefen aus dem Tal ... ein schwarzer Strom von Menschen drängte zu der einzigen Straße hin und wälzte sich in die Berge hinein. Menschen, Tiere und Maschinen. Der Katastrophentrupp besetzte die Staumauer und die fertige Brücke ... Hauptmann Vrana suchte Meerholdt, um Auskunft zu bekommen. Stanis Osik stand auf einem Lastwagen und dirigierte den Strom der Flüchtenden.

»Was ist denn los?« schrie Vrana. Osik zuckte mit den Schultern. Die Sirenen verstummten ... das Schreien der Bauern, die ihre Herden antrieben, erfüllte das Tal, durchsetzt von dem Geheul der Motoren und Autos.

Meerholdt hatte unterdessen den Waldrand erreicht. Außer Atem lehnte er sich schweißüberströmt gegen einen Baum und wischte sich über die Augen. Unten im Tal war die Hölle los - Hunderte von Rindern drängten zur Straße hin ... die Schafe rannten wirr durcheinander, Bauern brüllten, die schweren Traktoren und Raupenschlepper fuhren rücksichtslos in die Tiere hinein.

Meerholdt sah sich um, ehe er weiter rannte, dem Felsen zu, der dunkel, steil aufgerichtet in den blauen Himmel stieß.

Plötzlich blieb er stehen. Vor Grauen weiteten sich seine Augen.

An der Steilwand des Felsens hing ein Mensch!

Allein, winzig, klebte er auf halber Höhe an der senkrechten Seite, die über Zabari stand.

»Jossip!« schrie Meerholdt grell. »Jossip! Das ist doch Wahnsinn!«

Er rannte weiter und stand vor dem Felsen. Nur ein schmaler Pfad führte in schwindelnder Höhe um den Felsen herum, ein Pfad, auf dem zwei Menschen nicht nebeneinander gehen konnten.

Meerholdt kletterte weiter ... er riß sich die Hände an den spitzen Steinen blutig, er schürfte seine Knie auf ... die Hose zerriß, als er abrutschte und sich an einem vorspringenden Stein festhielt. Dann war er auf dem Pfad und rannte ihn entlang, bis er unter Jossip stand, der langsam herunterkletterte.

Zwischen den Zähnen hielt er die Zündschnuren, während er abstieg ... über ihm, in den Felsen gehauen, waren die Sprenglöcher, die er schon in der Nacht geschlagen hatte, bevor er das Dynamit aus dem Lager stahl. Um seine Knie und seine Schulter leuchtete es weiß ... die Verbände, die ihm Osik geschickt hatte ...

die Verbände, die es ihm ermöglichten, diese grausige Tat zu vollbringen.

Meerholdt riß den Revolver empor. Er schoß ... er wußte keinen anderen Weg mehr ... er schoß zweimal, dreimal ... das ganze Magazin leer. Aber die Schüsse prallten seitlich von Jossip an dem Felsen ab ... Meerholdt zitterte so sehr vom Lauf und der Erregung, daß er nicht ruhig zielen konnte.

Jossip hörte die Schüsse und sah es neben sich im Gestein splittern. Er schaute hinab und sah Meerholdt stehen, den Revolver in der Hand. Ein grausames Lächeln verzog sein Gesicht ... er kletterte seitlich weiter, die Zündschnuren durch den Mund abspulend. Mit einem Sprung stand er dann auf dem Pfad, rannte ein Stück zurück und nahm einen dicken Knüppel vom Boden auf. Mit ihm rannte er zurück und stellte sich vor die herabhängende Schnur, bevor Meerholdt sie erreichte. Mit einem Streichholz, das er auch gestohlen hatte, entfachte er die Schnur und sah, wie die kleine, blaue Flamme mit rasender Geschwindigkeit die Schnur entlanglief und den Felsen höher und höher kletterte ... den Sprenglöchern entgegen ... dem riesigen Tod des ganzen Landes ...

Auch Meerholdt sah die kleine Flamme den Berg hinaufzischen ... er schrie noch einmal auf und stürzte vorwärts.

Jossip stand mit dem Rücken an den Felsen gelehnt und ließ den großen Knüppel kreisen ... immer um sich herum, wie einen großen Kreis der Vernichtung. Meerholdt stand vor ihm, zerrissen, blutend ... auf die kleine blaue Flamme starrend.

»Jossip! Das ist Irrsinn!« keuchte er. »Reiß die Schnur ab! Du weißt nicht, was du tust!«

»Ich weiß es!« schrie Jossip zurück. »In drei Minuten seid ihr alle ersäufte Ratten!« Er lachte grell und hieb um sich, als sich Meerholdt auf ihn stürzen wollte.

»Was haben dir die tausend Arbeiter getan?« brüllte Meerholdt. »Was haben dir die Bauern getan ... deine Freunde, deine Brüder, das Vieh ... du wirst sie alle vernichten! Reiß die Schnur ab ...«

»Die Welt soll untergehen!« Jossips Gesicht war nicht mehr menschlich ... er grinste und hieb um sich. Den Schweiß, der über sein Gesicht und seinen Mund lief, leckte er auf ... ein Untier war er in diesem Augenblick seines höchsten Triumphes, ein Körper ohne Seele, ohne Gedanken, ohne Empfinden, ohne Gehör und Gesicht. Er schwankte vor Wonne und schrie dazu mit einer Stimme, die Meerholdt frieren ließ.

»Du sollst alles bekommen, Jossip.« Meerholdt stand machtlos vor dem Irren und seinem kreisenden Knüppel. »Du sollst die 100 000 Dinare bekommen, die Freiheit, keine Strafe ... du sollst alles haben ... nur lösch die Schnur aus! Du weißt nicht, was du tust ...«

»Gib mir Rosa!« schrie Jossip zurück.

Meerholdt schloß die Augen. Vor seinen Lidern flimmerte es. In wenigen Minuten wird der Felsen aufreißen ... der eingeschlossene See wird hervorstürzen, er wird das Tal ersäufen mit allem, was in ihm ist ... tausend Arbeiter ... die Soldaten ... die Herden ... die Bauern ... die Häuser ... den Staudamm ... das Turbinenhaus ... das Lager

... die Wagen, das Material, Millionenwerte ... alles, alles wird vernichtet sein ... wegen Rosa ...

Meerholdt ballte die Fäuste ... seine Fingernägel rissen die Handflächen auf.

»Ich gebe dir auch Rosa!« schrie er grell. »Nur reiß die Schnur ab ...«

Jossip blickte sich um ... auf halber Höhe zischte die Flamme empor ... noch drei Minuten, und der Felsen riß auseinander. Da sah er über dem Berg eine dichte Rauchwolke aufsteigen ... kerzengerade stand der Rauch über dem Plateau, hinter dem seine Hütte verborgen war.

Jossip umklammerte seinen Knüppel. Die Hütte ... Elena ... sie hat die Hütte in Brand gesteckt ... sie ist frei ... meine Hütte brennt ... die Hütte für mich und Rosa ...

»Sterben sollt ihr alle!« schrie er mit sich überschlagender Stimme. Er weinte plötzlich, und weinend, vor Wut weinend, schlug er auf Meerholdt ein und trieb ihn vor sich her, weg von der Schnur, die den Tod bedeutete.

Im Tal sah Hauptmann Vrana den Feuerschein in den Bergen und die dichte Qualmwolke. Er zeigte hinauf und rannte zu seinen Soldaten. »Sieben Mann mit mir!« kommandierte er. »Wenn etwas brennt, dann kann es nur Jossips Hütte sein! Wir haben ihn! Jungs – wir haben ihn!«

Die acht Mann kletterten den Hang hinauf.

Noch immer wälzte sich der Strom der Flüchtenden aus Zabari hinaus. Die letzten Herden wurden weggetrieben, die Arbeiter am Wall räumten die Maschinen weg ... Stanis Osik stand auf einem Seitenhügel und sah hinüber zu dem Rauch, der aus den Felsen stieg.

Elena, dachte er. Elenanja ... Wenn sie dich retten, stifte ich eine Million für eine neue Kirche in Zagreb!

Ralf Meerholdt hatte sich gebückt ... mit Steinen bewarf er Jossip, der noch immer den großen Knüppel kreisen ließ.

In diesem Augenblick berührte jemand Ralfs Arm. Er fuhr herum und ließ die Steine, die er eben aufgenommen hatte, fallen. Rosa stand hinter ihm, bleich und schmal, mit großen, brennenden Augen.

»Rette dich!« schrie er grell. »Mein Gott ... rette dich! Gleich ist es vorbei!«

Sie ging an Meerholdt vorüber, auf Jossip zu. Wie wild schlug Jossip um sich, als er sie kommen sah.

»Fort, du Hure!« kreischte er. »Fort! Fort!«

»Ich will bei dir bleiben, Jossip.« Rosa hob beide Hände, flehend, mit einer kindlichen, fast betenden Gebärde. »Ich will deine Frau werden ... nur tu es nicht ...«

Mit einem Aufschrei stürzte Jossip auf die Schnur. Er erreichte sie ... er wollte sie herunterreißen ... da sprang die blaue Flamme in das Bohrloch und verschwand. Einen Augenblick nur ergriff entsetzte Erstarrung die drei Menschen ... dann krachte es in dem Felsen ... die Wand riß auf ... ein unheimlicher, dicker Wasserstrahl schoß aus ihr hervor ... Steine, Felsbrocken, Kies schleuderte er vor sich her wie ein Katapult ... der Fels brach auseinander ... das befreite Wasser zerriß die Wand ... mit einem unbeschreiblichen Krach zerbarst der Berg und stürzte hinab ins Tal. Und mit ihm der See ... das Wasser, die Sintflut ... die Vernichtung allen Lebens ... Der Himmel wurde dunkel ... die Luft war nicht mehr da ... nur ein Brausen, Krachen, Gurgeln und Aufschreien der Natur, ein Zusammenbrechen von Bäumen und Häusern, eine unerschöpfliche Lawine aus Wasser und Erde und Steinen ... Es gab keine Sonne mehr ... es war nur ein Donnern auf der Welt, ein Donnern des Jüngsten Gerichtes.

Als der Felsen aufriß, warf sich Rosa auf Meerholdt zurück. Sie flog an ihn heran, und von ihrem Aufprall verlor er den Halt und stürzte seitwärts den Hang hinab, rollte, sie umklammernd, zur anderen Seite des Tales und blieb im Wurzelwerk eines Baumes liegen. Bewußtlos, eng aneinandergepreßt, lagen sie so auf halber Höhe und sahen nicht mehr den Untergang Zabaris.

Der See stürzte mit einem einzigen Aufschrei zu Tal. Er riß Jossip mit, den weinenden Jossip, der den Knüppel noch einmal hob, ehe ihn die grauenhafte Woge erfaßte. Dann prallte die Flut und mit ihr der ganze Felsen auf die Häuser, das Leben zermalmend, das Tal füllend, auf die Sperrwand zulaufend und sie in einem Anlauf zerbrechend wie ein Gebilde aus Streichhölzern. Die Brücke wurde weggerissen, das Turbinenhaus versank in einer einzigen Flut, das Lager, die Zelte, die Wege wurden in Sekunden überspült. – Hauptmann Vrana und seine sieben Mann wurden vom Hang weggefegt und wirbelten mit den Wassermassen schreiend ins Tal ... die Bauern, die noch ihre Herden holten, verschwanden in den Strudeln ... und immer noch, unaufhaltsam, unerschöpflich brach aus dem aufgerissenen Felsen das Wasser hervor und stürzte ins Tal ... kristallklares Wasser, das in der Sonne schimmerte wie flüssiges Silber ...

Stanis Osik stand auf einer Insel inmitten der Vernichtung. Mit Augen, die alles noch nicht begriffen, sah er die Welt um sich herum untergehen ... es gab kein Tal mehr, nur noch einen See ... es gab keine Sperrmauer mehr ... nur noch Wasser ... kein Turbinenhaus ... kein Lager ... keine Häuser ... keinen Wald ... keine Menschen ... Wasser ... gurgelndes, schreiendes, brausendes Wasser, das aus einer riesigen Wunde der Erde hervorstürzte und immer weiter und weiter lief, als habe man eine Arterie der Erde aufgesprengt, und sie begann, auszubluten ...

Die Wasserflut erreichte wie eine hohe Wand die Flüchtenden auf der Bergstraße, Bonelli sah sie kommen ... er riß Katja zu sich auf die Arme und rannte den Pfad weiter, höher, immer höher ... Dann brauste es unter ihm heran, fegte die Wagen in den Abgrund, stieß die schreienden Menschen in die Tiefe ... die Köpfe von schwimmenden Rindern und Schafen tauchten sekundenschnell auf ... dann donnerten die Steine mit der Flut heran und erschlugen sie.

Über die Höhenstraße rannten die Menschen in blinder Panik. Die Arbeiter waren bis auf den Katastrophentrupp, der an der Staumauer in zwei Sekunden vernichtet wurde, in Sicherheit ... aber unter den Bauern ergriff die Flut die meisten und wirbelte sie in die

Unendlichkeit. Fedor und Marina standen nicht weit von Bonelli auf dem Berg und beteten. Sie knieten nieder, und während unter ihnen die Wassermassen die Welt vernichteten, sangen sie die alten Lieder ihrer Heimat und beteten die alten Gebete ihrer Ahnen.

Über die Felsstege, die sonst nur die mutigsten Tiere nahmen, hetzten die Menschen. Unter ihnen, vor Angst brüllend, kletterte ein Bär hinauf. Kreischend kreisten die Adler über dem versunkenen Land. Und noch immer spie der Felsen die Fluten aus ... unersättlich in seiner Vernichtung, die Seitentäler füllend und aus den engen Schluchten ein Bett reißender Flüsse machend.

Stanis Osik stand allein inmitten des Wassers und starrte an dem aufgerissenen Felsen empor. Meerholdts Ahnung - hier war sie wieder Wirklichkeit geworden. Wirklichkeit, die hunderten Menschen das Leben kostete, tausenden Tieren ... und auch das Leben des bisher geschaffenen Werkes. Die Staumauer war zusammengebrochen ... aus dem sich verlaufenden Wasser ragte das Dach des Turbinenhauses hervor ... die Brücke lag als ein Gewirr von verbogenem Stahl und zerknickten Hölzern in der Flut. Wo der Felsen herabgestürzt war, über dem Wald, war das Land öde ... die Stämme waren mitgerissen worden, nur die Stümpfe ragten aus der Erde - - ein Bild wie nach einer großen Schlacht, von der sich der Boden noch nach Jahrzehnten nicht erholt.

Osik senkte den Kopf. Er hatte Meerholdt ausgelacht, er hatte die Bohrversuche abgebrochen, er hatte Jossip Verbände und Medikamente gebracht und ihm somit die Kraft wiedergegeben, dieses einmalige, schaurige

Werk der Vernichtung auszuführen. Er dachte an die Worte Jossips: Geh aus Zabari weg! Sofort! Nichts wird mehr leben! Aber du wirst leben und auch Elena ... Und Elena lebte ... sie mußte ihm gegenüber in den Felsen sein und wie er hinabblicken auf eine Welt, die keiner mehr erkannte.

Da fiel der große, starke Stanis Osik auf die Knie, schlug die Hände vor die Augen und bettelte zu Gott um Gnade für seinen Irrtum ...

Drei Tage dauerte der Fluß aus dem Felsen ... dann hatte sich das Wasser beruhigt ... es floß ab in andere Täler und rauschte durch unbewohnte Gebiete, bis es sich fern aller Siedlungen aus einer Schlucht in die Tara ergoß. Aus dem Felsen quoll jetzt nur noch in starkem Strahl ein mächtiger Bach, der in herrlichen Kaskaden den zerklüfteten Berg hinabstürzte und im See unterging, im See, der einmal das Dorf Zabari war.

Meerholdt und Rosa waren von Suchtrupps gefunden worden, die drei Stunden nach der Katastrophe die umliegenden Gegenden absuchten und auch Stanis Osik von seiner Insel holten. Elena fanden sie ohnmächtig vor der verbrannten Hütte, deren noch immer aufsteigender, beißender Rauch ihnen den Weg wies. Sie hatte in letzter Verzweiflung, als Jossip sie am Tage verließ und ihr höhnisch sagte, daß er jetzt Zabari vernichten wollte, die Tür mit Feuer aufgebrannt und war dann aus dem brennenden Haus geflüchtet, ehe die Balken des Daches einstürzten. Vom Plateau aus sah sie den Untergang Zabaris, und sie war zusammengebrochen vor Grauen und dem Gedanken, daß auch ihr Vater und Ralf Meerholdt von der Woge der Vernichtung zermalmt worden waren.

Bonelli saß bereits wieder in einem gefundenen Zelt und rechnete auf einem Blatt Papier aus, was er verloren hatte. Er war empört und wehrte sich mit Händen und Füßen, als man sein Zelt, eines der wenigen, die man rettete, für ein Notlazarett beschlagnahmte, das der Arzt einrichtete. Osik brüllte ihn an und warf ihn hinaus, als er sich beschwerte ... resignierend saß er dann wieder mit seiner Katja auf einem Grasplatz und haderte mit der Welt. Aus Belgrad kam mit dem Fluzeug eine Abteilung Regierungsbeamte nach Niksic und landete mit Hubschraubern auf der Felsenstraße. Sie besichtigte die Katastrophengebiete und versprach den Bauern Entschädigungen und neues Land.

Ralf Meerholdt saß in einem der Lazarettzelte, eingewickelt in Mullbinden, und zeichnete schon wieder. Rosa hatte von dem Sturz weniger körperlichen Schaden erlitten, aber ihre Nerven waren wieder zerrissen ... sie hatte drei Tage lang geweint, Tag und Nacht, bis man sie nach Sarajewo in die staatliche Klinik brachte und in einen Heilschlaf versetzte. Jeden Tag rief Meerholdt an und erkundigte sich. »Sie schläft - nichts Neues«, hieß es immer. »Lassen Sie sie schlafen, sie stand am Rande eines völligen Zusammenbruchs.«

Jetzt zeichnete und rechnete er wieder. Osik saß bei ihm am Bett, die Beamten aus Belgrad, die beiden Techniker, die den Untergang überlebt hatten, er zeigte ihnen seine Pläne und war selbst erstaunt, woher ihm seine Gedanken kamen.

»Jossips Rache öffnet für uns ein ungeahntes Kraftfeld«, sagte er. »Wir werden den Strom, der aus dem Felsen kommt, durch große Beton- und Stahlrohre leiten . . ., wir werden den Felsenmund vermauern und das Wasser gleich vor dem Austritt auffangen und durch die Rohre zu Turbinen leiten, die auf dem Hang stehen, wo ehemals der Wald wuchs. Von dort leiten wir es ebenfalls durch ein Röhrensystem zu dem Staudamm, wo es wiederum durch die unteren Turbinen läuft, um dann als Fluß durch verschiedene Gräben und Kanäle in Gebiete geleitet zu werden, wo es die unfruchtbaren Böden bewässert. So kann uns der freigewordene Fluß dreimal nutzen!«

»Genial!« sagte Osik ehrlich. »Einfach genial! Der Kerl macht aus einem Unglück einen Gewinn! Aus der Verwüstung schafft er Neues!«

Er klopfte Meerholdt vorsichtig auf die Schulter. »Ihr Deutschen seid ein Teufelsvolk!«

Meerholdt lächelte schwach. »Wer hatte damals recht, Osik?«

Stanis winkte ab. Er wurde verlegen. »Fangen Sie nicht wieder von dieser alten Sache an! Ich habe alles nach Belgrad gemeldet. Marschall Tito wird Sie - sobald Sie gesund sind - selbst empfangen. Er wird aus Ihnen einen der berühmtesten Männer Jugoslawiens machen!«

Meerholdt schüttelte den Kopf. »Sie verstehen mich nicht, Osik. Ich will keinen Ruhm ... ich will wieder nach Hause.«

»Nach Zagreb? Mit Rosa, was? Sollen Sie, Meerholdt. Ich richte Ihnen eine wundervolle Villa ein!«

»Ich will nach Deutschland, Osik.«

»Nach - -? Aber Meerholdt!« Osik setzte sieh schwer.

»Meine Verträge mit Ihrer Regierung laufen in zwei Jahren ab. Ich möchte sie nicht erneuern. Ich hinterlasse Ihnen die Pläne, bis in die kleinste Einzelheit ausgeführt. Sie brauchen nur nach ihnen zu bauen.«

»Nur! Nur! Mir fehlt Ihr Geist! Ihre Hand! Ihre Umsicht! Mir fehlt alles, wenn Sie gehen!« Osik raufte sich die Haare. »Bleiben Sie doch, Meerholdt! Wir bieten Ihnen so viel, wie Sie in der ganzen Welt nicht bekommen! Selbst nicht in den USA!«

»Geld!« Meerholdt schüttelte den Kopf. »Darum gehtes nicht. Es geht um die Seele, Osik. Um das Heimweh,das ich habe. Um die Heimat, in die ich gehöre. Ich habe damals vor vier Jahren Ihren Vertrag angenommen, weilich ein kleiner, unbedeutender Ingenieur war und man in Deutschland die Sucht hat, nur die großen Namen anzuhören und dem Nachwuchs von Beginn an jede Begabung abzusprechen! Es hat gar keinen Zweck inDeutschland, als Unbekannter mit neuen Ideen zu kommen, mit großen Plänen! Wirrsinn, sagen sie dann. Unausgegorenes Zeug! Phantastereien! Jugendideen, die keine Tiefe haben! Erst wenn man dann im Ausland einen Namen bekommen hat, wenn Deutschland sieht, daß der Unausgegorene doch ein guter Wein geworden ist, werden wir wieder importiert und mit Zucker eingestäubt! Das ist die Schattenseite meiner Heimat ... aber sie wiegt nicht auf, daß es dort einen Rhein gibt, die Weinberge, Dome, einen Bodensee und Deiche, die kilometerweit an der See entlangführen und auf deren Krone man stehen kann, den Wind im Haar und hinüberblickt auf die Schiffe, die in die Welt fahren. Es gibt auch Schnee dort ...«

»Den haben wir auch.« Osik lächelte schwach.

»Ja, den habt ihr auch. Aber wie in Rußland ist auch bei euch der Schnee grausam, eine Faust der Natur gegen den Menschen. Bei uns ... o Osik ... hätten Sie jemals erlebt, wie die Tannen aussehen, wenn es schneit ... ein verschneiter Wald im Schwarzwald ... im Sauerland ... die Sprungschanzen, von denen die Skispringer durch den Himmel fliegen ... die Kinder mit den Schlitten ... die hingeduckten Häuser im Allgäu, wenn nur der Qualm anzeigt, wo Menschen wohnen ... Es ist wie ein Märchen, Osik ... eine Winternacht in Deutschland, zu Weihnachten, wenn die Tannenbäume brennen und die Lieder der Kinder durch die eiskalte Luft schwirren, und die Glocken läuten und die Menschen in der Christmesse beten, kniend unter dem Orgelklang, der weit ins Land tönt ... Osik, das kann mir kein Geld ersetzen, keine fremde Schönheit, kein Mensch auf dieser Welt. Und darum will ich zurück nach Deutschland ...«

Osik schwieg. Er verstand Meerholdt. Traurig blickte er auf die Zeichnungen, die um das Bett herum auf der Erde lagen.

»Und wir werden dann Ihr Werk bauen! Kommen Sie wenigstens zur Einweihung zu uns?«

»Bestimmt, Osik.« Meerholdt lachte und klopfte dem Direktor auf den Arm. »Nun weinen Sie nicht – zwei Jahre werden wir ja noch zusammenarbeiten müssen!

Zwei lange Jahre. Vielleicht sind Sie dann froh, wenn Sie mich los werden ...«

Acht Tage später fuhr Meerholdt, noch immer verbunden und von dem Arzt begleitet, nach Sarajewo.

In der staatlichen Klinik, einem Neubau mit weiten Glasflächen, Terrassen und Liegehallen, der man die Hand eines amerikanisch beeinflußten Architekten ansah, wurde er sofort von dem Chefarzt empfangen und in das Privatbüro geführt.

»Fräulein Suhaja geht es gut«, sagte der Chefarzt, ein alter Serbe mit einem weißen Spitzbart und einer goldeingefaßten Brille. »Wir haben sie gründlich untersucht und durchleuchtet ... es ist nichts, was zu Besorgnis Anlaß gibt. Noch etwa zwei Wochen, und wir können sie entlassen. Nur -« Der Chefarzt wiegte den dicken Kopf - »ich würde es nicht empfehlen, nach Zabari zurückzufahren! Noch nicht, Herr Meerholdt! Ich habe gehört, daß das Dorf völlig vernichtet ist?«

»Wo das Dorf war, ist heute nur noch ein See. Aber wir werden in Kürze das Tal wieder frei bekommen und das Wasser bändigen können. Dann kann Zabari neu entstehen, und schöner, als es war! Wir werden neben dem Staudamm und unter dem Felsenfluß eine moderne Stadt erbauen!«

Der alte Serbe nickte weise. »Die Jugend! Der Geist des Fortschritts! Wenn früher über die Bosna eine neue Brücke gebaut wurde, eine kleine, runde Brücke aus Steinen und Flechtwerk, dann war es das Werk von zwei oder drei Generationen. Heute wird ein Landstrich vernichtet ... und schon rechnet man aus, daß in drei oder vier Jahren aus dieser Vernichtung etwas noch Schöneres entstehen wird. Als ob es keine Zeit mehr gäbe. Wir Menschen wachsen über uns hinaus, Herr Meerholdt ... ich habe manchmal Angst davor.«

Ralf Meerholdt sah zu Boden und faltete die Hände. »Wir resignieren nicht mehr vor dem Schicksal, wie es unsere Vorväter taten ... wir kämpfen gegen es an und bezwingen es, wenn wir es können. Das ist alles. Der Mensch hat einen Einbruch in die Sphäre dessen getan, was man vor hundert Jahren noch Gottes Wille nannte!«

»Und Sie finden das gut?«

»Gut ...? Es ist nützlich! Das ist alles. Oder wollen Sie sagen, daß die Wiedergeburt Zabaris nicht gut sei?

»Richtig - Zabari!« Der Chefarzt lächelte verzeihend. »Wir kamen vom Thema ab und wurden weltschmerzlich! Das ist Unsinn ... wir Alten kommen nur nicht mehr mit! Zabari! Das wollte ich Ihnen noch sagen: Lassen Sie Fräulein Suhaja hier oder woanders ... aber holen Sie sie erst in die Berge zurück, wenn das neue Dorf - oder die Stadt, wie Sie sagen - fertig ist! Ersparen Sie ihr den Anblick der zerstörten Heimat. Sie weiß, daß ihre Eltern leben, sie weiß, daß man ihnen alles wiedergeben wird ... wie es richtig aussieht in Zabari, das hat sie gar nicht wahrgenommen!« Der Chefarzt schüttelte den Kopf. »Man sollte meinen, sie habe die rauhe und derbe Natur einer Bergkatze ... und dabei hat sie eine so zarte Seele.« Er lächelte und legte Meerholdt die Hand auf die Schulter. »Und sie liebt Sie. Es gibt eigentlich für sie nichts anderes auf der Welt als Sie. Sie sollen verdammt sein, wenn Sie jemals dieses Mädchen im Leben enttäuschen ...!«

Später gingen sie durch die langen, weißgestrichenen Gänge der Klinik. Die Schwestern, in großen, wehenden weißen Hauben, knicksten vor ihnen, die jungen, schwarzlockigen Ärzte in den weißen Mänteln standen stramm und traten an die Seite, wenn sie ihnen begegneten. Der Chefarzt grinste.

»Junge Militärärzte, die hier ein wenig Klinikluft atmen. Sie sollen hier lernen, daß der Patient nicht ein Stück Fleisch ist, sondern ein Mensch!« Er lachte. »War das nicht bei Ihnen so, in Deutschland? Zwei Standard-Medikamente: Rizinus und Aspirin?«

Meerholdt winkte ab. »Erinnern Sie mich nicht daran. Mein Stabsarzt in Rußland sagte immer, wenn einer der Verwundeten vor Schmerzen schrie: ›Kerl, ein Landser kann ohne Kopf herumlaufen - dann singt er noch die Wacht am Rhein ... aber er schreit nicht!‹«

Der Chefarzt lächelte und nickte.

Vor einer Tür hielten sie. Sie lag am Ende des Ganges. Der alte Serbe blieb stehen. »Hier ist es.«

Meerholdt drückte ihm die Hand. »Ich bin Ihnen so dankbar.«

»Seien Sie still ...« Der Chefarzt öffnete leise die Tür. Er schob sie auf und blickte hinein. »Sie schläft. Nur einen Blick ... dann Schluß.«

Auf Zehenspitzen trat Meerholdt in das helle, sonnige Zimmer. Rosa lag in den Kissen ... ihr blasses, schmales Gesicht war von innerem Frieden überstrahlt. Ihr langes, schwarzes Haar lag auf der Bettdecke wie eine ausgebreitete Stola. Sie atmete ruhig.

Meerholdt betrachtete sie. Er spürte sein Herz zukken, ein Strom von Liebe und Glück durchrann ihn heiß. Rosa, dachte er. Ich will dem Schicksal alles verzeihen für die eine Stunde, in der ich dich sah.

Leise legte er den Blumenstrauß, den er mitgebracht hatte, auf ihr Bett und verließ auf Zehenspitzen wieder das Zimmer. Vorsichtig, damit sie nicht knarrte, zog er hinter sich die Tür zu.

Der Chefarzt faßte ihn unter ... sie gingen die langen Gänge bis zum Ausgang wieder zurück. Vorbei an den knicksenden Schwestern und den jungen, strammstehenden Ärzten.

»In 14 Tagen«, sagte der alte Serbe, als Meerholdt wieder im Wagen neben dem Arzt aus Zabari saß. »Und suchen Sie einen schönen Ort aus, wohin Sie sie bringen können. Am besten ans Meer ...«

Sie fuhren ab. Lange blickte Meerholdt durch das Rückfenster des Wagens auf das weiße, große Haus, ehe es hinter anderen Häusern und einer Moschee verschwand.

»Ein fabelhafter Mensch, dieser Chefarzt«, sagte er zu dem Arzt, der den Wagen lenkte.

»Das ist er!« Der Arzt sah starr gerade aus. »Hat er Ihnen nichts erzählt?«

»Nein? Was?« Meerholdt sah erstaunt herum.

»Seinen einzigen Sohn hat eine deutsche Kompanie bei Mostar erschossen. Sie fanden bei ihm versteckt eine Maschinenpistole. Seine Frau starb zehn Tage später ... sie nahm sich vor Gram das Leben. Sie erhängte sich im Keller des Hauses, wo man die Waffe gefunden hatte.«

»Mein Gott!« Meerholdt sah auf seine Hände. »Und er weiß, daß ich Deutscher bin.«

»Er ist ein fabelhafter Kerl ... Sie sagten es schon. Er erkennt die Erschießung seines Sohnes an. Es war bei Todesstrafe verboten, Waffen zu verstecken. Wir alle wußten es, und wir alle hatten Waffen! Den Jungen erwischte es ... es war Schicksal! So sieht er es, und er trägt es nach außen mit Fassung.«

Sie sprachen kein Wort mehr, bis sie nach Zabari kamen.

Pietro Bonelli hatte den größten Kampf seines Lebens gewonnen ... den Kampf gegen sich selbst. Nachdem die Katastrophe ihm die Hälfte seiner Kantine vernichtet hatte und das, was er und Katja retten konnten, gerade noch ausreichte, die Flüchtenden zu versorgen und eine Art »Nothilfe« einzurichten, beschloß er, Jugoslawien zu verlassen und seinem Plane näher zu treten, zuerst in Sorrent und später auf Capri eine Cafeteria aufzumachen. Er hatte per Post schon verschiedene Zusagen von Grundstücksbesitzern und einen Anwalt damit betraut, sich die Objekte einmal anzusehen, als Katja Dobor ihm einen dicken Strich durch alle Pläne machte.

»Ich bleibe hier!« sagte sie, als Bonelli ihr den Fortschritt seiner Bemühungen erzählte.

Pietro raufte sich die Haare. »Was willst du? Hier bleiben? Hier?! Maria mia ... ich werde verrückt! In drei Monaten beginne ich in Sorrent zu bauen!«

»Du ja – aber nicht ich!!« Katja sah hinüber zu dem überfluteten Zabari. Der Fluß, der aus dem aufgerissenen Felsen quoll, war bereits gebändigt ... eine provisorische Leitung aus Holz und Blech lenkte das Wasser seitlich ab. Langsam sank dadurch der Spiegel des Sees ... die Dächer der Hütten, soweit sie noch standen, ragten bereits einzeln aus dem Wasser. Als der Wald aus dem Wasser auftauchte, fand man in dem Gewirr des Astwerkes auch Hauptmann Vrana und seine sieben Männer. Sie hatten noch die Waffen in den verkrampften Fäusten. In ihren Augen stand das Entsetzen der Sekunde, in der sie von der riesigen Woge überrollt wurden. »Wir haben alles verloren, Pietro«, sagte Katja leise. »Ich muß bei meinen Eltern bleiben und ihnen helfen, wieder aufzubauen. Sie brauchen mich. Sie sind alt, die Eltern, sie können es nicht mehr ... Ich kann nicht mit ...«

Bonelli rannte herum, als habe man seinen Hosenboden angezündet. Er schrie, er jammerte, er flehte alle Heiligen an ... Katja blieb ungerührt. Schließlich setzte sich Bonelli an den Weg und starrte trübsinnig auf das überschwemmte Tal.

»Addio Sorrent und Capri«, sagte er wehmütig. »Ich bin der unglücklichste Mensch der Welt! Jetzt muß ich mein Leben in diesem Saunest verbringen ...«

»Du kannst doch fahren, Pietro.«

Bonelli fuhr herum. »Ohne dich - nie!«

Katja streichelte ihm über das krause, schwarze Haar, Ihre Stimme zitterte. »So lieb hast du mich ...«

»Leider!« Bonelli stöhnte laut. »Der Himmel vergeb' es mir ... ich bin ein Riesenkamel.«

Katja hob die Schultern. »Was ist ein Kamel ...?«

»Ein Kamel ist ...« Bonelli winkte ab. »Nichts ... das

ist ein Ausdruck für einen Mann, der glaubt, es gäbe nur eine Frau auf der Welt und zwar dich!«

Dann küßten sie sich, und Bonelli blieb in Zabari. Er zahlte dem Anwalt seine Gebühren, er verzichtete auf den Kauf der Grundstücke ... er fuhr statt dessen nach Sarajewo und kaufte für die neue Kantine Waren ein, Möbel für das zukünftige Haus und vorausschauend drei Kinderbetten in verschiedenen Größen. »Der kluge Mann rechnet mit allem!« sagte er zu Katja, die kopfschüttelnd zusah. »Unter drei Bambinos brauchst du Pietro gar nicht zu kommen!« –

Das Wasser verlief sich ... an den Talrändern standen riesige Motorpumpen und pumpten das Tal leer. Die ersten Röhren wurden in den Felsmund eingemauert ... auf Betonpfeilern schwangen sie sich wie eine riesige, weißglänzende Schlange ins Tal. Auf dem Boden des abgerissenen Waldes entstanden die ersten Planierböden ... Fundamente wurden gegraben, Betonmischer donnerten Tag und Nacht. Die zerstörte Brücke wurde an großen Flaschenzügen und mächtigen Stahlkränen emporgezogen und neu befestigt ... die eingesunkene Staumauer wuchs wieder empor ... durch die Verschalungen rieselte der Beton. Die Stahlgeflechte wurden zurechtgebogen – als das Dorf auftauchte und das Wasser versickerte – – – sieben Wochen nach dem Untergang – – – fuhren die ersten Raupenschlepper durch den Schlamm und zogen an Stahlseilen Hunderte von Kühen, Schafen und Schweinen in die Schluchten, bargen die Toten in den Häusern und Ställen und säuberten das Tal, indem sie alles niederwalzten, was noch an Hütten und Ställen stehengeblieben war.

Ralf Meerholdt und Stanis Osik wohnten wieder in einer Baracke nahe der Staumauer. Tag und Nacht gingen die Detailpläne an die Kolonnenführer ... die Techniker - aus Belgrad und Mostar waren noch siebzehn gekommen - zeichneten und planten in drei Schichten ... Landmesser kamen aus Titograd und vermaßen das Tal neu ... auf den großen Bogen Detailpapier und den riesigen Transparentblättern der Architekten entstand das neue Zabari ... eine Stadt mit Läden, Straßen, einem Kino, einer Kirche, einer kleinen Moschee, einem Krankenhaus, einem Parteihaus, einem Strandbad am Stausee und einem Rathaus, in dem der Bürgermeister wohnen sollte. Aus den Bauern sollten Städter werden ... Händler, Handwerker, Arbeiter. Ihre Wohnungen waren luftig, sonnig, modern. Um die reißenden Schmelzwasser im Frühjahr nicht in die Stadt laufen zu lassen, hatte man ein raffiniertes Grabensystem erfunden, das die Wasser in den Bergen abfing und ableitete.

Eine Stadt auf dem Papier ... ein phantastischer Plan, ein Triumph menschlichen Willens.

Stanis Osik sah Meerholdt zufrieden an. »Marschall Tito hat Ihnen eine Pension ausgesetzt«, sagte er und bot Meerholdt eine Zigarre an. »Monatlich 4000 Dinare - bis zu Ihrem Lebensende und - verzeihen Sie, aber ich muß es sagen - auch für Ihre Witwe! Ich gratuliere.« Er streckte Meerholdt die Hand hin. »Es gibt für Sie keine Zukunft mehr - Sie werden bis zu Ihrem Tode immer in der Gegenwart leben!«

»Ich danke Ihnen sehr, Herr Osik.« Er drückte die angebotene Hand. »Wie geht es Elena?« fragte er dann zögernd.

»Sie ist noch in Zagreb!« Osik winkte ab. »Zuerst hat sie noch ein wenig getobt ... dann war sie in Sarajewo bei Rosa ...«

»Was?!« Meerholdt war entsetzt. »Wer hat sie vorgelassen! Ich hätte das auf jeden Fall verhindert.«

»Es war auch Rosas Wunsch, Meerholdt.« Osik räusperte sich. »Sie haben sich ausgesprochen, die beiden. Es war gut so, glauben Sie es mir. Besser, als wenn Sie wieder durch Rücksichtnahme gegen den einen oder anderen die Lage in der Schwebe gehalten hätten. Elena hat euch alles Glück auf Erden gewünscht und ist von Sarajewo gleich weiter nach Zagreb gefahren. Ich soll Sie grüßen, Meerholdt, wenn Sie einmal nach ihr fragen sollten. Ich tue es hiermit. Und ich soll Ihnen sagen, daß sie darum keinen Abschied von Ihnen genommen hat, weil sie trotz des Verzichtes nicht anders empfindet als vorher. Es wäre ein schrecklicher Abschied geworden!«

»Sie tut mir leid«, sagte Meerholdt leise. Er schämte sich vor Osik.

»Sie wird andere Männer finden und lieben lernen.« Osik steckte seine Zigarre an. »Im Winter wollen wir nach Ägypten fahren ... nächstes Frühjahr nach Cannes und Nizza. Elena wird vergessen, wenn sie den gewohnten Luxus wieder um sich hat. Und bilden Sie sich bloß nicht ein, der einzige Mann auf der Welt zu sein, der Elena imponiert!«

Lachend gingen sie in den Nebenraum.

An zehn Zeichenbrettern standen die Techniker und zeichneten die Details der Pläne.

»Darf ich zurückfragen«, meinte Osik. »Was macht Rosa?«

»Sie ist in Dubrovnik. Es geht ihr gut.« Meerholdt sah aus dem Fenster hinaus auf die Baustellen und das Tal, in dem die ersten Bauten emporwuchsen ... das neue Zabari. »Ich werde nächste Woche zu ihr fahren und ihr sagen, daß ich - - -«, er zögerte und drehte sich von Osik weg, damit er nicht seine Erschütterung sah - »daß ich in Jugoslawien bleibe ... in Zabari ...«

»Meerholdt!« Osik riß ihn an der Schulter herum und drückte ihn an sich. »Kerl ... ist das wahr?!«

Und Stanis Osik küßte ihn stürmisch und benahm sich wie ein kleiner, beschenkter Junge.

Rosa lag am Strand in einem Liegestuhl, als Ralf in Dubrovnik ankam. Ein großer, runder Sonnenschirm schützte sie vor den starken Strahlen. Neben sich, auf einem kleinen Tisch, der in den pulverfeinen, weißen Sand gerammt war, stand ein Eissiphon mit Orangeade. Sie trug einen einteiligen, goldgelben Badeanzug, über den ihr schwarzes Haar floß.

Ralf Meerholdt betrachtete sie von weitem, ehe er näher trat. Sie war etwas schmaler geworden in den Wochen der Aufregungen und Sorgen, aber noch immer war ihr Körper von jener faszinierenden Proportion, die die Männer am Strande von Dubrovnik zu balzenden Auerhähnen werden ließ, Meerholdt beobachtete es mit einem Schmunzeln und einem gewissen Besitzerstolz, wie drei muskulöse Herren vor den Augen Rosas am Strand mit einem Medizinball spielten, ihn hochwarfen, auffingen, sich damit jagten und das Spiel ihrer Muskeln priesen. Ab und zu sahen sie zu Rosa hinüber und waren enttäuscht, daß sie die Augen geschlossen hielt und sie gar nicht bemerkte. Da zogen sie nahe an ihrem Liegestuhl vorbei und sangen, um ihre Aufmerksamkeit zu erregen.

Meerholdt lachte vor sich hin. »Eine geile Bande!« sagte er, Er machte dem Zauber ein Ende, indem er leise an Rosa herantrat und sie unter den entsetzten Augen der anderen Männer einfach auf den Mund küßte. Sie fuhr empor, ihre Hand zuckte vor ... die Männer grinsten bereits schadenfroh ... da sah sie Ralfs Augen, sie jauchzte auf und fiel ihm um den Hals. Sie küßte ihn stürmisch vor allen Leuten und zog ihn zu sich, so daß er auf die Knie fiel und neben ihrem Liegestuhl hockte.

»Du bist hier ...«. sagte sie glücklich. »Endlich ... endlich bist du hier ...« Sie fuhr mit ihren schmalen Händen durch seine blonden Haare und wuschelte sie durcheinander. Beleidigt gingen die anderen Männer fort und suchten den Strand nach anderen schönen Mädchen ab.

»Ich wollte dir sagen, daß wir bald zurück nach Zabari gehen.« Er richtete sich auf und setzte sich auf die Lehne des Stuhles. »Du wirst es nicht wiedererkennen.«

»So schön ist es geworden?«

»Das weiß ich nicht. Aber anders ist es ... ganz anders. Es gibt keine Ställe mehr ...«

Rosa riß die Augen auf. »Keine Herden?«

»Nein.«

»Keine Brunnen und eine hölzerne Viehtränke?«

»Nein.«

»Keinen Wald mehr, aus dem wir das Winterholz holen?«

»Nein.« Er umfaßte ihre schmale Schulter. »Das Fleisch kaufst du in einem Geschäft ... das Wasser kommt aus einer Leitung, die in jedes Haus führt ... du brauchst nur einen Hahn aufzudrehen, wie hier in Dubrovnik. Und Holz für den Winter? In allen Häusern werden Öfen stehen, die man elektrisch beheizt. Zabari hat Strom genug ... für alle Ewigkeiten, solange Wasser von seinen Bergen kommt!«

»Es ist ein Märchen, Ralf ...«

»Ein Märchen? Ich weiß nicht. Es ist der Fortschritt, die Zivilisation in konzentrierter Form. Es wird dir vieles fremd sein.«

»Nicht, wenn du bei mir bist.«

Sie sahen über das strahlend blaue Meer auf die weißen Segel, die wie zarte Wolken über das Wasser schwebten. Motorboote knatterten durch die Klippen und zogen Wellenreiter hinter sich her. Hochauf spritzte das Wasser, wenn sie stürzten und sich schwimmend zu einem der Felsen retteten. Ein weißes Bäderschiff mit niedrigem Schornstein und buntüberdachten Sonnendecks fuhr langsam durch die Bucht von Dubrovnik ... Musik tönte herüber ... man sah sie tanzen in ihren weißen Hosen und Hemden und den bunten, leichten Kleidern. Es war für Rosa eine neue Welt.

»Wann holst du mich?« fragte sie und lehnte sich zurück.

»Bald. So schön wie hier wird es nicht sein.«

»Es ist nirgendwo schön, wo du nicht bist. Ich bin hier so einsam, Ralf. Ich bin so ganz allein mit meiner Sehnsucht. Wenn es Abend wird, und das Meer leuchtet golden und rot, dann sitze ich am Fenster und könnte weinen. Allein, immer allein ... Tage, Wochen, Monate ... jede Nacht ... Ach Ralf, warum liebe ich dich so ...«

Sie kuschelte sich in seinen Arm und ließ den salzigen Seewind über ihr Gesicht streichen. So saßen sie bis zum Abend und waren glücklich, daß sie sich fühlten, daß jeder den Atem des anderen hörte und daß ihre Herzen klopften, schneller, immer schneller, je weiter die Sonne am Horizont in das Meer versank ... -

7

Ein Jahr nach der Zerstörung Zabaris wehten rund um das Tal die Fahnen Jugoslawiens, waren die Straßen geschmückt, spannten sich Blumengirlanden über weite Plätze und war die Mauer des Staudammes mit Tannengrün verziert. Auf der Höhe, neben dem Röhrenwerk des eingedämmten Felsenflusses, stand eine hundert Mann starke Militärkapelle aus Titograd ... auf dem Platz, wo früher das Barackenlager stand, tanzten Hunderte fröhliche Menschen in den bunten Trachten ihrer montenegrinischen Heimat, Pietro Bonellis neue Wirschaft, halb fertig und mit einem mächtigen Hotelanbau, war überfüllt ... mit zwanzig Kellnern und Kellnerinnen bediente er die lauten und lustigen Gäste. Frau Katja Bonelli kommandierte bereits nach Bonelli-Art in der Küche ... ab und zu rannte sie in einen Nebenraum und sah nach dem kleinen, kaum zwei Monate alten Jungen, der schwarzlockig in seinem Körbchen lag und schlief. Mario Bonelli hieß er. Und einer seiner Paten war Josef Lukacz. »Wenn ihn später eine solch starke Hand beschützt, habe ich keine Angst um ihn«, sagte Bonelli, als er Josef um die Patenschaft bat.

Auf einer Plattform vor der hohen Staumauer stand Stanis Osik. Er blickte über den Stausee, der sich langsam füllte, er sah hinüber auf die wachsende Stadt, auf die halbfertigen oder schon bezogenen Häuser, auf die Straßen, die die Stadtviertel umgrenzten, auf die Kirche, deren Turm noch unter einem Gerüst verborgen war, und die Kuppel der Moschee, an der in einigen Wochen ein schlankes Minarett emporwachsen würde. Überall Betonmischmaschinen, Gerüste, Steinhaufen, Sand und Kies, Kalk und Dachpfannen, wimmelndes Leben. Eine Sturmflut von Kraft und Wollen, wo vor einem Jahr noch das Wasser alles Irdische zerstörte.

Stanis Osik wandte sich um. Die Vertreter der Regierung standen an der Brüstung der Plattform ... ein General mit ordengeschmückter Uniform, drei Minister, ein Heer von Presseleuten, die Wochenschau aller Länder, der Rundfunk von Belgrad. Neben Meerholdt stand Rosa Suhaja. In ihrem weißen Kleid verfing sich der Wind, er bauschte den Schleier auf und ließ ihn flattern wie eine Fahne. Auch die Frackschöße von Ralfs Frack pendelten im Wind ... ein warmer Wind, der durch die Berge rauschte und den heißen Sommer aus dem Inneren brachte.

Stanis Osik wischte sich über die Augen. Die Hochzeit Meerholdts zusammen mit der Einweihung des

Dammes, mit der Geburt der neuen Stadt Zabari ... man muß sein Herz ganz fest halten, um nicht weich zu werden.

»Die Liebe hat dieses Werk begonnen«, sagte Osik stockend. Seine Stimme wurde übertragen in alle Welt, sie würde wiedertönen von der Leinwand der Filmtheater. »Die Liebe allein hat alle Schwierigkeiten überwunden, alle Not, alle Sorgen, alle Gefahren. Und nur die Liebe allein hat dieses Werk vor der völligen Vernichtung gerettet! Wenn wir heute hier stehen und auf ein Land blicken, das emporsteigt wie einst Phönix aus der Asche, so ist dies allein eine Tat zweier Liebenden, die das Schicksal überwanden und das Leben in ihre Hände nahmen, weil sie an sich und ihre Liebe glaubten. So mag dieses Werk auch für alle Zeiten den Namen tragen, der ihm gebührt ... den Namen einer Frau, deren Liebe ein Sieg über das Leben war für das ewige Leben, das sie heute taufen wird.«

Osik schwieg. Seine Stimme gluckste ... die Rührung überkam den dicken Mann. Er trat zu Rosa hin, nahm ihre kleine, bebende Hand und drückte ihr eine Flasche Sekt hinein, die an einer langen Schnur hing.

Langsam trat Rosa vor. Ihr weißer Hochzeitsschleier blähte sich im Wind ... sie sah sich um und lächelte unter Tränen. Ralf Meerholdt trat an ihre Seite, er nahm ihre Hand, hob sie mit der Sektflasche hoch und schleuderte sie nach vorn.

»Ich taufe dich, ›Rosa-Werk‹ «, sagte er laut.

Dann klatschte die Flasche gegen die Staumauer, zerschellte, und der Sekt lief schäumend und zischend die Mauer hinab.

Die Tausenden von Menschen jubelten, die Musik auf der Höhe spielte einen Marsch ... der General, die Minister küßten Rosa die Hand. Sie sah dies alles wie durch einen Nebel, sie hörte die Stimmen, die Musik, den Jubel wie hinter einer dicken Tür ... die Fahnen, die Wimpel, die Blumengirlanden verschwammen vor ihren Augen ... »Ralf«, sagte sie leise. »Oh, Ralf.«

Sie lehnte sich schutzsuchend an ihn, und er umfing sie und küßte sie vor allen Leuten unter dem Jubel der Musik.

Vor seiner Wirtschaft stand Bonelli neben Katja und sah hinauf zu der Tribüne. Er verzog den Mund und schüttelte den Kopf.

»Von uns sagen sie nichts«, maulte er. »Ich finde das ungerecht! Aber was die da oben können, das können wir auch!«

Er nahm eine große Flasche Chiantiwein und schmetterte sie gegen die Hauswand des halbfertigen Hotels.

»Ich taufe dich ›Katja-Hotel‹!« schrie er laut. »Und so wahr ich Bonelli bin - es wird nie anders heißen!«

Über Zabari klangen die Glocken der halbfertigen Kirche. Sie schwangen in einem hölzernen Turm neben dem hohen Schiff. Ein langer Hochzeitszug bewegte sich von der Tribüne zur Kirche ... hinter Rosa und Ralf schritten der General, die drei Minister und Stanis Osik.

Bonelli nickte weise und kassierte das Geld von den Kellnern.

Wie märchenhaft das Leben doch ist, dachte er. Vor zwei Jahren sang man Serenaden unter den blinden

Fenstern der alten Hütten, und heute scheint die Sonne in die blanken Scheiben einer neuen Stadt ... Man soll nie sagen, das Leben sei ungerecht. Solange der Mensch an sich glaubt, ist es schön. Er schaute hinüber zu Katja, die den kleinen Mario auf dem Arm trug und ihm zulachte.

»Mein Gott«, sagte er da laut. »Wie glücklich sind wir ...«

Und er meinte damit alle, die in Zabari waren ...